Birgit von Derschau **Der Gullydeckelmörder**

Birgit von Derschau

Der Gullydeckelmörder

und sieben weitere Fälle

Bild und Heimat

ISBN 978-3-86789-418-0

1. Auflage dieser Sonderausgabe

Umschlaggestaltung: capa
Umschlagabbildung: Chris Keller / bobsairport
Druck und Bindung: GGP Media GmbH, Pößneck

SUPERillu

FSC
www.fsc.org
MIX
Papier aus verantwortungsvollen Quellen
FSC® C014496

In Kooperation mit der SUPERillu
www.superillu-shop.de

Inhalt

Verehrte Leserinnen und Leser,

seit vielen Jahren sind Kriminalfälle mein tägliches Arbeitsfeld als Journalistin. Für die Sendereihe »Kripo live« des Mitteldeutschen Rundfunks stehe ich in Kontakt mit Polizeidienststellen in ganz Deutschland, um geeignete Fälle für die Fernsehfahndung auszuwählen und für die sonntägliche Sendung aufzubereiten. »Kripo live« bittet Woche für Woche die Fernsehzuschauer um Mithilfe bei der Aufklärung ungelöster Verbrechen. In Hunderten von Fällen konnte die Sendung helfen, durch die Ausstrahlung von Phantombildern und Überwachungsfotos oder die Rekonstruktion von Tatabläufen entscheidende Zeugen zu finden. Manchmal ist es dann der Anruf eines einzigen Zuschauers, der sofort zum Täter führt.

Bei dieser Arbeit werden mir tiefe Einblicke in die kriminalistischen Ermittlungen gewährt sowie in Schicksale und Charaktere von Opfern wie Tätern. Kriminalfälle interessieren uns Menschen wohl deshalb so sehr, weil hier in extremer Weise menschliche Beweggründe, Verhaltensweisen und Konflikte sichtbar werden.

Für dieses Buch habe ich Fälle der jüngsten deutschen Kriminalgeschichte ausgewählt, die mir wegen ihrer besonderen Schwere, wegen ungewöhnlich verlaufender Ermittlungsarbeiten oder auch wegen der bewegenden Schicksale der Opfer und ihrer Familien im Gedächtnis geblieben sind. Ich habe mich noch einmal vertiefend mit Tatabläufen, Hintergründen und handelnden Personen beschäftigt und danke allen, die mir dabei geholfen haben: Kriminalbeamten, Staatsanwälten und Angehörigen von Opfern. Gern würde ich hier Namen nennen, verzichte jedoch darauf im Interesse einer Anonymisierung der realen Geschehnisse. Aus Gründen des Persönlichkeitsschutzes sind in den hier rekonstruierten und nacherzählten Fällen Namen von Orten und Personen sowie einzelne Handlungsabläufe verfremdet.

Eine spannende Lektüre wünscht Ihnen
Ihre

Birgit von Derschau

Der Direktor und der Schuljunge

Entführungsfall David Hahn

Am 24. Oktober 1998, einem Sonnabend, sind in der sächsischen Großstadt A. zwei Menschen unterwegs, die sich nicht kennen, doch denen eine schicksalhafte Begegnung bevorsteht. Es wird eine Begegnung sein zwischen Täter und Opfer. Daß es eine Tat geben wird, ist zu diesem Zeitpunkt nur dem Täter klar. Er hat sie bereits seit längerem vorbereitet, perfekt, wie er natürlich glaubt. Die Auswahl des Opfers jedoch besorgt der Zufall.

Der neunjährige David Hahn ist an diesem Sonnabend vormittags in die Städtische Zentralbibliothek gefahren, denn in der dortigen Kinder- und Jugendabteilung gibt es Computer, auf deren Festplatte auch das eine oder andere Spiel installiert ist. Um 14.00 Uhr wird er von seinen Eltern zum Mittagessen zu Hause erwartet. David Hahn ist ein zuverlässiger Junge. Rechtzeitig macht er sich auf den Heimweg. Um in den Südosten von A. zu gelangen, muß er zuerst die Straßenbahn benutzen und dann noch drei Stationen mit dem Bus fahren. Der Tag, für Ende Oktober nicht untypisch, ist grau und regnerisch. Als David gegen viertel vor zwei an der Station Kappelner Straße den Bus verläßt, geht wieder einmal ein Regenguß nieder.

Von der Haltestelle bis nach Hause braucht der Junge normalerweise nicht mehr als fünf Minuten. Zehn Minuten vor zwei hätte er also bei seinen Eltern eintreffen können. Er trifft nicht ein. Nicht zehn vor und nicht zehn nach zwei. Weder halb drei noch um drei. Halb vier nicht und nicht halb fünf.

Zuerst denken die Eltern an alles Mögliche, nur nicht an ein Verbrechen. Auch dem Zuverlässigsten kann passieren, daß er im Eifer des Gefechts vor dem Monitor die Zeit vergißt. Straßenbahnen können wegen eines Schadens an der Fahrleitung liegenbleiben, die Reifen von Bussen können platzen. David könnte einen Freund getroffen und beim Gespräch mit ihm die Zeit vergessen haben. Der Junge hat sich in der belebten Innenstadt aufgehalten, und am frühen Samstagnachmittag sind sowohl Straßenbahnen als auch Busse voll von Fahrgästen, die vom Einkaufsbummel heimkehren. Wie kann ein pfiffiger Neunjähriger da verlorengehen? Das erscheint unmöglich.

Je mehr Zeit verstreicht, desto mehr geraten die Eltern in Panik. Irgendwann haben sie alles getan, was Eltern in solchen Situationen zu tun pflegen: Sie haben alle Verwandten und Bekannten und die Freunde des Sohnes angerufen und diejenigen, die in der Nähe wohnen, sogar aufgesucht. Sie sind drei, vier, fünf Mal zur Kappelner Straße und zurück zum Haus gelaufen, sie haben an der Haltestelle auf den nächsten Bus gewartet und auf den übernächsten und den dann folgenden, sie kennen die Werbung an den Seitenwänden des Wartehäuschens auswendig und den Fahrplan auch. Mittlerweile ist ihnen klar, daß etwas Schreckliches geschehen sein muß. Ihr Sohn muß Opfer eines Verkehrsunfalles geworden sein. Eine andere Erklärung gibt es nicht – noch nicht.

Gegen 17.00 Uhr halten die Eltern die Ungewißheit nicht mehr aus. Immerhin kreisen ihre Gedanken mittlerweile auch um die Kinder, die Wochen nach ihrem Verschwinden ermordet aufgefunden wurden. Wenn nun auch David Opfer eines dieser Psychopathen geworden ist, als die man die Täter – nicht immer korrekt – bezeichnet? Drei Stunden ist der Junge immerhin schon überfällig, und bei einem Unfall wäre doch längst die Polizei erschienen!

Nun suchen die Eltern die nächste Polizeidienststelle auf. Da David Hahn erst neun Jahre alt ist und auch keiner der notorischen Dauerausreißer, es mithin nicht zu seinem Persönlichkeitsbild paßt, einfach von zu Hause fortzubleiben, leitet die Polizei sofort Fahndungsmaßnahmen ein. Und so beginnt dieser Fall als eine Vermißtensache.

Polizisten mit Hunden suchen die Umgebung der elterlichen Wohnung ab, insbesondere auch das nicht weit entfernte Naherholungsgebiet und den benachbarten Friedhof. Alle Freunde des Vermißten werden befragt, sofern sie an diesem Wochenende erreichbar sind. Die Kriminalpolizei rekonstruiert den Weg, den David Hahn vermutlich zurückgelegt hat beziehungsweise zurückgelegt haben müßte. Sie befragt alle Straßenbahn- und Busfahrer, die zur fraglichen Zeit auf den entsprechenden Linien im Einsatz waren. Die Polizei verteilt Handzettel mit Foto und Personenbeschreibung, am Montag erscheinen in den Zeitungen Fahndungsaufrufe. Daraufhin meldet sich ein Busfahrer, der den Jungen im Süden von A. gesehen haben will. Später wird sich herausstellen, daß David dort nicht gewesen ist. Der Fahrer des Busses dagegen, in dem der Junge tatsächlich unterwegs war, erinnerte sich nicht.

Die erfolglose Fahndung drückt auf die Stimmung. Die Eltern, die Verwandten und Freunde, die Schulkameraden und Lehrer des verschwundenen Kindes sind ebenso niedergeschlagen und verzweifelt wie die Ermittler und Einsatzkräfte. Am Samstag ist der Junge nicht heimgekehrt. Es verstreicht der Sonntag, es verstreicht der Montag. Die Einsatzkräfte werden verstärkt, die Suchaktionen intensiviert und ausgedehnt. Polizei und Helfer sind Tag und Nacht im Einsatz. David Hahn bleibt verschwunden.

Auf den ersten Blick ist das einzig Auffallende an Rudi Winkler seine Unauffälligkeit. Der korrekt gekleidete Unternehmer aus der thüringischen Stadt M. ist im Oktober 1998 fünf-und-dreißig Jahre alt und hat ein wenig spektakuläres Leben hinter sich, jedenfalls wenn man nur die Fassade betrachtet. Sein Lebenslauf ist eine typische DDR-Biografie, die er mit Millionen Ostdeutscher teilen könnte: In M. geboren, ging er in den Kindergarten, dann besuchte er die Polytechnische Oberschule. Seine Schulzeit blieb glanzlos. Ein »befriedigend« zierte als Prädikat das Abschlußzeugnis der 10. Klasse. Geradlinig schloß sich eine Lehrzeit an. Im Volkseigenen Meßgerätewerk »Georgi Dimitroff« von M. begann der Sechzehnjährige eine Lehre für einen Beruf, den es heute nicht mehr gibt und der die monströse Bezeichnung Betriebsmeß-, Steuer- und Regelungstechniker, kurz BMSR-Techniker, trug. Zwei Jahre später schloß er die Lehre ab. Seine Leistungen waren wiederum »befriedigend«.

In seinem Beruf arbeitete Winkler weder überragend gut, noch ließe sich etwas zu seinem Nachteil sagen. Er war anerkannt bei seinen Kollegen, heißt es in Zeugnissen; was immer das bedeuten mag. Jeden Tag ging er zur Schicht. Gleichaltrige hatten längst eine Familie gegründet. Rudi Winkler blieb für sich. Es gab wohl die eine oder andere flüchtige Beziehung zu Frauen, aber, so muß man annehmen, sie erfüllten ihn nicht.

Was ihn ausfüllt, ist sein Hobby. Bereits im Alter von zwölf, dreizehn Jahren hat Rudi Winkler das Fotografieren für sich entdeckt. Ständig streift er mit der Kamera umher und hält im Bild fest, was ihn berührt. Er fängt an, die ihn umgebende Welt durch das Objektiv zu betrachten, so wie ein Voyeur die ihn bewegenden Gegenstände durchs Schlüsselloch erfaßt. Die Kamera bringt ihm die Welt einerseits nahe, andererseits hält sie aber auch alles auf Distanz, was Schmerz hervorrufen könnte. Mit der Kamera ist man zwar bei allem dabei, muß sich aber dem Wirklichen nicht aussetzen und stellen. Man kann alles Begehrte bannen wie mit einem Zauberspruch, man kann es für immer besitzen, und nie erfährt man Ablehnung. Gegenüber Fotografien ist man immer der aktive Teil, nie das Opfer.

Schließlich genügte Rudi Winkler diese Form einer distanzierten Nähe nicht mehr. Er wollte mit lebendigen Menschen zu tun haben. Er wollte etwas tun, wofür man ihm Achtung und Dankbarkeit entgegenbrachte, Wärme und Herzlichkeit. Davon, anderen Menschen zu helfen, erwartete er Anerkennung und Aufmerksamkeit. Winkler bewarb sich bei der Jugendhilfe und wurde ehrenamtlicher Jugendhelfer. Neben seiner regulären Arbeit im VEB »Georgi Dimitroff« im anstrengenden Schichtsystem kümmerte sich Rudi nun um gestrauchelte Jugendliche oder um Jugendliche in schwierigen Familienverhältnissen.

Warum sich Winklers Helfertum ausgerechnet auf Jugendliche richtete – er hätte sich ja auch um Senioren oder Schwerstkranke kümmern können –, geht aus den polizeilichen Ermittlungsberichten nicht hervor. Man darf durchaus annehmen, daß es ihm selbst nicht bewußt war. Eine tiefverborgene sexuelle Komponente könnte vorhanden sein, ist aber wenig wahrscheinlich. Eher kann man davon ausgehen, daß Winkler hier väterliche Empfindungen ebenso ausleben wollte wie Gefühle der Überlegenheit. Alles in allem war er unzufrieden mit sich und seinem Status eines Menschen, dessen Dasein sozusagen immer nur mit einer Drei bewertet wird. Von den Jugendlichen, die er betreute, erntete er als der Ältere neben Dankbarkeit immer auch so etwas wie Bewunderung.

Mitte der 80er Jahre endete Winklers ehrenamtliche Arbeit für die Jugendhilfe. Er fand aber eine neue ehrenamtliche Tätigkeit, und wieder waren es Kinder, denen er sich zuwandte.

Rudi hatte neben dem Fotografieren auch das Filmen für sich entdeckt. Er war nach wie vor als BMSR-Techniker im Meßgerätewerk tätig, aber in dem VEB hatte man auch von seinen filmerischen Interessen erfahren, so daß man ihn gelegentlich bat, Super-8-Filme über betriebliche Ereignisse her-zustellen. Rudi Winkler filmte im Auftrag der Freien Deutschen Jugend, und sogar bis in die FDJ-Kreisleitung von M. hatten sich seine Fähigkeiten herumgesprochen. Hin und wieder zog man ihn hinzu, wenn Filmaufnahmen gebraucht wurden. Und im Pionierhaus von A. leitete Winkler bis 1990 eine Arbeitsgemeinschaft für Fotografie. Gemeinsam mit den Kindern fotografierte und filmte er. Rudi Winkler war, wie man es in der DDR nannte, »gesellschaftlich sehr aktiv«. Sehr einsam, so ist anzunehmen, war er auch.

Erst am Morgen des 27. Oktober 1998 wird endlich klar, was mit David Hahn geschehen ist. Fast drei Tage voller Angst liegen hinter den Eltern und drei schlaflose Nächte auch. Die Nächte sind am schlimmsten. An Schlaf ist nicht zu denken. Mitunter gibt es ein paar Minuten eines oberflächlichen Schlummers, der aber die Erschöpfung eher verstärkt, statt sie zu lindern. Ungewollt schleichen sich Gedanken in das überlastete Hirn, die man gar nicht denken will: Eine geradezu fanatische Hoffnung wird von dem Wunsch abgelöst, daß es lieber ein Ende mit Schrecken als einen Schrecken ohne Ende geben möge.

Am Vormittag des 27. Oktober ist der Schrecken zwar nicht vorüber, aber es gibt wieder Grund zur Hoffnung. In der Polizeidirektion trifft ein »mit kindlicher Handschrift adressiertes Schreiben« (O-Ton Polizei) ein. Es ist ein Erpresserbrief, von David Hahn nach Diktat verfaßt. Damit steht fest: Der Junge ist entführt worden.

Was an dem Erpresserschreiben auffällt, ist die seltsam ungerade Lösegeldsumme. Die Entführer verlangen »12,2 Mio DM, die Sie am Montag, dem 26.10. im Postamt Plau-ener Straße postlagernd in 12 Umschlägen hinterlegen«. Die zwölf Millionen fordern die Entführer in Form von Barschecks, die 200 000 Mark in bar.

Der Brief ist in A. aufgegeben worden. Offenbar haben die Erpresser die Deutsche Post überschätzt und damit gerechnet, daß der Brief noch vor dem von ihnen bestimmten Übergabetermin bei der Polizei eintrifft. Er geht jedoch erst einen Tag nach dem für die Geldübergabe festgelegtem Termin ein.

In ihrem Brief versuchen die Entführer den Eindruck zu erwecken, sie hätten David ins Ausland gebracht. Erst wenn der letzte Barscheck eingelöst ist, so kündigen sie an, wird der Junge freigelassen. Die Erpresser drohen damit, David langsam zu Tode zu foltern, wenn die Geldübergabe überwacht wird oder scheitert oder wenn die Polizei überhaupt Nachforschungen anstellt. Das Folter- und Mordvideo sollen dann die Eltern erhalten. »Es gibt ja noch genug andere Kinder«, teilen die Entführer zynisch mit.

Die Geldübergabe ist der große Schwachpunkt aller Entführungen. In diesem Fall riskieren die Täter allerdings mit der geplanten Einlösung der Schecks eine Menge. Selbst wenn sie sich tatsächlich im Ausland aufhalten sollten, sind natürlich die Schecknummern schnell in ganz Europa verbreitet. Es braucht dann nur noch einen aufmerksamen Bank-, Post- oder Hotelangestellten, und schon ist zumindest der Aufenthaltsort der Täter lokalisiert. An dieses Risiko haben die Täter aber vermutlich gar nicht gedacht. Sie sind bei ihrer Planung durchaus mit einer gewissen Akribie vorgegangen, aber alles haben sie nicht berücksichtigt und wohl auch nicht berücksichtigen können.

Die Kriminalpolizei von A. und das Landeskriminalamt gehen erst einmal gar nicht davon aus, daß sich die Täter wirklich im Ausland aufhalten. Es ist zwar möglich, zum Beispiel im nicht weit entfernten Tschechien, aber ebenso kann der Verweis auf das Ausland auch ein Bluff sein. Die Drohungen der Täter werden sehr ernst genommen. Jedes Entführungsopfer ist ein unliebsamer Zeuge. Wer so kaltblütig ist, daß er ein Kind entführt, der schreckt womöglich auch nicht davor zurück, sich seiner nach erfolgreicher Übergabe des Geldes zu entledigen.

Die ersten Maßnahmen der Polizei gehen in verschiedene Richtungen. Bei den Eltern wird eine Fangschaltung installiert, und zwei Kriminalbeamte halten sich rund um die Uhr in der elterlichen Wohnung auf. Zusätzlich wird auch der Eingang zum Haus überwacht, denn es könnte immerhin sein, daß der oder die Täter einen weiteren Erpresserbrief direkt in den Hausbriefkasten einwerfen. Das Umfeld des Jungen und seiner Eltern wird überprüft, es kann nicht ausgeschlossen werden, daß aus dem Beziehungsumfeld heraus gehandelt wurde. Es wird erneut versucht, ein Bewegungsbild des Opfers am Tattag zu erstellen: Wo hat er sich wann aufgehalten? Gibt es an diesen Orten und zu diesen Zeiten womöglich Zeugen?

Am folgenden Tag, am Mittwoch also, geht nun tatsächlich auch bei den Eltern ein Brief ein. Auch diesen Brief haben die Täter dem Postweg anvertraut. Vom Inhalt her deckt sich das Schreiben im wesentlichen mit dem ersten. Die Entführer bekräftigen noch einmal ihre Forderungen, und auch ihre Drohungen wiederholen sie. 12 200 000 Mark – natürlich können Davids Eltern eine solche Summe nicht aufbringen.

Die Familie Hahn lebt seit mehr als dreißig Jahren in einer großen Dreiraumwohnung mit hohen Stuckdecken und hohen Fenstern, deren Mietzins sich, auch in Folge einer Sanierung, seit der Wende nahezu verzwanzigfacht hat. Diese Wohnung ist aber im Grunde der einzige »Luxus«, den sie sich leisten. Manfred Hahn, Davids Vater, ist Künstler. Er arbeitet als Orchestermusiker, und das schon seit Jahrzehnten. Das Philharmonische Orchester von A. gehört nicht zu den bedeutendsten seiner Art, aber Manfred Hahn hat schon Gastspiele in Frankreich, Rußland, Japan und auch den USA absolviert.

Ein Orchestermusiker in einem renommierten Klangkörper muß nicht weniger hart arbeiten als ein gefeierter Solist. Die Gagen unterscheiden sich allerdings gewaltig. Manfred Hahn hat durchaus unter berühmten Dirigenten gespielt. Sein Name aber wird nicht in die Lexika eingehen. An diesen Gedanken hat er sich längst gewöhnt. Es gibt noch andere wichtige und weitaus schönere Dinge als den Ruhm, der ja auch nur in der Einbildung der Menschen ewig währt. Ein Kind beispielsweise gehört zu den wunderbaren Dingen der menschlichen Existenz.

Manfred Hahn und seine Frau haben ein bescheidenes, aber glückliches Leben geführt. Höhepunkte stellten die Premieren dar, auch gelegentliche Reisen. Während sich Manfred Hahn auf das Orchester und die Musik konzentrierte, befaßte sich seine Frau Ulla mit dem Haushalt, ohne über diese Rolle jemals unzufrieden zu sein; zumindest hat sie nie Unzufriedenheit geäußert. Sie ist eine gebildete und couragierte Frau, die sich nicht die Butter vom Brot nehmen läßt. Beiden Eheleuten fällt es schwer zu begründen, warum in diesem gemeinsamen Leben jahrelang kein Platz für ein Kind war. Sehr spät erst entschieden sie sich dafür, ihre Zweisamkeit für einen neuen Erdenbürger zu öffnen. Manfred war 52, seine Frau 43, da kam ihr Sohn David zur Welt. Ihr einziger Sohn, ihr Nesthäkchen, das sich nun in den Händen von Entführern befindet und für dessen Freiheit sie ein utopisches Lösegeld von mehr als zwölf Millionen Mark zahlen sollen.

Das Geld ist allerdings vorhanden. Es wird bereitgestellt aus einem speziell für solche Fälle geschaffenen staatlichen Fonds.

Mittlerweile ist es Donnerstag, der 29. Oktober. Noch gibt es keine Spur zu dem Täter oder zu den Tätern. Um 11.27 Uhr melden sie sich erneut.

Es ist ein Mann, der beim Postamt Plauener Straße anruft und sich nach zwölf postlagernd und mit Kennwort versehenen Briefen erkundigt. Der Anruf kann zurückverfolgt werden. Der Mann hat eine Telefonzelle beim Hauptbahnhof von A. benutzt. Die sofort alarmierten Polizeikräfte kommen zu spät.

Erneut in A. in den Postkasten eingeworfene Briefe treffen sowohl in der Polizeidirektion als auch bei den Eltern ein. Wie man es aus Kriminalfilmen, aber auch aus Dokumentationen von Verbrechen kennt, ist David von den Entführern mit einer Polaroidkamera aufgenommen worden. Als Lebenszeichen hält er eine Zeitung von dem Tag in der Hand, an dem die Briefe aufgegeben wurden. Die Schlagzeile lautet: WO IST DAVID H. (9)? Es ist eine Ausgabe aus A. Das spricht zwar nicht dagegen, daß der Junge außerhalb der Stadt versteckt gehalten wird, denn es ist möglich, daß eine falsche Spur gelegt werden soll. Doch erscheint die Behauptung aus dem ersten Erpresserbrief, daß David im Ausland festgehalten werde, immer fraglicher.

Die Auswertung der Polaroids durch die Spezialisten des Landeskriminalamts ergibt keine Anhaltspunkte zur Lokalisierung des Verstecks. Dem haben die Täter dadurch vorgebaut, daß sie hinter dem Jungen eine beigefarbene Sofadecke aufgespannt haben. Solche Decken wurden und werden hunderttausendfach verkauft.

Davids Eltern machen weiterhin Schreckliches durch. Psychologen und Ärzte kümmern sich um sie, auch die ermittelnden Kriminalbeamten halten engen Kontakt zu ihnen und versuchen, Trost zu spenden, aber die Sorge um das Leben ihres einzigen Kindes ist doch zu stark, als daß sie auch nur für einen Moment Ruhe finden könnten. Der Erpresserbrief verstärkt ihre Unruhe noch. Der oder die Entführer haben den Jungen ein paar Zeilen schreiben lassen. Die Handschrift können Manfred und Ulla Hahn eindeutig als die ihres Kindes erkennen. David schreibt, daß es ihm zwar momentan gut gehe, sich das aber bald ändern werde.

Auch die Erpresserschreiben werden in den Labors der Kriminalpolizei sorgfältig untersucht. Es finden sich keine Fingerspuren.

In Rudi Winklers Leben gibt es nur einen Einschnitt, das ist die Zeit seines Wehrdienstes bei der Nationalen Volksarmee. Winkler wird Mitte der 80er Jahre zu den Grenztruppen der DDR eingezogen und dient dort seine obligatorischen achtzehn Monate ab. Er ist Anfang zwanzig, als es ihn in eine kleine Stadt im Bezirk Magdeburg verschlägt (heute Sachsen-Anhalt), wo er die Souveränität der DDR und die Unverletzlichkeit ihrer Staatsgrenze mit der Waffe in der Hand sichern soll, wie es offiziell heißt. Der Dienst ist nicht besonders aufregend. Nicht ein Grenzdurchbruch ereignet sich in dieser Zeit, ja nicht einmal der Versuch. Es gilt also vor allem, auf Wache Zeit totzuschlagen. Und auch die Ausgänge in die Kleinstadt bringen nicht viel Abwechslung. Es gibt nur eine Gaststätte, also kann man eigentlich auch gleich im »Objekt« bleiben, das ebenfalls über ein Restaurant verfügt. Rudi Winkler wird füllig in dieser Zeit der Untätigkeit. Er leidet darunter, findet sich immer weniger attraktiv. Ein schöner Mann ist er nicht. Auch sein Aussehen kann man als mittelmäßig bewerten.

1986 kehrt Rudi nach M. zurück. Er nimmt seine reguläre Arbeit im Volkseigenen Meßgerätewerk ebenso wieder auf wie die ehrenamtliche Tätigkeit im Pionierhaus. Wie zuvor bleiben seine seltenen Affären mit Frauen nur oberflächlich. Mit Arbeit, Ehrenamt und mit den Eltern, zu denen er ein gutes Verhältnis hat, gibt es allerdings drei Fixpunkte in seinem Leben. Zwischen diesen drei Koordinaten spielt es sich ab. Winkler ist kein Nestflüchter. Er bleibt in M. Diese Stadt ist sein Lebensmittelpunkt. Manchmal wünscht er sich, er könne auch einmal der Mittelpunkt der Stadt sein. Das sind ganz heimliche Gedanken und Vorstellungen. Nie würde er sie, darauf angesprochen, anderen eingestehen. Aber niemand spricht ihn an.

Daß Winkler mehr sein möchte, als er ist, zeigt sich an seiner Leidenschaft für Ausweise. Er, der auch nach dem Armeedienst hin und wieder Filmaufträge für die FDJ ausführt, bastelt sich einen »Dienstausweis« der FDJ-Kreisleitung. Mit diesem Falsifikat in der Tasche spaziert er durch M. und fühlt sich als ein Funktionär.

Nach dem Ende der DDR brechen 1990 zwei Fixpunkte in Rudis Leben weg. Der VEB »Georgi Dimitroff« wird für eine Zukunft, die er nicht mehr hat, in die Thüringische Meßgerätewerke GmbH umgewandelt und umbenannt und dann abgewickelt. Winkler steht auf der Straße. Er hat keine Arbeit. Und mit der Pionierorganisation verschwindet auch das Pionierhaus. Monatelang gibt es öffentliche Debatten, was mit dem Gebäude geschehen soll. Zum Schluß macht man es einfach zu.

Drei lange Jahre ist Rudi Winkler arbeitslos. Er pflegt sein Hobby, streift durch die Straßen, fotografiert. Das gibt seinem Leben in dieser trüben Zeit einigermaßen Sinn. Finanziell erlebt Winkler den mit langer Arbeitslosigkeit verbundenen Abstieg vom Arbeitslosengeld zur Arbeitslosenhilfe. Als er kaum noch daran glaubt, bekommt er endlich einen Job. Er wird Außendienstmitarbeiter der Deutschen Telekom. Es ist 1993. Rudi Winkler hat die 30 überschritten und noch immer keine Familie gegründet. In M. tuschelt man schon über ihn.

1993 zählt noch zu den Gründerjahren in Ostdeutschland. Auch Rudi erwägt, sich unternehmerisch zu betätigen. Selbständiger Unternehmer, das klingt doch sehr gut. Mit Achtung wird man ihm begegnen. Der Rudi, der hat's geschafft, wird man sagen. Der BMSR-Techniker wird aufsteigen zu den Honoratioren der Stadt.

Um ein Unternehmen zu gründen, bedarf es einer zündenden Geschäftsidee, eines ebenso zündenden Namens und, last but not least: Kapitals. Eine Idee hat Rudi Winkler schnell gefunden. Die Produkte aus der ehemaligen DDR haben es schwer, sich auf dem gesamtdeutschen Markt durchzusetzen. Der Grund, so glaubt Winkler und nicht nur er allein, liege in dem fehlenden oder mangelhaften Marketing. Die Ostprodukte müssen einfach besser »promotet« werden. Da sich Rudi mittlerweile eine Videoausrüstung zugelegt hat, erwägt er, Videos für kommerzielle Zwecke zu drehen. Allerdings mangelt es an Kapital. Er gründet zwar die Firma Fakta Film, bleibt aber Mitarbeiter der Telekom. Fakta Film betreibt er nebenbei. Natürlich fertigt er sich einen Betriebsausweis an. Sitz der Firma ist seine Wohnung. Niemand kontrolliert diesen Betriebsausweis, aber immerhin hat er nun sogar zwei.

Bis 1997 beschäftigt die Telekom Rudi Winkler, dann braucht

sie ihn nicht mehr. Er erhält eine Abfindung, also ist plötzlich ein gewisses Kapital da. Winkler borgt bei seinen Eltern und bei Freunden, was ihm noch fehlt, um nun als Unternehmer durchstarten zu können, der von den Erträgen seiner Firma lebt. 70 000 DM steuert er aus seiner Abfindung bei, 80 000 Mark bringt er durch Pump auf, so daß er über 150 000 DM Geschäftskapital verfügt. Vor den Toren der Stadt, in dem abgewirtschafteten Verwaltungsblock eines nicht mehr existierenden Betriebes, mietet er einen vierzig Quadratmeter großen Raum. Dieser Raum wird Büro und Videostudio in einem. Auch einen klangvollen Namen für die Firma hat er, denn Fakta Film reicht ihm nicht mehr aus. Advertising Movies Corporation (A.M.C.) heißt das neue Unternehmen, ein echtes Start-up. Rudi Winkler fertigt ein pompöses Firmenschild und erneut einen Betriebsausweis. Nun kann es losgehen mit dem großen Geld und dem Platz an der Sonne. Die erste Sprosse auf der Leiter in die High Society von M. ist erklommen. Nicht einmal ein Jahr wird Advertising Movies Corporation existieren.

David Hahn muß sich für Anerkennung und Zuwendung nicht übermäßig anstrengen. Als einziges und noch dazu spätgeborenes Kind ist er sich der überbordenden Liebe seiner Eltern sicher. Er wird verwöhnt, allerdings lernt er auch von früh auf, gewisse Einschränkungen in Kauf zu nehmen: Der alleinverdienende Vater bringt zwar ein ansehnliches Gehalt nach Hause, aber für große Sprünge reicht es trotzdem nicht. Nicht alle Wünsche können dem Jungen erfüllt werden, vor allem nicht alle materiellen.

Ansonsten wächst David in einer kultivierten Umgebung heran. Die Künstler, die im Elternhaus verkehren, und ihre Gespräche haben einen wohltuenden Einfluß auf den Jungen und auf dessen Beschäftigungen. Beispielsweise liest er gern.

Die Teilhabe an den Gesprächen einerseits, die Lektüre andererseits führen dazu, daß seine Lehrer bei David sehr früh ein auffallend gutes Ausdrucksvermögen feststellen. Der Junge ist intelligent, hat eine gute Auffassungsgabe, ist ein guter Schüler, ohne jemals der Primus zu sein. Er ist beliebt und gilt als rechter Pfiffikus. Auf manche wirkt er allerdings auch altklug. Es ist schwer zu sagen, ob bei dieser Bewertung nicht auch Neid auf seine relativ privilegierte Position im Leben mitschwingt. Alles in allem muß man jedoch festhalten: David ist das, was man gern einen »ganz normalen Jungen« nennt.

Auf den Wunschlisten von Neunjährigen stehen heutzutage schon oft Computer und Computerspiele. Auch David hätte gern einen PC wie einige seiner Klassenkameraden – zumindest können diese einen mitbenutzen. Dies ist einer der Wünsche, die Manfred und Ulla Hahn ihrem Sprößling nicht so ohne weiteres erfüllen können. Im übrigen haben sie auch Einwände gegen die brutalen Ballerspiele, mit denen sich manche Kinder täglich stundenlang »vergnügen«.

In der Städtischen Zentralbibliothek gibt es solche Spiele nicht; dort sorgt eine Bibliothekspädagogin für eine kindgerechte Auswahl. Davids Eltern haben daher auch nichts dagegen, wenn der Junge ab und zu an den Computern der Bibliothek seinem Spieltrieb nachgeht. Deshalb haben sie auch an jenem Samstag, dem 24. Oktober 1998, der Bitte ihres Sohnes entsprochen und ihm erlaubt, ins Stadtzentrum zu fahren. Mit realen Gefahren bei einer Fahrt zur Bibliothek haben sie einfach nicht gerechnet. Das konnten sie nicht. Trotzdem peinigen sie sich mit Selbstvorwürfen.

Nochmals gehen quälende Tage ins Land. Die Polizei ermittelt fieberhaft, kommt aber nicht weiter. Zwischen Donnerstag, dem 29. Oktober, und dem folgenden Sonntag rührt sich auf

Erpresserseite nichts. Es gibt noch immer keine Verdächtigen, ja nicht einmal eine vage Richtung, in die man suchen könnte. Eine Beziehungstat wird immer unwahrscheinlicher. Bei den Kriminalbeamten der verschiedenen Dienststellen, die den Fall bearbeiten, wächst allmählich die Überzeugung: Die Wahl durch den oder die Täter könnte unvorbereitet und willkürlich auf David gefallen sein. Täter und Opfer sind erst zum Zeitpunkt der Tat aufeinandergetroffen, es gab also nicht mal ein vorheriges Auskundschaften. Das würde bedeuten, nach der sprichwörtlichen Nadel im Heuhaufen suchen zu müssen.

Am Sonntag, dem 1. November, ruft ein Mann vom Thüringer Städtchen W. aus zweimal bei Davids Eltern an, einmal um 18:05 Uhr und das zweite Mal um 18:55 Uhr. W. liegt auf halber Strecke zwischen der Großstadt A. und M., wo Rudi Winkler seine Firma betreibt. Um 18:05 Uhr teilt er den Eltern – und der mithörenden Polizei – mit, daß er sein drittes Erpresserschreiben im Nachtbriefkasten des Amtsgerichts von W. deponiert habe. Irgendwie muß es dem Mann vorgekommen sein, als habe er gegenüber den Eltern nicht nachdrücklich genug geklungen, denn als er sich fünfzig Minuten später abermals meldet, droht er, es werde Konsequenzen haben, wenn seine Forderungen diesmal nicht erfüllt werden. Bei diesem zweiten Anruf gelingt es Davids Mutter, dem Täter klarzumachen, daß seinen Forderungen entsprochen wird, aber nur, wenn sie mit ihrem Sohn persönlich sprechen und sich auf diese Weise davon überzeugen kann, daß er noch am Leben ist.

Die Kripo von A. kann die Anrufe rasch zurückverfolgen. Sie kamen aus zwei verschiedenen Telefonzellen in W. Sofort wird die Polizei von W. in Bewegung gesetzt. Die Crux dabei: Sie verfügt nur über einen Streifenwagen.

Von A. aus macht sich der Kriminaldirektor Martin Habersaat, Chef der Kripo, mit dreißig seiner Mitarbeiter sofort auf den Weg nach W., schließlich geht es um das Leben eines Kindes. Sie benötigen etwa 45 Minuten für die Fahrt. Die erste Telefonzelle konnte von den Polizeibeamten aus W. gesichert werden. Habersaat schickt ein paar seiner Leute dorthin, begibt sich mit anderen zu der zweiten Zelle. Die Kriminalpolizisten nähern sich dem Telefonhäuschen unauffällig. Natürlich ist der Täter längst über alle Berge.

Nun kommt es darauf an, Spuren in der Telefonzelle zu sichern. Allerdings hat die Mutter ja verlangt, mit ihrem Sohn sprechen zu können. Was also, wenn der Täter erneut bei der Zelle erscheint, dieses Mal mit dem Jungen, und dort schon von weitem die Kriminaltechniker bei der Arbeit sieht? Er wird auf dem Absatz kehrtmachen. Andererseits muß verhindert werden, daß weitere Personen die Zelle betreten und Spuren vernichten. Was also tun? Habersaat kommt auf die Idee, einfach den Hörer abzureißen und das Telefonhäuschen mit Absperrbändern zu versehen, die man erst aus der Nähe ausmachen kann. Es streiten dabei zwei Seelen in seiner Brust, denn das Zerstören eines öffentlichen Fernsprechers ist eine Straftat. Es wird trotzdem gemacht.

Sowohl auf den Visitenkarten als auch auf dem Betriebsausweis der Advertising Movies Corporation steht zu lesen, daß sich Rudi Winkler nun Direktor nennt; Geschäftsführer war ihm offenbar zu wenig. Er beschäftigt im Durchschnitt zwei bis drei Mitarbeiter, die Werbe- und Imagefilme für regionale Institutionen und Unternehmen herstellen. Es gelingt Winkler durchaus, Aufträge für die A.M.C. zu aquirieren, nur reichen sie beileibe nicht aus, um der Firma das Überleben zu sichern.

Es fällt Rudi Winkler schwer, die laufenden Kosten zu decken. Zunehmend wird es unmöglich, auch noch seine Schulden zu bedienen.

»Es kommt ein Unglück über das andere«, heißt es in der Bibel, im Buch des Propheten Hesekiel. Das mag auch Rudi Winkler empfunden haben, denn zu seiner verzweifelten und immer aussichtsloser werdenden wirtschaftlichen Situation kommt noch hinzu, daß Winkler krank ist. Bereits 1995 war bei ihm eine Knochenerkrankung festgestellt worden, die sich ausgerechnet nach der Firmengründung erheblich zu verschlimmern beginnt, wobei durchaus ein Zusammenhang denkbar ist zwischen der Krankheitsprogression und dem Streß. Winkler hat oft starke Schmerzen. Die Knochen tun ihm weh und wegen der schlechten Geschäfte auch die Seele.

Nach außen läßt er sich nichts anmerken. Niemand soll auch nur eine Ahnung bekommen, wie schlecht es um ihn steht. Immer noch geht Rudi Winkler seinem Hobby nach, wenn auch längst nicht mehr so oft wie früher, da ihm schlicht die Zeit fehlt. Bei einem seiner Streifzüge durch seine Heimatstadt entdeckt er eine soeben sanierte komfortable Villa, die zum Verkauf steht. Sie weckt sofort seine Begehrlichkeit, wie sie sicher auch das Interesse oder die Begierden vieler anderer Menschen weckt, die an ihr vorbeigehen und sich vorstellen, wie es wäre, in einem solchen Haus zu wohnen. Winkler bereitet die Villa schlaflose Nächte. Wenn er sie in seinen Besitz brächte, könnte alle Welt sehen, daß er ein ungeheuer erfolgreicher Geschäftsmann ist. So kommt er auf den fatalen Gedanken, bei dem Makler anzurufen, der den Verkauf der Villa vermittelt. Zwölf Millionen Mark, so erfährt er, ist der geforderte Kaufpreis.

Je tiefer A.M.C. in die roten Zahlen sinkt, desto mehr ergreift der Wahnsinnswunsch von Winkler Besitz, die Villa zu erwerben. Er tritt in Verhandlungen mit dem Makler ein. Nebenbei läßt er verbreiten, er wolle sich von seinem Erfolgspferd Advertising Movies trennen, um noch größer ins Geschäft der Werbe- und Imagefilme einzusteigen. Tatsächlich findet sich eine Firma, die sich für seine Offerte interessiert. Sie unterbreitet ein Angebot, mit dem Rudi Winkler über Nacht seine Schulden in Höhe von 60 000 DM loswerden würde. Aber Winkler hat sich bereits zu sehr in seine Hirngespinste verstrickt. Schließlich, so behauptet er jedenfalls später, sieht er im Fernsehen einen Film, der ihn inspiriert. Winkler beschließt, ein Kind zu entführen und eine Geldsumme zu erpressen, die ihm beides ermöglicht: seine Schulden zu bedienen und die Villa zu erwerben. Selbst für neue, standesgemäße Möbel soll dann noch etwas übrig sein.

Die Observation der Telefonzellen in W. bringt keine Resultate. Die Anspannung bei der Polizei wächst, nachdem sie den Brief aus dem Nachtbriefkasten des Amtsgerichts geholt und gelesen hat. Der Text stammt von Davids Hand und ist offensichtlich wieder nach Diktat verfaßt worden. »Meine lieben, lieben Eltern«, lautet der Text. »Mein Leben mit euch ist sehr schön gewesen. Irgendwann muß jeder von dieser Welt gehen. Wäre es nicht besser gewesen, wenn ihr das Geld bezahlt hättet? Ich liebe euch sehr. Schade, euer David.«

Hatte die Überwachung der Telefonzelle nichts gebracht, so sieht es mit dem hartnäckigen Beharren der Mutter, ihren Sohn sprechen zu wollen, anders aus. Anfangs war der Täter nur dazu bereit, die Unterwäsche des Jungen zu beschreiben. Das reichte der Mutter nicht. Am Abend des 1. November 1998 ist es dann so weit. Um 22.26 Uhr erhält die Familie Hahn den entscheidenden Anruf. David ist am anderen Ende der Verbindung und fordert seine Eltern auf, unbedingt das Lösegeld zu bezahlen, sonst werde es ihm schlecht ergehen.

In kurzer Zeit ergeben die Ermittlungen der Polizei, daß der Anruf von einem Mobiltelefon erfolgte. Über den Netzbetreiber ist der Anschlußinhaber in Nullkommanichts festgestellt. Es kann sogar geortet werden, von wo der Anruf bei Davids Eltern erfolgte, nämlich aus dem Gewerbegebiet am Rand von M. Damit befindet sich Rudi Winkler im Visier der Fahnder.

Hundertprozentige Sicherheit, daß Winkler auch der Geiselnehmer ist, haben die Beamten aber noch nicht. Man weiß zu diesem Zeitpunkt nur, daß eine männliche Person mit

Winklers Handy aus dem Gewerbegebiet angerufen hat. Es ist sehr wahrscheinlich, daß Rudi Winkler der Anrufer ist. Auch mutmaßen die Fahnder, daß David in den Räumen von Winklers Firma festgehalten wird. Aber auch in dieser Hinsicht brauchen sie Gewißheit. Erst dann können sie zugreifen, ohne das Kind zu gefährden. Nichts fürchten die Kriminalisten um Kriminaldirektor Habersaat mehr als einen Tatverdächtigen, der ihnen den Aufenthaltsort des Jungen verschweigt. Das nämlich käme womöglich einem Todesurteil gleich.

Die Polizei muß nun ihr weiteres Vorgehen sorgfältig abwägen. Zuerst einmal wird nur die Personenbewegung am Objekt aufgeklärt, das heißt, das Gelände des Gewerbeparks wird observiert, und es wird in einem Protokoll vermerkt, welche Personen wann das Gelände und das Haus, in dem sich die A.M.C. befindet, betreten beziehungsweise verlassen. Schließlich heften sich ein paar Beobachtungsspezialisten auch an Winklers Fersen. Er macht nun keinen Schritt mehr, der nicht überwacht wird.

»Wir waren alle furchtbar angespannt«, erzählt mir Martin Habersaat bei unserem ersten längeren Gespräch zu dem Fall im Sommer des Jahres 2001. »Stehen wir unmittelbar vor der Aufklärung der Tat? Wie geht es dem Jungen? Werden wir ihn gesund befreien können? Und wie gefährlich ist der Täter? Vor allem diese Frage mußten wir innerhalb kürzester Zeit beantworten.«

Abhörspezialisten beziehen Position in einem Raum neben der Videofirma A.M.C., um mittels eines »Lauschangriffs« herauszufinden, ob sich David Hahn in dem Raum der Winkler-Firma befindet. Das Abhören erbringt nur sehr schlechte Resultate, die nicht ausgewertet werden können. »Wir wußten also immer noch nicht: Ist David in dem Firmenraum oder nicht? Diese Ungewißheit hat ganz schön an unseren Nerven genagt. Doch dann hatte der Chef vom MEK, also vom Mobilen Einsatzkommando, eine einfache, aber raffinierte Idee.«

Ein schlichtes Stethoskop kommt zum Einsatz. Mit ihm hören die Polizisten die Wände ab. Und tatsächlich, sie werden dabei Zeugen eines Gesprächs zwischen Winkler und einem Jungen. Der Täter diktiert David einen Abschiedsbrief an seine Eltern. Keiner zweifelt jetzt noch, daß sich im Nebenraum das Verlies befindet, in dem das entführte Kind festgehalten wird. Unter den Polizeibeamten macht sich eine erste Erleichterung breit, obwohl natürlich noch eine Hürde zu nehmen ist: die Festnahme des Geiselnehmers und damit die Befreiung des Jungen. Doch das geschieht einfacher, als zu erwarten war.

Als Rudi Winkler das Gebäude verläßt, um Müll zu entsorgen, greifen die Einsatzkräfte zu. Winkler wird überwältigt und festgenommen. Es ist 21.10 Uhr. Habersaat und einige Kollegen stürmen den Raum, in dem sich David aufhält. Der Junge ist mit Handschellen an ein Regal gefesselt. Habersaat schreit aus dem Fenster, man möge dem Täter die

Schlüssel abnehmen und ihm bringen. Das dauert keine fünf

Minuten. Habersaat löst David die Fesseln. Dann kann er nicht anders und nimmt den Jungen in den Arm.

Nach mehr als zehntägiger Geiselhaft ist David Hahn wieder frei.

An den Einsatzort ist auch ein Krankenwagen gerufen worden. David Hahn wird von einem Arzt untersucht. Auf den ersten Blick sieht es so aus, als würde es dem Jungen einigermaßen gut gehen. Da er David in ärztlicher Obhut weiß, kümmert sich Habersaat erst einmal um die Spurensicherung am Tatort. Er trifft seine Anordnungen und ist zehn Minuten später wieder auf dem Parkplatz vor dem Haus. Der Krankenwagen ist verschwunden. Habersaats Herz schlägt schneller. Der Junge ist es auch.

Habersaat erkundigt sich bei Polizisten des MEK, aber sie wissen nicht, wo David abgeblieben ist. In Habersaats Wut darüber, daß offenbar niemand auf den Jungen achtgegeben hat, mischt sich große Sorge. Vielleicht ist David ja nur körperlich unversehrt geblieben, steht aber unter Schock und ist desorientiert einfach in irgendeine Richtung gelaufen, weil er nur schnell weit weg wollte von diesem Leidensort. Der Kriminaldirektor mobilisiert alle verfügbaren Mitarbeiter und instruiert sie. Bevor er sie ausschwärmen läßt, um nach David zu suchen, erhält er einen Anruf aus dem Krankenhaus. Der diensthabende Kinderarzt teilt ihm mit, er könne den Jungen nun abholen, es sei nicht erforderlich, ihn zur Beobachtung stationär aufzunehmen. Habersaat fällt ein Stein vom Herzen, und er rast zu der Klinik. »Hätten mich Kollegen aus M. erwischt, es hätte mir ein paar Punkte in Flensburg eingebracht«, meint er bei unserem Gespräch. Nun endlich kann er David nach Hause zu seinen Eltern bringen. Nur aus Übervorsicht weist er sich dem Jungen gegenüber mit seinem Dienstausweis aus. Darauf Davids prompte Antwort: »So einen Ausweis habe ich schon mal gesehen.« Habersaat merkt auf.

Rudi Winkler bastelte nicht nur gern Betriebsausweise. Nachdem er den Entschluß gefaßt hatte, sich eines Kindes zu bemächtigen und ein Lösegeld zu erpressen, »baute« er sich erst einmal einen Polizeiausweis; genauer gesagt, einen Ausweis, der ein Kind glauben machen sollte, es sei ein solcher. Mit dem »Dokument« in der Tasche fühlte sich Winkler gut und mächtig. Er schickte seine beiden Mitarbeiter, die ohnehin nicht über eine hohe Arbeitsbelastung klagen konnten, in den Jahresurlaub, gab auch sich selbst frei. Immerhin war er klug genug, seine Tat nicht in M. ausführen zu wollen. Die Hektik, Anonymität und mitmenschliche Gleichgültigkeit der Großstadt schien ihm geeigneter für die Umsetzung seines Plans. Eine Woche lang fuhr er mit seinem Wagen Tag für Tag nach A. Er kurvte durch die Gegend, schaute sich bei seiner Suche nach geeigneten Tatörtlichkeiten auf Straßen, Parkplätzen und in Parks um. Winkler kaufte in A. ein Paar Handfesseln, und wenn er abends nach M. zurückgekehrt war, machte er sich Gedanken zur Geldübergabe. Er bereitete Erpresserbriefe vor und präparierte das »Verlies«. Da der Vermieter des alten Firmengeländes über einen Generalschlüssel verfügte, wechselte Winkler das Schloß zu dem Raum aus, der seine Firma beherbergte. Nachdem die Woche verstrichen war, exakt am 24. Oktober gegen 14.00 Uhr, schlug er zu. Schon eineinhalb Stunden war er da durch A. gefahren. Dann sah er auf dem Gehweg einer ihm unbekannten Straße ein geeignetes Kind.

Was David Hahns besondere Eignung zum Entführungsopfer ausmachte, weiß auch Winkler nicht genau. An jenem Tag jedenfalls stellt er seinen PKW am Straßenrand ab, nähert sich dem Jungen und spricht ihn an. Er zeigt ihm den »Polizeiausweis« und erklärt, er müsse den Jungen zur Klärung eines Sachverhalts mit auf das nächste Revier nehmen. Ein Kind sei verschwunden, nun solle überprüft werden, ob nicht David dieses Kind sei.

David Hahn sieht keinen Grund, dem »Polizisten« zu mißtrauen, also folgt er ihm und steigt in dessen PKW. Mulmig wird ihm, als der Wagen nicht zum nächsten Revier, sondern zum Stadtrand gelenkt wird. Schließlich fragt der angebliche Polizist lapidar: »Weißt du, was eine Entführung ist?« David bejaht. »Dies ist eine Entführung«, sagt der Mann. Dem muß nichts hinzugefügt werden, der Junge hat kapiert.

Daß er sich ein besonders helles Bürschchen ein- oder auch aufgeladen hat, wird Rudi Winkler schnell klar. Manchmal beobachtet er David im Rückspiegel, und er sieht, wie der Junge sich die Ortsschilder der durchfahrenen Kleinstädte und Dörfer einzuprägen versucht. Winkler verlangt daraufhin von David, sich Schuhe und Strümpfe auszuziehen und die Handfesseln anzulegen, sich dann auf den Wagenboden zu legen und obendrein auch noch mit einer Decke zuzudecken. Dies, wird David später sagen, sei für ihn das Schlimmste gewesen: Nicht mehr sehen und beobachten zu können, was vorgeht.

Der intelligente Jungen bekommt trotzdem noch einiges mit – man könnte ihn fast als den idealen Zeugen bezeichnen. Er leistet keinen Widerstand, aber er schaut. Als Winkler das Firmengelände befährt, merkt sich David alles, was in dem kleinen Ausschnitt des Fensters, den er vom Boden aus sehen kann, auftaucht. Rostrote Ziegelsteinbauten macht er aus. »Wir sind an irgendwie ganz alten Häusern angekommen«, wird er später aussagen.

Bevor Winkler sein Opfer in den Firmenraum führt, verbindet er David die Augen. Im Versteck angelangt, wird ihm die Binde wieder abgenommen. Der Junge wird auf eine Matratze gelegt und mit einer Hand und einem Bein an ein Metallregal gefesselt. In dieser unbequemen Lage wird der Junge in den nächsten Nächten schlafen müssen. Aber es kommt noch schlimmer. Jeden Tag muß Rudi Winkler das Versteck verlassen, um Besorgungen zu machen und um die Modalitäten der Geldübergabe zu regeln. Er ist oft Stunden unterwegs.

Bei Winkler mischt sich kriminelle Energie mit einer gewissen Behutsamkeit dem Kind gegenüber. Zwar ist die Entführung an sich eine Gewalttat, doch enthält sich der Kidnapper direkter körperlicher Gewalt gegenüber seinem Opfer.

Als er zum ersten Mal das Versteck verlassen muß, versucht er, David mit einem Handtuch zu knebeln. Das ist dem Jungen nicht nur unangenehm, es löst auch einen Würgereiz aus. Winkler läßt von der Knebelung ab. Er verläßt sich auf Davids Versprechen, nicht zu schreien. Damit geht er ein gewisses, wenn auch kalkulierbares Risiko ein. David schreit natürlich. Ihn hört niemand, weil die umliegenden Räume gar nicht oder nur als Lager genutzt und daher von ihren Mietern nur außerordentlich selten aufgesucht werden. Allerdings hätte es doch passieren können.

Manchmal wird Winkler von seinen Gefühlen übermannt. Abends, wenn der Junge einschlafen soll, streichelt er ihm vorsichtig über die Wangen. Neben Keksen und Schokolade versorgt er ihn auch mitunter mit warmem Essen aus der Assiette. Dem Jungen bekommt das Essen nicht. Als er über Übelkeit klagt und sich auch noch eine Erkältung anzukündigen scheint, fährt Winkler in die Apotheke, um Medikamente zu beschaffen. Zu diesem Zeitpunkt wird er bereits von der Polizei überwacht.

Rudi Winkler hat sich um das von ihm entführte Kind also gekümmert – im Rahmen des Möglichen und unter den gegebenen Umständen. Was hätte Winkler aber nach der Geldübergabe mit David getan?

In seinen mehrstündigen Vernehmungen beharrt Winkler darauf, er hätte David nach der Übergabe freigelassen. Er wird mit dem letzten von ihm verfaßten Erpresserbrief konfrontiert, den er nicht mehr absenden konnte, den die Kripo aber in seiner Firma fand. »Wenn das Geld nicht bis zum 3.11., 17.00 Uhr, übergeben ist, wird David an ein Bordell in den Niederlanden verkauft. Dort wird mit ihm ein Folter- und Tötungsvideo hergestellt. Handeln Sie schnell. Davids Zeit ist nur noch begrenzt.«

Winkler hat keine Verbindungen in die Niederlande. Er sagt, diesen Brief habe er nur so hart formuliert, um die Eltern noch stärker unter Druck zu setzen. Bis zum Schluß bleibt er dabei, daß er seinem Opfer niemals ein Haar gekrümmt hätte. Das Gegenteil kann man ihm nicht beweisen.

In seinen Vernehmungen versucht Winkler die Rolle zu spielen, selbst ein Opfer widriger Umstände zu sein. Er betont seine wirtschaftliche Notlage, doch seine Geldnot nehmen ihm die Kriminalisten nicht als alleiniges Motiv seiner Tat ab. Auch sein Geltungsbedürfnis, das wohl am Rande der Hochstapelei anzusiedeln ist, muß in Betracht gezogen werden.

Die Villa, auf die Rudi ein Auge geworfen hatte, fand einen anderen Käufer. Die Advertising Movies Corporation ist längst aus dem Handelsregister gelöscht. Und am 19. August 1999 verurteilte das Landgericht von A. den ehemaligen Unternehmer Rudi Winkler zu 8 Jahren 6 Monaten Freiheitsentzug wegen erpresserischen Menschenraubes.

Als erheblich strafverschärfend sahen die Richter den Umstand an, daß Winkler sein Opfer mehrmals alleingelassen und dann an ein Regal gefesselt hat. Ebenfalls gegen den Angeklagten wurde angeführt, daß er den Jungen einmal für mehrere Stunden in einen Schrank gesperrt und damit große Ängste in dem Kind ausgelöst hat. Als besondere psychische Grausamkeit bewertet das Gericht den Abschiedsbrief, den David an seine Eltern schreiben mußte. Auch die Drohung, an einen Kinderpornoring verkauft zu werden, hielten die Richter für außerordentlich verwerflich. Des weiteren wurde die enorme Höhe des geforderten Geldes als strafverschärfender Umstand gewertet.

Für den Angeklagten sprach nach Meinung des Gerichts, daß er ein umfassendes Geständnis ablegte und daß er sich bei seinem Opfer und dessen Eltern entschuldigt hat.

Das Reuebekenntnis und die Entschuldigungen des Rudi Winkler vor Gericht und in der Öffentlichkeit klingen jedoch seltsam blaß und vage. Blaß und vage wirkt allerdings auch die Person. Aber eine Erkenntnis nimmt er immerhin mit: »Ich beschloß, ein Kind zu entführen. Das war nicht so einfach, wie ich dachte.«

Einundvierzig Messerstiche

Der Fall Reinhard Kant

Der kleine See im Norden von K. ist seit Jahrzehnten ein beliebtes Erholungsgebiet für die Bewohner der angrenzenden Wohngegenden. Der See ist eine ehemalige Kiesgrube, die im ersten Drittel des 20. Jahrhunderts geflutet worden war, weil sich der Kiesabbau nicht mehr lohnte. Seitdem wird er nur Kiessee genannt.

Während der DDR-Zeit wurde an der Umgebung nichts getan, und sie verwilderte. Was für Kinder ein beliebter Spielplatz voller Verstecke und für Liebespaare ein verschwiegener Ort für Intimitäten war, wurde nach der Wende gesäubert, gelichtet und in Ordnung gebracht. Rasen wurde gesät, Bänke wurden aufgestellt, Papierkörbe installiert und sogar, jedenfalls in Nähe der benachbarten Straßenbahnhaltestelle, ein paar Laternen.

Am Freitag, dem 2. August 2000, ist es am Nachmittag sehr belebt an den Ufern. Es ist ein sonniger Tag, das Wochenende steht bevor, und die Leute nutzen die Gelegenheit, sich zu sonnen, zu baden oder Ball zu spielen. Etwa gegen 18.00 Uhr treffen am Kiessee die 17-jährigen Benny, Markus und Johannes ein. Die drei Freunde aus K. errichten gemeinsam zwei Zelte, denn sie sind mit Freunden verabredet, mit denen sie das Wochenende am See verbringen wollen. Natürlich werden auch Mädchen erwartet.

Gegen 20.00 Uhr sind dann alle eingetroffen. Es sind mehr als zwanzig Jugendliche, die ihre Zelte am Seeufer aufgeschlagen haben. Bier, Schnaps und Wein machen die Runde, es wird geraucht, gequatscht, geulkt und einfach »abgehangen«. Der erste Joint geht um. Noch ist es hell, noch sind auch andere Leute am See unterwegs. Erst als es stockdunkel ist, scheint es zumindest, als wären die Jugendlichen allein. Anders gesagt: Sie fühlen sich so.

Nicht alle aus der Clique dürfen am See auch übernachten. Ab etwa 23.00 Uhr geraten die jungen Leute immer mal wieder in Bewegung. Freunde müssen zur nächsten Haltestelle der Straßenbahn gebracht, Nachschub an Getränken muß beschafft werden.

Es ist beinahe ein Uhr. Benny, Markus und Johannes haben Dorothee und Uwe, ein Pärchen aus ihrem Kreis, zur letzten Bahn gebracht. In einem Imbiß, in dem schon die Stühle auf den Tischen stehen, gelingt es ihnen, noch zwei Flaschen Lambrusco zu besorgen. Dann machen sie sich auf den Rück-weg zum Zeltlager.

Etwa fünfzig Meter führt sie der Weg über die Liegewiese. Die Laternen haben die Jugendlichen zwar in ihrem

Rücken, doch im Lichtschein ist recht gut zu erkennen, daß auf der Wiese ein Mensch liegt. Benny, Markus und Johannes befinden sich ungefähr einhundert Meter von der Haltestelle und zirka vierhundert Meter von den Zelten entfernt und bleiben stehen. Der Mann auf der Wiese stöhnt.

Zuerst halten die Jungen ihn für einen Säufer, der es nicht mehr nach Hause geschafft hat. Doch irgend etwas ist ihnen nicht geheuer. Die Kleidung des Mannes scheint mit einer Flüssigkeit getränkt zu sein, die in dem kargen Licht metallisch wirkt, jedenfalls nicht wie Wasser oder Wein. Die Jungen treten näher. Man riecht es, und man sieht es auch: Die Flüssigkeit ist Blut.

Die Jungen rennen zurück und suchen nach einem öffentlichen Telefon. Sie verständigen die Polizei, die schon wenige

Minuten später eintrifft. Die Wiese wird weiträumig abgesperrt. Der Mann mit dem blutgetränkten Hemd ist tot.

Die ersten Ermittlungen der Kriminalpolizei konzentrieren sich wie üblich auf den Tatort und seine Umgebung sowie auf die Identität des Mannes, der einem Tötungsverbrechen zum Opfer gefallen sein muß. Neben vielen anderen Gegenständen finden sich in der Nähe des Toten ein Küchenmesser und ein einzelner rosafarbener Haushaltshandschuh. Und wer das Opfer ist, wird auch schnell klar, obwohl der Mann keine Papiere bei sich hat, sondern nur einen Schlüsselbund. Eine Ehefrau, die bereits geschlafen hat, informiert die Polizei, daß ihrem Mann etwas zugestoßen sein müsse: Vom »Gassigehen« mit dem Hund sei nur der Hund zurückgekehrt. Die Frau heißt Kant. Das Haus der Familie Kant befindet sich zirka 1 000 Meter Luftlinie vom Tatort entfernt. Die Kriminalisten müssen nur eins und eins zusammenzählen, um einen Zusammenhang herzustellen. Wohin denn ihr Mann mit dem Hund abends zu gehen pflege, will man wissen. Zum Kiessee, lautet die Antwort. Nun gibt es keine Zweifel mehr: Der mit einem spitzen Gegenstand getötete, etwa vierzigjährige Mann ist Reinhard Kant.

Reinhard Kant hat im Leben einiges erreicht, worum ihn manch anderer beneiden würde. Er entstammt einer gutsituierten Akademikerfamilie, und vor allem seine Mutter weckt früh einen großen Ehrgeiz in ihrem Sohn, der es auch einmal zu etwas bringen soll. Es zu etwas bringen, das heißt: Karriere, Erfolg, Geld. Das heißt auch, eine Familie zu gründen, weil das nun einmal dazugehört. Es bedeutet Auto, Haus, Reisen, Besitz. Nur Emotionen und Liebe kommen in all dem, was man unbedingt erreichen muß, nicht vor.

Kant kommt gut zurecht in allen Lebenslagen. Nach Abitur und Wehrdienst studiert er an der Technischen Universität Dresden Elektrotechnik und schließt das Studium 1986 mit einem gut bewerteten Diplom ab. Reinhard kehrt nach K. zurück und beginnt dort im Konstruktionsbüro eines volkseigenen Betriebes zu arbeiten, der Starkstromanlagen produziert. Nun geht er auch an die Gründung einer Familie. Die Familiengründung fällt allerdings etwas anders aus, als es sich die Mutter einst vorgestellt hat.

Noch als Student hat Reinhard die drei Jahre jüngere Margitta kennengelernt. Margitta ist nicht wie er auf der Sonnenseite großgeworden, sondern im Alkoholdunst. Der Vater war Rangierer. Anfangs soff er nur, wenn er nicht rangierte, dann war er auch beim Rangieren betrunken. Die Folge: ein schwerer Arbeitsunfall. Margittas Vater wurde zum invaliden Frührentner. Er säuft er aus Verbitterung über seinen zerstörten Körper und sein verpfuschtes Leben. Alkoholiker finden immer einen Grund und eine Rechtfertigung für den Griff zur Flasche.

Margittas Mutter ist da anders. Sie ist eine zurückhaltende, liebevolle Frau, die immer versucht hat, ihrer Tochter trotz des rüpelhaften, trunksüchtigen und auch geistig nicht überragenden Vaters ein halbwegs schönes Zuhause zu verschaffen. Dafür hat sie oftmals von ihren eigenen Bedürfnissen abgesehen. Von ihrer Mutter hat Margitta sehr viel Liebe mitbekommen. Und auch ein starkes Liebesbedürfnis. Wie es mit ihrer Fähigkeit zu lieben aussieht, das wird sich zeigen.

Sie lernt Reinhard kennen, weil ein Freund von ihm in dem Haus wohnt, in dem auch Margitta seit einigen Wochen eine kleine Wohnung gemietet hat. Da zu diesem Freund ein gutnachbarschaftliches Verhältnis besteht, kommt sie schließlich auch Reinhard näher. Sie bewundert den gebildeten Mann, der studiert und über Gegenstände parlieren kann, die Margitta fremd sind. Schließlich schlafen die beiden miteinander. Eigentlich ist es nichts Ernstes. Vermutlich wäre es bei einem Techtelmechtel geblieben, bei einer flüchtigen sexuellen Beziehung, wäre nicht passiert, was dabei nun einmal geschehen kann: Margitta wird schwanger.

Sofort fühlt sie sich bedrängt. Margitta arbeitet »nur« als Näherin bei dem VEB Jugendmode, eigentlich hatten die Kants sich eine andere Schwiegertochter vorgestellt. Doch nun bestehen sowohl Reinhard als auch dessen Eltern auf sofortiger Eheschließung. Vor allem Margittas künftiger Schwiegermutter geht es um die Leute. Den Ruf, ihr Sohn könne eine Frau mit Kind »sitzengelassen« haben, wollen die Eltern sich und ihm ersparen.

Also wird Hochzeit gehalten, weil ein Kind unterwegs ist. Doch auch wenn es keine Liebesheirat war, im Alltag gewöhnt man sich aneinander.

Die Ermittlungen der Kriminalpolizei befassen sich einerseits weiterhin mit der Umgebung des Tatorts, andererseits interessiert sie auch der Ablauf der letzten Tage im Leben des Reinhard Kant. Dessen Leiche landet auf dem letzten Tisch, dem Tisch des Rechtsmediziners. In der Prosektur des Rechts-medizinischen Instituts von K. trifft man bereits bei der Inaugenscheinnahme des ungeöffneten Leichnams eine erschreckende Feststellung. Kant ist nicht mit einem gezielten Messerstich ins Herz oder durch ein paar Stiche in die Brust getötet worden, sondern der Täter hat insbesamt 41 Mal auf ihn eingestochen. Das wird der Kripo umgehend mitgeteilt.

Die hohe Zahl der Stichverletzungen läßt auf einen gestörten, psychopathischen Täter schließen.

Auch in Tatortnähe erhebt die Polizei einige interessante Befunde. Natürlich hat sie alle Jugendlichen befragt und des weiteren festzustellen versucht, wer sich noch am Kiessee und in dessen Umgebung aufgehalten hat. Die Jungen, die das Opfer fanden,wollen einen jungen Mann gesehen haben, der sich nahe der Liegewiese aufhielt, und zwar bis zum Eintreffen der Polizei. Der junge Mann von zirka 20 bis 25 Jahren habe eine schwarze Hose und ein schwarzes T-Shirt getragen und sei mit einem gelb-rot-blauen Mountainbike unterwegs gewesen. Nach diesem Mann wird sofort gefahndet. Man sucht ihn vor allem als Zeugen, niemand hegt bisher einen konkreten Tatverdacht.

Sehr verdächtig sind dagegen zwei der fünf Männer, die sich in der fraglichen Zeit ebenfalls am Kiessee aufhielten und einer legalen, aber lautlosen Beschäftigung nachgingen: dem Angeln. Zwei dieser Männer sind wegen Tötungsdelikten vorbestraft, der eine wegen einer schweren Körperverletzung mit Todesfolge, der andere sogar wegen Raubmordes. Daß sich beide zum Zeitpunkt eines Mordes in unmittelbarer Nähe des Tatortes aufhielten, das kann ja wohl kein Zufall sein. Die beiden streiten allerdings ab, sich überhaupt zu kennen. Womöglich traf das bis zur Tatnacht auch zu, haben sie sich erst am See kennengelernt. Auch den Mord an Reinhard Kant streiten sie ab. Vorerst muß man sie mangels Beweisen laufen lassen. Die Fahnder haben sie weiterhin im Visier. Doch ob einer der beiden oder beide nun in den Mord verwickelt sind oder nicht, fraglich ist von Anbeginn das Tatmotiv.

Reinhard Kant hatte feste Gewohnheiten. Jeden Abend führte er den Hund aus, damit dieser seine Geschäfte erledigen konnte. Fast immer nahm er den Weg zum Park am See, wo Karli – so der Name des Hundes – seine Häufchen hinterließ.

Zum Spaziergang nahm Kant weder seine Brieftasche noch seine Geldbörse mit. Bei ihm war also nichts zu holen. Deshalb schließen die Beamten der Mordkommission Raub als Motiv weitgehend aus. (Hundertprozentig können sie es nicht. Der oder die Täter konnten nicht wissen, daß Kant nichts Wertvolles mit sich führte. Aber sie hätten sicher rasch von ihm abgelassen, wenn sie es mitbekommen hätten, und nicht so oft auf ihn eingestochen.)

Vor allem die Vielzahl von Stichverletzungen, von denen übrigens nur eine den Tod unmittelbar herbeiführte, läßt die Kriminalisten an der Raubmordthese zweifeln. Hier hat jemand mit großem Haß zugestochen oder eben aus einer Geistes- beziehungsweise Gemütsstörung heraus. Haß würde bedeuten, den Täter im Umfeld des Opfers zu suchen, also eine Beziehungstat anzunehmen. Ein Geistesgestörter hingegen kann sein Opfer willkürlich ausgewählt haben. Gegen die Variante des unorganisierten Täters spricht vor allem, daß er bereits ein Tatwerkzeug mit sich führte. Wenn also ein Gestörter mit psychopathischen Zügen sein Unwesen trieb, dann lief dieser Täter vielleicht schon wieder mit einem Messer in der Tasche durch die Straßen.

Noch eine Frage beschäftigt die Kriminalisten von Anfang an. Sie betrifft den einzigen unmittelbaren Tatzeugen, der leider nicht sprechen kann. Es fragt sich nämlich: Warum hat der Hund Karli den oder die Täter nicht verbellt?

Die Eheleute Reinhard und Margitta Kant haben sich einiges zusammen geschaffen. 1989, kurz vor der Wende, kam das zweite Kind und damit der Wunsch, aus der Mietwohnung in ein Haus zu ziehen. Reinhard schuftete wie besessen, seine Eltern griffen ihnen unter die Arme, und schließlich konnten sie tatsächlich ein neues Heim in der Blumensiedlung beziehen. Bei den Wohngebäuden handelt es sich um Doppelhäuser, die Kants zogen in eine solche Doppelhaushälfte ein. Margitta hörte auf zu arbeiten, um sich ganz den Kindern, dem Haus und dem kleinen Garten widmen zu können. Man mußte sich auch nach der Wende keine finanziellen Sorgen machen, denn im Gegensatz zu vielen anderen Ostdeutschen verlor Reinhard seinen Job nicht. Der Starkstromanlagenbaubetrieb, bei dem er noch zu DDR-Zeiten Abteilungsleiter geworden war, wurde von einem großen deutsch-amerikanischen Konzern übernommen. Reinhard arbeitete unermüdlich. Dafür wurde er 1993 mit einem Direktionsposten belohnt.

In seiner Ehe allerdings kriselte es. Es ist die altbekannte Geschichte: Auf der einen Seite steht der karriereorientierte Mann, der kaum zu Hause ist, auf der anderen Seite die Hausfrau und Mutter, die sich zu langweilen beginnt, nachdem die Kinder aus dem Gröbsten raus sind. So jedenfalls sah es auch bei den Kants aus. Manchmal wurde sogar von Scheidung gesprochen. Aber durch solche Täler müssen viele Ehen gehen, und schließlich kommt doch alles wieder ins Lot.

In der Zeit vor dem 2. August 2000 ist wieder einmal ein solch tiefes Tal erreicht. Margitta hat ein paar Tage mit ihren beiden Kindern bei einer Freundin an der Ostsee verbracht, um zu sich zu kommen und Trost und Zuspruch zu erhalten. Nach langen Spaziergängen und Gesprächen mit der Freundin will Margitta unbedingt einen Neuanfang mit Reinhard wagen. Sie ruft ihn an und teilt ihm mit, daß sie am 2. August um die Mittagszeit nach K. kommen werde, um sich mit ihm zu versöhnen. Sie bittet ihn, die Schwiegereltern zu diesem Versöhnungsfest einzuladen. Sie selber bittet telefonisch ihre Mutter, zu dieser Feier zu kommen.

Die Versöhnungsfeier ist rundum gelungen, die Harmonie oder besser gesagt das Gleichgewicht zwischen den Eheleuten ist wiederhergestellt. Kurz vor Mitternacht verabschieden sich die Schwiegereltern und Margittas Mutter von Margitta und Reinhard an der Haustür. Reinhard bringt seine Eltern noch zu deren Wagen. Er wirkt erleichtert, ist glücklich.

Karli, der Hund, befindet sich an Reinhards Seite. Reinhard beschließt, ihn schnell noch auszuführen. Er sagt seiner an der Haustür wartenden Frau Bescheid und fragt, ob sie ihn nicht begleiten wolle. Aber Margitta ist müde, die Vorbereitungen für das Fest und auch die kleine Gesellschaft selbst haben sie angestrengt, zumal die Kinder, ebenfalls glücklich über das wieder entspannte Verhältnis zwischen Mutti und Vati, den ganzen Abend außer Rand und Band waren. Margitta Kant geht sofort ins Bett. Ihre Ehe scheint gerettet.

Als sie wenig später durch Karlis Bellen geweckt wird, ist sie Witwe.

Die wichtigste Phase bei einer Mordermittlung – und bei polizeilichen Ermittlungen überhaupt – ist der sogenannte Erste Angriff. In den ersten Stunden und Tagen nach dem Auffinden einer Leiche oder dem Entdecken eines Verbrechens werden die entscheidenden Weichen für die Aufklärung des Falles gestellt. Je mehr Zeit verstreicht, desto kälter werden die Spuren (vorausgesetzt, ein Verbrechen wird nicht erst Jahre nach der Tat entdeckt, wenn sowieso alle Spuren schon erkaltet sind).

Zu den wichtigsten am Tatort gesicherten Spuren beziehungsweise Spurenträgern gehören nach wie vor die Tatwaffe und der rosa Haushaltshandschuh. Das extrascharfe Küchenmesser der Firma RÖR ist Dutzendware und kommt vermutlich in jedem zweiten Haushalt vor. Auch der Handschuh ist nichts Besonderes. Solche Messer und Handschuhe werden in zahllosen Geschäften von K. verkauft. In diese Richtungen zu ermitteln ist also fast aussichtslos.

Es wird rasch klar, daß der Mörder den Handschuh getragen hat, damit er keine Fingerspuren auf dem Messergriff hinterläßt. Das ist ihm auch gelungen. Allerdings hat er dafür andere Spuren hinterlassen: winzige Hautpartikel im Innern des Handschuhs, die für eine DNA-Analyse ausreichen.

Bei der Erbgutuntersuchung dieses Körpermaterials im Kriminalbiologischen Labor des Landeskriminalamtes wird festgestellt, daß die Hautpartikel von zwei Personen stammen, und zwar von einem Mann und einer Frau – das ergibt sich aus der Zahl und der Anordnung der Chromosomen. Tiefergehende Vergleichsuntersuchungen führen zu der Erkenntnis, daß es sich bei der männlichen Person um Reinhard Kant handelt. Kant hat den Handschuh also mindestens einmal getragen. Dieser Umstand legt sofort den Verdacht nahe, daß der Handschuh aus dem Haushalt der Familie Kant stammt.

Der Tatverdacht gegen die beiden vorbestraften Mörder, die am Kiessee angelten, muß fallengelassen werden. Die beiden haben nicht nur kein Motiv, ihr genetischer Fingerabdruck paßt auch nicht zu dem aus dem Handschuh gewonnenen Material. Obwohl es kaum zu glauben ist und ein Krimiautor dafür schlechte Kritiken ernten würde: Die vorbestraften Männer hielten sich beide nur zufällig gemeinsam und nur zufällig auch noch in der Nähe des Tatortes auf.

Nach wie vor wird nach dem dunkel gekleideten jungen Mann mit dem Mountainbike gefahndet. Seine Beschreibung erscheint in den Zeitungen und wird über das Fernsehen verbreitet. »Kripo live« berichtet ausführlich über den Fall. Morde sind selten in K., jedes derartige Verbrechen beschäftigt die Bevölkerung intensiv. Es gehen zahlreiche Hinweise bei der Polizei ein. Kaum einer ist wirklich brauchbar.

Die meisten Morde werden aus dem Beziehungsumfeld des Opfers heraus begangen. Das ist eine kriminalistische Binsenweisheit, und so nehmen die ermittelnden Polizeibeamten zuerst immer das nächste Umfeld eines Verbrechensopfer unter die Lupe. Und in der Tat sind es oftmals selbst bei spektakulär anmutenden Mordfällen, bei denen die Öffentlichkeit alle möglichen verwickelten Verbindungen annimmt, dann am Ende Verwandte, die gemordet haben, oder gar Eltern, Kinder oder Ehegatten.

Beim Fall Reinhard Kant ist es vor allem die Grausamkeit der Tat selbst, die die Gemüter erregt: die 41 Messerstiche! Das macht diesen Mord zur Sensation. Und da dieses Verbrechen im Mittelpunkt der öffentlichen Aufmerksamkeit steht, geraten die Ermittler unter starken Druck. Die Öffentlichkeit und ihre Repräsentanten, die Medien, erwarten eine rasche Aufklärung des Falles.

Kriminaloberrat Winterlich, der Chef der Kriminalpolizei, berät sich einen ganzen Vormittag mit dem Chef der Mordkommission, Uwe Heinrich Vogel. Auch zwei Mitarbeiter des Dezernats Leben und Gesundheit sind dabei. Man wälzt die Sachlage um und um. Plötzlich springt Vogel auf. Aus heiterem Himmel, jedenfalls scheint es den Beteiligten so, ruft er aus: »Es war die Frau!«

In dem Besprechungszimmer herrscht erst einmal ein längeres Schweigen. Oberrat Winterlich schaut seinen Untergebenen skeptisch an. »Mann, wenn eine solche Behauptung an die Presse gelangt, und es stellt sich dann heraus, es stimmt gar nicht ... Uwe, ich glaube, dann können wir uns einsargen lassen.«

»Er hatte natürlich recht«, sagt Hauptkommissar Vogel, als ich ein Jahr nach der Tat mit ihm spreche. »Da spielte auch Mitleid mit der Witwe rein ... Stellen Sie sich vor, Sie verlieren Ihren Mann, und dann verdächtigt man Sie noch, nachgeholfen zu haben. Wenn das ungerechtfertigt ist, kann ein solcher Verdacht einen Menschen zerstören. Klar, daß Winterlich mich fragte: ›Kannst du das beweisen?‹«

»Und? Konnten Sie?« will ich wissen.

»Jein«, antwortet Vogel salomonisch. »Ich hatte mir von Margitta Kant einen Lippenstift geben lassen. Mehr aus Routine. Und mit ihrem Einverständnis führten wir dann eine DNA-Analyse durch. Was soll ich sagen? Das weibliche Erbgut in dem Handschuh war eindeutig ihr zuzuordnen.«

»Das beweist aber erst einmal nur, daß Margitta den Handschuh getragen hat«, sage ich.

»Genau. Es beweist noch nicht die Tat. Aber es begründet einen Verdacht.«

Der Verdacht wog so schwer, daß er sogar den Ermittlungsrichter am Landgericht von K. überzeugte. Richter Zacharias unterzeichnete einen Durchsuchungsbeschluß für das Haus in der Blumensiedlung.

War es nun die vielbeschworene kriminalistische Intuition, die Hauptkommissar Vogel veranlaßt hatte, sich einen Lippenstift geben zu lassen? Nicht allein. Es gab von Anfang an eine Reihe von Verdachtsmomenten. Sie waren nur einige Zeit beiseite geschoben worden, weil man Margitta Kant eine solche Tat einfach nicht zutrauen wollte.

Was Vogel bereits zu Beginn der Ermittlungen stutzig machte, war vor allem, daß die Ehe von Margitta und Reinhard nicht harmonisch war, sondern von Krisen geschüttelt. Am Tatabend hatte es ein Versöhnungstreffen gegeben, und zwar auf Margittas ausdrückliches Betreiben hin unter Zeugen. Möglicherweise sollte damit die Tötung des Ehemannes beziehungsweise das Motiv verschleiert werden.

Der Hund Karli, der bei der Tat dabeigewesen war, hatte kein Geräusch von sich gegeben, während sein Herrchen auf brutale Weise ermordet wurde. Angeblich war er dann nach Hause zurückgekehrt und hatte Margitta aus dem Schlaf gebellt. Was den Kriminalisten anfangs noch plausibel erschien, kam ihnen im Verlauf der Ermittlungen, insbesondere als alle anderen Ansätze im Sande verliefen und sie noch einmal den Tattag Revue passieren ließen, sehr merkwürdig vor. Bleibt ein Hund nicht bei seinem getöteten Herrn und bewacht ihn?

Neben den Fragen nach Tathergang und Motiv muß während eines Ermittlungsverfahrens in Bezug auf einen Verdächtigen immer auch die Frage geklärt werden: Hatte X.Y. Gelegenheit zu der Tat? Frau Kant hatte. Ihr Alibi: Sie habe im Bett gelegen und geschlafen. Dafür gab es keine Zeugen, denn die Kinder schliefen ebenfalls. Sie konnte sich also durchaus aus dem Haus geschlichen haben und ihrem Mann gefolgt sein, um ihn am Kiessee zu erstechen. Die nächste Frage schloß sich an: Gab es in ihrem Haus ein Küchenmesser entsprechend dem aufgefundenen Tatmesser? Konnten sich Zeugen aus dem Umfeld der Kants an Haushaltshandschuhe der fraglichen Art erinnern?

Eine solche Zeugin fand sich. Nun zielgerichtet befragt, bestätigte sie sowohl die Existenz eines extrascharfen Küchenmessers von RÖR als auch von Handschuhen des Fabrikats, das die Kriminalbeamten interessierte.

An dem Tag, an dem sie die Hausdurchsuchung in der Blumensiedlung durchführen, wird Margitta morgens vorläufig festgenommen und in den zentralen Polizeigewahrsam von K. überführt. Bei der Durchsuchung gilt das Augenmerk der Ermittler vor allem blutiger Kleidung. Sie finden nichts dergleichen. Allerdings entdeckt Hauptkommissar Vogel in einer Schublade der Anbauwand zwei Polaroids, auf denen eine Frau zu sehen ist. Den Hintergrund der Fotos bildet ein Meer. Nach der Kleidung der Frau zu urteilen, sind die Bilder in der Übergangszeit aufgenommen worden, also im zeitigen Frühjahr oder im Herbst. Vogel steckt die Fotos ein und läßt sie in die Polizeidirektion bringen.

Am Abend will Uwe Heinrich Vogel Margitta im Polizeigewahrsam vernehmen. Kurz vor zwanzig Uhr macht er sich auf den Weg, da erreicht ihn ein Anruf. Er erhält eine Information vom Kriminaldauerdienst. Dorthin hat sich Margittas Mutter gewandt, die im übrigen während der gesamten Ermittlungen äußerst kooperativ gewesen ist. Eine Frau sei bei ihr und ihrem Mann aufgetaucht, erzählte sie dem Kripomann vom Dauerdienst, der diese Information an Vogel weitergibt. Die Frau habe sich nach Margitta erkundigt. Margittas Mutter kenne sie nicht, habe ihr aber mitgeteilt, daß Margitta wegen des Mordes an ihrem Mann festgenommen worden sei. Das Auto, mit dem die Unbekannte vorgefahren sei, habe ein Doberaner Kennzeichen getragen.

Uwe Heinrich Vogel muß sofort an die Polaroids denken. Er leitet eine Fahndung nach dem Auto ein. In der Nacht bringt die Fahndung keine Ergebnisse. Und am nächsten Morgen wird sie überflüssig.

Es ist 6.30 Uhr. Hauptkommissar Vogel bekommt einen Anruf von der Polizei aus Bad Doberan. Dort hat sich eine Frau gemeldet, die eine Aussage zum Tötungsverbrechen an Reinhard Kant machen will.

Vogel zögert nicht lange. Bereits um 6.45 Uhr sitzt er in seinem Wagen und fährt nach Norden. Er hat nicht einmal gefrühstückt. Seine erste Mahlzeit nimmt er auf halbem Weg an einer Autobahnraststätte nördlich von Berlin ein. Kurz nach elf kann er dann die Zeugin Gundula Perschau vernehmen. »Wir haben fast drei Stunden miteinander geredet«, erzählt mir Hauptkommissar Vogel. »Sie hat mir die Augen geöffnet über Margitta Kant. Und sie lieferte mir das Tatmotiv.«

Die Zeugenbefragung bestätigt Uwe Heinrich Vogel, daß die Ehe von Reinhard und Margitta Kant schon seit Jahren zerrüttet war. Margitta, so sagt es Gundula Perschau, habe immer wieder die Scheidung gewollt, aber ihr Mann habe nicht zugestimmt. Als Grund für das Scheidungsbegehren führt sie Margittas lesbische Beziehungen an. Gundula Perschau gibt sich als Margittas Geliebte zu erkennen. Sie weiß viel über Margitta, die sich der Freundin anvertraut hat, und gibt an, Margitta habe 1995 ihre lesbische Veranlagung entdeckt.

Sie sei einmal an einem frühen Nachmittag mit dem Hund im kleinen Park am Kiessee unterwegs gewesen. Auch eine andere Frau aus der Gegend, Michaela, hatte einen Vierbeiner, den sie ausführen mußte. Margitta und Michaela kamen über ihre Hunde ins Gespräch. Sie setzten sich auf eine Bank, redeten weiter, und aus dem Gespräch wurde ein Flirt. Noch am selben Abend trafen sich die beiden Frauen in Michaelas Wohnung und schliefen miteinander. Eigentlich mußte Margitta ihrem Mann über diesen Seitensprung keine Beichte ablegen, da Reinhard wie üblich am Abend gar nicht zu Hause war. Sie tat es aber, weil sie ihm gegenüber ehrlich sein wollte.

»Ich fragte mich natürlich: Warum sollte sie ehrlich sein, bei dieser schon so verkorksten Ehe?« berichtet Hauptkommissar

Vogel. »Wahrscheinlicher ist doch, daß sie ihren Mann demütigen wollte. Aber der reagiert nicht. Einen Fehltritt mit einer Frau kann er nicht ernst nehmen. Und das wiederum demütigte Margitta. Ein Teufelskreis!«

Margitta Kant sagt, sie habe sich bei Michaela geborgen gefühlt, sie habe die vielen Zärtlichkeiten genossen. Trotzdem bleibt es bei nur einer Begegnung. Wagt sie noch nicht, ihre lesbischen Empfindungen zuzulassen? Oder fürchtet sie, bei einer ernsthafteren Beziehung könne auch etwas von ihr verlangt werden, nämlich Geborgenheit zu geben?

Die Ehe mit Reinhard dümpelt vor sich hin. Die Kinder werden größer. Am Haus ist immer etwas zu tun, selbst wenn Reinhard zu Hause ist, hat er also keine Zeit. Die Entfremdung zwischen den Gatten muß groß gewesen sein. Aber sie bleiben zusammen. Wegen der Leute, wegen der Kinder, aus Angst vor dem Alleinsein, aus Lebensfeigheit, warum auch immer. Reinhard Kant hat die Fassade wahren wollen und damit unbewußt den Tod gewählt.

Wieder lernt Margitta eine Frau kennen, wieder kommt es zum Sex, wieder ist nach der einen Nacht Schluß. Erneut legt Margitta eine Beichte ab. Diesmal handelt Reinhard jedoch. Er schläft mit seiner Frau, was es seit Jahren nicht mehr gegeben hat. Offenbar hielt er Margittas lesbische Affäre nur für den Ausdruck von Sexhunger, den er nicht ausreichend befriedige. Bei diesem Sexualakt will Margitta nichts empfunden haben. Allerdings gab es nun wieder regelmäßigen ehelichen Sex, einmal alle vierzehn Tage, denn Ordnung muß sein.

In ihrer Not sucht Margitta, die zu DDR-Zeiten langjähriges SED-Mitglied war, Zuflucht und Zuwendung in einer kirchlichen Frauengruppe. Dort macht sie die Bekanntschaft einer Amerikanistikprofessorin, die ebenfalls verheiratet ist und zwei Kinder hat. Die beiden Frauen kommen sich rasch näher und fühlen sich zueinander hingezogen. Margitta vertraut sich der Professorin an, erzählt ihr von ihren Eheproblemen. Die beiden Frauen treffen sich in Kaffeehäusern und Restaurants, gehen zusammen aus. Schließlich kommt es zum Sex zwischen ihnen. Sie treffen sich nun einmal in der Woche in Hotels, um sich zu lieben. So stellt es Margitta dar.

»Diese Amerikanistikprofessorin ist dann vom Gericht als Zeugin geladen worden«, erzählt mir Hauptkommissar Vogel. »Sie hat abgestritten, mit Margitta auch nur unter vier Augen gesprochen zu haben. Ich sagen Ihnen, diesen ganze Fall kann man auf zwei Begriffe reduzieren: Betrug und Verlogenheit. Selbst als der Richter die Professorin damit konfrontiert hat, daß Margitta ihren Körper bis ins Detail beschreiben kann, leugnete sie, Sex mit der Angeklagten gehabt zu haben. Sie wollte ihr Gesicht nicht verlieren. Mann kann's ja verstehen, hier in K.! Aber die Professorin war eine wichtige Zeugin. Margittas Mutter will sie nämlich am Tag nach der Tat stundenlang mit Margitta im Garten des Hauses gesehen haben. Die beiden Frauen saßen eng umschlungen, und nun fragte man sich natürlich, ob die Professorin Kenntnis von dem Verbrechen hatte. Ich behaupte: Sie hatte. Aber wir konnten es nicht beweisen.«

Wie auch immer, folgen wir weiterhin der Darstellung, die Margitta ihrer Geliebten Gundula und dann auch vor Gericht abgab. Nach einem knappen halben Jahr will sie die Beziehung zur Professorin beendet haben, angeblich mit Rücksicht auf die Kinder: auf ihre eigenen und die der Freundin. Im übrigen hatte sich auch auf Reinhards Seite etwas verändert. Auch er hatte nun eine Freundin. Jeden Abend nach einem kurzen Gastspiel am Familientisch ging er zu dieser Frau.

Margitta sucht weiter händeringend nach einem Menschen,

bei dem sie sich anlehnen kann, der sie liebt. Sie schreibt auf Kontaktanzeigen von Frauen oder wählt die Rufnummern von Kontaktbörsen. Auf diese Weise lernt sie Gundula Perschau kennen. Schon bei ihrem ersten Telefonat sind sich die beiden Frauen sympathisch.

Gundula ist geschieden. Vier Kinder aus zwei verschiedenen Ehen leben bei ihr. Gundula wohnt in einem kleinen Ort an der Ostsee, wo Margitta sie besucht. Sofort gehen die beiden miteinander ins Bett. Margitta ist begeistert von der einerseits starken, andererseits aber auch sensiblen und zärtlichen Frau. Sie verliebt sich. Die Liebe wird erwidert.

Als sich Margitta ihrem Mann offenbart, soll dieser angeblich die Beherrschung verloren haben. Heftig habe er Margitta als pervers beschimpft und sie dann vergewaltigt. Allmählich schwant ihm offenbar, daß er seine Frau verlieren wird. Einen männlichen Widersacher könnte er wohl verkraften. Daß er seine Frau an eine andere Frau verlieren könnte, das macht ihn rasend. Eine Frau nimmt ihm, dem potenten Mann, etwas weg: Das darf nicht sein. So jedenfalls stellen Margitta und Gundula es dar. Trotz allem – sie sagt wieder, mit Rücksicht auf die Kinder – kehrt Margitta am Ende zu ihrem Mann zurück. Der Faden zu Gundula wird nicht durchgeschnitten, aber er bleibt nur lose geknüpft.

Nach Meinung von Hauptkommissar Vogel gibt es in Bezug auf Margitta zwei Möglichkeiten: Sie ist lesbisch und hat es verdrängt, so weit man es verdrängen kann, hat sich dagegen gewehrt, weil es ihr nicht gesellschaftskonform erschien, weil sie das Bekenntnis fürchtete; jedenfalls zu dem Zeitpunkt, als sie ihre Ehe einging. Dann war diese Ehe ohnehin eine Täuschung nach außen und auch eine Selbsttäuschung.

Möglicherweise waren ihre intimen Begegnungen mit Frauen auch »nur« lesbische Episoden. In ihrer besonderen Situation wurde Margitta von Frauen besser verstanden als von Männern, und die Frauen vermochten auf ihre spezifischen Bedürfnisse nach Geborgenheit, Zärtlichkeit und Wärme besser einzugehen.

Letztlich ist aber egal, ob Margitta lesbisch ist oder nicht. In einer bestimmten Phase ihres Lebens fühlte sie sich sehr stark zu Frauen hingezogen, während sie unter ihrer Ehe und auch unter Reinhards Annäherungsversuchen nur noch litt. Vor Gericht sagt sie, Reinhard habe sie immer wieder vergewaltigt. Warum hat sie sich aber nicht gewehrt? Auch aus Rücksicht auf die Kinder?

Als Margitta erneut die Scheidung verlangt und Reinhard wieder ablehnt, ist sie am Ende. Sie telefoniert stundenlang mit Gundula, besucht sie erneut. Dann plötzlich fällt den beiden Frauen ein, wie sich Margittas Probleme womöglich für immer lösen lassen: Sie beschließen, ihre Beziehung öffentlich zu machen.

Anlaß beziehungsweise Auslöser dieser Entscheidung ist der Aufruf einer Nachmittagstalkshow zum Thema »Wir lieben uns, können unsere Liebe aber nicht offen leben«. Die Talkmasterin sucht Gäste für die Sendung. Es ist eine Telefonnummer angegeben, und Gundula ruft an. Nach einem längeren Gespräch per Telefon werden Margitta und Gundula zu einem Vorgespräch nach Berlin eingeladen. Die zuständige Redakteurin findet Gefallen an den ihrer Meinung nach mutigen Frauen, sie werden zur Aufzeichnung der Sendung eingeladen. Vor laufenden Kameras bekennen sich die beiden Frauen zu ihrer lesbischen Beziehung. Wer die Sendung später sieht, dem muß klar werden: Margitta und Gundula sind ein Paar.

»Wollt Ihr eines Tages zusammenleben?« fragt die Moderatorin.

»Aber ja. Wir alle. Also Margitta, ich und alle unsere Kinder«, entgegnet Gundula.

»Es gibt allerdings noch ein Problem«, meint Margitta, »doch das werden wir lösen.«

Nachdem Uwe Heinrich Vogel mit Gundula Perschau gesprochen hat, fährt er zurück nach K. und in die Dienststelle. Am Abend geht dort ein Fax ein aus Bad Doberan. Das Fax enthält das Vernehmungsprotokoll, dessen Original auf dem Postweg folgen wird. Solange will Hauptkommissar Vogel nicht warten. Da ihm Gundula Perschau ein Tatmotiv geliefert hat, glaubt Vogel genug Gründe zu haben, um einen Hatfbefehl erwirken zu lassen. Da der zuständige Staatsanwalt noch in seinem Büro ist, geht er zu ihm. Staatsanwalt Krieger bewertet das Material (die DNA-Analyse vom Körpermaterial aus dem Handschuh, die Zeugenaussage) ebenfalls als ausreichend, also stellt er Haftantrag. Über diesen Antrag entscheidet der Ermittlungsrichter noch am selben Abend – es ist übrigens kein Zufall, daß er noch im Dienst ist, denn er ist als Bereitschaftsrichter eingeteilt. Der Richter Zacharias erläßt einen Haftbefehl.

Am kommenden Morgen wird Margitta Kant aus dem Polizeigewahrsam zum Landgericht gebracht. Es ist 7.00 Uhr, als ihr der Richter den Haftbefehl verkündet. Daran schließt sich eine richterliche Vernehmung an, bei der auch Staatsanwalt Krieger anwesend ist. Die meisten Fragen stellt der Staatsanwalt. Und er geht offenbar sehr geschickt vor. Er bringt Margittas Kinder ins Spiel und appelliert an ihre Muttergefühle, um sie zum Geständnis zu bewegen. Krieger malt ihr aus, wie stark ihre Kinder unter der wochenlangen Unklarheit leiden würden. Natürlich sei es für die Kinder schlimm, wenn sie erführen, daß ihre Mutter eine Gattenmörderin sei und ihnen den Vater genommen habe. »Aber dafür gibt es doch sicher Gründe, die man den Kindern erklären kann«, sagt Krieger eindringlich. »Kinder sind ja nicht dumm, sie verstehen mehr, als man denkt. Ich kann Ihnen nur sagen: Die Ungewißheit ist das Schrecklichste für Ihre Kinder. Erlösen Sie sie! Machen Sie reinen Tisch!«

Margitta Kant wird schwach. Sie gesteht die Tat. Bei ihrem Geständnis, das sie im übrigen nie wiederholen wird, leugnet sie allerdings, daß sie von vornherein eine Tötungsabsicht gehabt habe. Sie stellt den Tatabend und die Tat selbst folgendermaßen dar:

An jenem Freitag, dem 8. August 2000, will Margitta nach dem Familientreffen mit Reinhard Kant und mit dem Hund zum Kiessee spaziert sein. Der Grund dafür wäre gewesen, daß sie sich aussprechen wollten. Margitta will das Küchenmesser nur mitgenommen haben aus Angst, daß ihr Mann sie erneut vergewaltige. Sie sei außer sich geraten, als Reinhard sie berührte und habe sofort zugestochen. Einmal, das weiß sie noch. An die folgenden Stiche in Brust, Oberarme und Rücken will sie sich nicht erinnern.

Staatsanwalt Krieger nimmt ihr nicht ab, daß sie sich nur gegen einen Vergewaltigungsversuch hat zur Wehr setzen wollen. Auch glaubt er nicht, daß Margitta das Küchenmesser quasi als Mittel zur Gefahrenabwehr eingesteckt hat. Er spricht seine Zweifel auch aus. So will er wissen, warum Margitta nicht nur ein Messer, sondern auch einen Handschuh mitgenommen habe, da sie doch keinen Tötungsversuch plante. Dann sei es doch unsinnig, einen Handschuh mitzunehmen, mit dem man Fingerspuren verhindern will.

Diese Frage beantwortet Margitta nicht. Sie beharrt auf dem, was sie ausgesagt hat.

Auf die blutigen Kleidungsstücke angesprochen, sagt sie, sie habe die am meisten verschmutzten Sachen in den Müll geworfen, die weniger verschmutzten Stücke habe sie mehrfach gewaschen. Deshalb also konnte dergleichen Kleidung bei der Hausdurchsuchung nicht gefunden werden.

Das Geständnis während der Vernehmung durch Staatsanwalt und Richter werten Krieger und Zacharias als aus-reichend, um eine gerichtliche Hauptverhandlung zu eröffnen.

In den kommenden Wochen arbeitet Staatsanwalt Krieger an seiner Klageschrift. Er benutzt dabei die Akten und die Zuarbeit durch die Kriminalpolizei, aber auch die Erkenntnisse aus der von ihm durchgeführten Vernehmung. Margitta Kant hat währenddessen einen Rechtsanwalt beauftragt, der Akten einsicht gewährt bekam.. Er rät seiner Mandantin, vor Gericht entweder zu schweigen oder von der Tatversion, die sie gegenüber Krieger und Zacharias abgegeben hat, keinen Millimeter abzuweichen.

Anfang Oktober 2000 ist die Klageschrift fertig. Staatsanwalt Krieger reicht sie bei der 3. Großen Strafkammer des Landgerichts von K. ein. Die Richter prüfen sie und lassen den Fall zur Hauptverhandlung zu. Ein Termin zur Eröffnung der Hauptverhandlung wird festgelegt, für die gesamte Verhandlung einschließlich Pläydoyers und Urteilsverkündung werden sechs Tage eingeplant. Tatsächlich wird das Gerichtsverfahren einige Tage länger dauern.

Auch Margittas Anwalt erhält die Klageschrift. Im Besprechungszimmer der Untersuchungshaftanstalt geht er sie mit seiner Mandantin Punkt für Punkt durch. Alle sind also gut vorbereitet auf den 5. Dezember 2000. An diesem Tag, einem

Dienstag, beginnt der Prozeß gegen Margitta Kant wegen Mordes an ihrem Ehemann.

Margitta Kant schweigt nicht. Sie hält sich aber an die Verabredung mit ihrem Anwalt und bleibt bei der einmal entwickelten Tatversion. Beim Prozeß versucht sie alles, um sich als bemitleidenswertes Opfer einer Hyäne von Mann darzustellen. Ihr Ziel ist es ebenso, das Gericht davon zu überzeugen, ohne Vorsatz gehandelt zu haben, denn ein Tötungsdelikt ohne Tatvorsatz kann kein Mord sein, sondern höchstens ein milder zu bestrafender Totschlag. Bei einer Handlung aus dem Affekt kann es sogar eine außergewöhnliche Strafmilderung bis hin zum Freispruch geben. Margitta Kant hat also ein existentielles Interesse daran, ihre Tat als die eines Menschen erscheinen zu lassen, der eigentlich ein Opfer ist. So hört sich denn alles, was sie zu ihrer Ehe auszuführen hat, wie ein Horrorszenario an.

Margitta sagt, sie sei naiv und unerfahren die Ehe mit dem bewunderten, aber nicht geliebten Reinhard eingegangen. Immer habe sie Beziehungen zu älteren, zumindest aber zu erfahreneren Männern gesucht, was sich ein bißchen wie ein Auszug aus einem Psychologie-Lehrbuch anhört: Wegen des trotz seiner gewalttätigen Ausfälle als schwach empfundenen Vaters suchte die Tochter einen Vaterersatz.

Weil sie vor allem auf Drängen von außen zustandekam, war die Ehe von Anfang an unglücklich. Reinhard kümmerte sich vor allem um seine Karriere und all die äußeren Attribute des Wohlstands, die er, wie er es von seinen Eltern gelernt hatte, brauchte, um sie zur Schau zu stellen. Die Bedürfnisse seiner Frau waren ihm gleichgültig. Das sagt jedenfalls Margitta dem Gericht. Inwieweit sie seinen Bedürfnissen gerecht geworden ist, scheint niemand wissen zu wollen. Doch man spürt, daß die Angeklagte nicht gerade eine selbstlose Person ist. Das bedeutet nicht, daß sie kein Recht darauf hätte, ihre Wünsche und Bedürfnisse, ihre Vorstellungen vom Glück befriedigt zu wissen.

Schon bald kommt das Sexualleben der Eheleute Kant zum Erliegen. Reinhard, der einen Aufenthalt in seinem Betrieb dem Feierabend mit Familie immer mehr vorzieht, signalisiert Margitta, sie nicht mehr anziehend zu finden. Sie hat sich verändert, vor allem nach der Geburt des zweiten Kindes. Auch Reinhard kann die Entwicklung nicht umkehren, auch er wird älter. Das ignoriert er, wie es viele tun. Von seiner Frau verlangt er blühende Schönheit für immer und ewig. Von sich verlangt er, die Familie zu ernähren. Das alte Rollenspiel wird auch bei den Kants gepflegt.

Reinhard erfährt von der Aufzeichnung für die Nachmittagstalkshow nichts. Eigentlich soll er von der Sendung überrascht werden, und am liebsten wäre es Margitta, wenn andere ihn darauf aufmerksam machten. Dann nämlich wäre die Fassade eingestürzt, der so eifersüchtig bewachte gute Ruf zerstört.

Es kommt aber nicht mehr dazu. Daran ist laut Margitta allerdings Reinhard selber schuld, denn hätte er sie am Kiessee nicht zu vergewaltigen versucht, hätte sie ihn ja nicht getötet.

Diese Darstellung der Tat hält das Gericht nicht für glaubwürdig. Es folgt bei der Bewertung der Tat und bei der Strafzumessung der Staatsanwaltschaft.

Oberstaatsanwalt Krieger entwirft in seinem Plädoyer einen anderen Hergang. Er stützt sich dabei auf den blutigen Handschuh, auf die Aussage Gundulas und auch auf das Geständnis in der Vernehmung vor dem Ermittlungsrichter. Ihm zufolge sah die Sachlage wie folgt aus: Margitta Kant sann schon lange auf eine Möglichkeit, ihren verhaßten Ehemann für immer loszuwerden. Reinhard lehnte eine Scheidung ab, aber daran dachte Margitta gar nicht mehr. Bei einer Scheidung hätte sie nämlich das Haus verlassen müssen. Sie wollte jedoch, daß ihr Leben im Prinzip so weiterginge wie bisher – nur ohne Mann. Dann hätte ihre Geliebte zu ihr in das Haus ziehen können. Margitta hätte nicht um das Sorgerecht für ihre beiden Kinder streiten müssen, es hätte kein Gerangel um Gütertrennung, Besuchszeiten und Unterhaltszahlungen gegeben. Damit nicht genug, bedeutete der Tod ihres Mannes, daß ihr dessen Lebensversicherung ausbezahlt würde, daß sie eine Witwen- und ihre beiden Kinder Halbwaisenrente beziehen könnten, sie also versorgt wären, ohne daß Margitta eine Arbeit aufnehmen müßte. Diese Zukunft stellte sie sich als beinahe vollkommenes Glück vor. Nur Reinhard störte diese Visionen – solange er lebte.

Daher hat Margitta Kant den Mord an ihrem Ehemann kaltblütig und von langer Hand vorbereitet. Auch wenn sich Reinhard tatsächlich sexuell an ihr vergangen haben sollte, was vermutlich nicht zutrifft, war hier nicht das Motiv ihrer Tat zu suchen. Sie wollte einerseits ungestört ihre lesbische Beziehung ausleben und zugleich weiterhin materiellen Wohlstand genießen.

Ihren Mann zu töten und diesen Mord einem Unbekannten anzulasten, erschien ihr als besonders raffiniert. Deshalb inszenierte sie die Versöhnungsfeier. Sie bildete einen Teil ihrer mörderischen Strategie. Zweck der Feier war, ihre Angehörigen in die Irre zu führen und vom Tatmotiv abzulenken; außerdem würde sie im Falle eines Falles immer Zeugen haben, die zugunsten Margittas aussagen würden, da sich ihre Ehe wieder eingerenkt habe.

Das Küchenmesser hat Margitta keineswegs gegriffen, weil sie damit eine Attacke ihres Gatten abwehren wollte, wie sie vor Gericht behauptete. Nein, Margitta handelte wohlüberlegt.

Sie nahm das Messer, um Reinhard zu töten, und sie nahm den Handschuh, um auf dem Messergriff keine Fingerspuren zu hinterlassen.

Nachdem Margitta und Reinhard Kant kurz nach Mitternacht den kleinen Park am Kiessee erreichten, muß sich Margitta den Handschuh übergestreift haben. Dann stach sie auf ihren völlig ahnungslosen Ehemann ein.

Immer wieder sticht sie zu. Sie muß es jetzt vollenden, sie muß es richtig machen, Reinhard soll auf keinen Fall überleben. Doch natürlich ist Margitta ungeübt im Töten. Sie fürchtet, als schwache Frau nicht heftig und tief genug zuzustechen, nicht die richtigen Organe für einen tödlichen Stich zu treffen. Deshalb sticht sie viel Male zu.Diese Brutalität entspringt aber auch dem Haß auf Reinhard, wenngleich die Überlegung, alles richtig machen zu wollen, wohl noch stärker wirkt.

Reinhard muß schon zusammengebrochen sein, als sie immer noch auf ihn einhieb. Schließlich warf sie Messer und Handschuh fort und ging seelenruhig nach Hause. Der Hund, der dem Mord beiwohnte, wird ihr gefolgt sein. Schließlich spielte Margitta die vom bellenden Karli aus dem Schlaf gerissene, nichtsahnende Ehefrau.

Margitta Kant hat diese Version nie bestätigt. Bis zum Prozeßende hat sie nicht eingeräumt, die Tat geplant zu haben. Das heißt, sie hat ihr vor dem Staatsanwalt und dem Ermittlungsrichter angelegtes Geständnis nicht wiederholt.

Das Gericht hörte diese beiden Juristen als Zeugen, die das Geständnis bestätigten. Aufgrund dieser Aussage und wegen der während der Hauptverhandlung erörterten Indizien kam das Gericht zu dem Schluß, daß Margitta Kant ihren Mann planvoll, heimtückisch und aus niederen Motiven getötet hat.

Heimtücke sieht das Gericht dadurch gegeben, daß Margitta

Kant die Arg- und Wehrlosigkeit ihres Mannes selbst herbeigeführt und zur Begehung ihrer Tat ausgenutzt hat. Reinhard Kant konnte zu keinem Augenblick damit rechnen, daß seine Frau beabsichtigte, ihn zu töten.

Aus niederen Beweggründen handelte Margitta nach Auffassung des Gerichts, »weil das Beseitigen des Ehemannes als Störfaktor in der Beziehung zu ihrer Freundin« nach allgemeiner Anschauung ebenso verachtenswert ist und »auf tiefster sittlicher Stufe steht« wie das »Ausschalten des Ehemannes, um mit der Geliebten und deren sowie den eigenen Kindern weiter im ehelichen Haus leben zu können«.

Das Gericht folgte daher dem Antrag des Staatsanwalts, erkannte auf Mord und verurteilte Margitta Kant zu lebenslangem Freiheitsentzug. Eine besondere Schwere der Schuld vermochte es aber nicht zu erkennen. Das bedeutet, eine Strafaussetzung bei günstiger Täterprognose ist nach 15 Jahren Freiheitsentzug möglich.

In der Talkshow hatte Margitta angekündigt, daß es noch ein Problem zu lösen gelte, bevor sie mit Gundula zusammenleben könne. Als die Sendung Ende September 2000 ausgestrahlt wird, ist das Problem gelöst. Reinhard ist tot. Margitta sitzt in Haft. Ihre beiden Kinder, nunmehr Halbwaisen, befinden sich in der Obhut anderer Menschen. Gundula lebt mit ihren Kindern noch immer an der Ostseeküste und muß lange, sehr lange auf Margitta warten.

Verzeihen Sie, gnädige Frau ...

Der Fall Iris Jankowski

Nördlich von Berlin, keine Autostunde von der Hauptstadt entfernt, liegt in einer wald- und seenreichen Landschaft die Stadt N. Von der Einwohnerzahl gehört N. zu den mittelgroßen Städten. Unter Architekturfreunden ist der Ort bekannt für die eine oder andere Perle norddeutscher Backsteingotik, allerdings haben Krieg und sozialistische Stadtgestaltung ihre Spuren hinterlassen. Die Innenstadt ist ein Konglomerat aus mittelalterlichen Gebäuden und Bauwerken realsozialistischen Zuschnitts. Es gibt, wie man zu sagen pflegt, einige schöne Ecken, aber auch viel Unansehnliches und Häßliches.

N. muß über Jahrhunderte ein behagliches und eher abgeschiedenes Gemeinwesen gewesen sein. Nach der Verwaltungsreform der DDR im Jahre 1952 wurde es dem neugeschaffenen Bezirk Neubrandenburg zugeschlagen. Die Ackerbürgerstadt erhielt eine bescheidene Industrie und eines der üblichen, im Vergleich zum alten Kern viel zu großen Neubauquartiere. Zwischen 1945 und 1980 hatte sich die Bevölkerungszahl mehr als verdoppelt. Nach der Wende jedoch sank sie wieder: Viele junge Leute gingen dorthin, wo es Arbeit gibt oder wo sie Arbeit zu finden hofften, also nach Berlin und vor allem in den Westen.

In den 90er Jahren hat N. die Höhen und Tiefen aller ostdeutschen Städte durchmachen müssen. Betriebe mußten schließen, Menschen verloren ihre Arbeitsplätze, Wagemutige oder Zugezogene wagten einen Neuanfang. Es gab neue Betriebe, neue Arbeit, aber sie reichte noch nicht aus, um die Arbeitslosigkeit unter zwanzig Prozent zu drücken.

Iris Jankowski ist in N. geboren und lebt gern in dieser Stadt, vor allem auch wegen der idyllischen Umgebung, die der Tourismus noch kaum berührt hat. Seit mehr als dreißig Jahren ist Iris mit Wolfgang Jankowski verheiratet, der das Ordnungsamt der Stadtverwaltung leitet, in vier Jahren allerdings in Pension gehen wird. Drei Kinder hat Iris großgezogen. Mittlerweile sind alle erwachsen, aber der jüngste Sohn lebt noch bei den Eltern, da er behindert ist. Ihm gilt Iris' ganze Aufmerksamkeit und Fürsorge. Es ist undenkbar, daß sie ihren Mann und ihr Kind jemals verlassen könnte. Bis zum Donnerstag, dem 4. Januar 1996, hält es niemand für möglich. Und auch danach bleiben große Zweifel bestehen.

Norbert Büring hat 34 Lebensjahre hinter sich, die mehr Elend als Glanz aufzuweisen haben. Seine frühe Kindheit verbrachte er in einer Großstadt im heutigen Bundesland Sachsen-Anhalt. Als er neun Jahre alt war, ließ sich seine Mutter scheiden. Sie heiratete schon bald einen neuen Mann, der in einem kleinen Dorf nahe der polnischen Grenze wohnte und zu dem die Mutter mit Norbert und seinen kleineren Geschwistern zog. Norbert Büring mußte nicht nur seine gewohnte Lebensumgebung und seine Freunde verlassen, er geriet auch in Verhältnisse, die in seiner Seele tiefe Narben hinterließen.

In dem heute wieder vorpommerschen Dorf, wo der Junge nun lebte, gehörte der Alkoholmißbrauch zum guten Ton. Man begann und beginnt schon in der frühen Pubertät, Bier, Fusel und Billigweine zu konsumieren, und zwar täglich. Wer sich dem entzieht, hat nichts zu melden. Er wird nicht nur als Außenseiter, er wird beinahe als Aussätziger behandelt, weil er sich angeblich für etwas Besseres hält.

Auch Norberts Stiefvater ist Alkoholiker. Er gehört zu denen, die vom Alkoholgenuß aggressiv werden und blindwütig auf alles einschlagen, was sich ihnen tatsächlich oder scheinbar in den Weg stellt. Ob es einen Anlaß gibt oder nicht, Norbert erhält oft Schläge von seinem Stiefvater. Um der Segnungen des DDR-Sozialprogramms zur Förderung kinderreicher Familien teilhaftig zu werden, haben sich Mutter und Stiefvater noch zwei weitere Kinder angeschafft, beides Jungen. Als Ältester wird Norbert für alles verantwortlich gemacht. Er hat sich um die Geschwister zu kümmern, denn die Mutter ist ständig mit dem großen Haushalt und der Vater mit seiner Flasche beschäftigt. Geht etwas schief, spürt Norbert die Konseqenzen. Sie sind schmerzhaft.

Daß ein Kind sowohl intellektuelle als auch emotionale Anregungen braucht, um sich normal zu entwickeln, ist den Eltern unbekannt. Sie vertrauen darauf, daß aus mit Strenge und Gewalt erzogenen Kindern schon irgend etwas werden wird. Und die Mutter ist sehr streng. Sie schlägt ihre Kinder zwar nicht, aber sie führt ihr Regiment mit harter Hand. Im übrigen hat sie daheim die Hosen an. Der Vater spielt sich zwar auf, aber in Wirklichkeit ist er schwach und ein Feigling. Er hat Angst vor dem Leben. Auch wenn Norbert es so nie ausdrücken wird, da ihm die Worte fehlen: Er hat immer gespürt, was für einen Charakter der Stiefvater hat.

Norbert Büring verfügt nur über eine geringe Intelligenz. Das geistige Potential, das vorhanden ist, wird nicht gefördert und entwickelt. Es fällt ihm schwer, sich in der Schule zu konzentrieren, und er versteht vieles von dem nicht, was er dort lernen soll. Nach 8 Jahren in der Polytechnischen Oberschule wird er, ausgestattet mit dem Zeugnis der 6. Klasse, in die Berufswelt entlassen.

Die intellektuelle und die emotionale Entwicklung eines

Menschen lassen sich nicht getrennt voneinander betrachten. Es ist wichtig, beides zu fördern, einem Kind sowohl intellektuelle Anregung zu bieten als auch Wärme und das Gefühl der Geborgenheit. Norbert Büring bekommt das alles nicht. Er wird nicht nur geistig, sondern auch gefühlsmäßig vernachlässigt. Das hat schwerwiegende Folgen, nicht nur für ihn.

Iris Jankowski gehört zu den Glücklichen in N., die noch in Lohn und Brot stehen. Die 52-jährige arbeitet seit vielen Jahren als Tagschwester im Krankenhaus am Priestersee. Dieses Gewässer See zu nennen, ist ein wenig übertrieben. Der Priestersee liegt am Rande der Altstadt. Im Mittelalter war er Teil der Wehranlagen, zu denen auch der Wall gehörte, der allerdings längst geschleift wurde und als Park dient. Stadtwall wird er trotzdem noch genannt.

Am Mittwoch, dem 3. Januar 1996, hat Iris Jankowski von morgens bis abends wie immer auf ihrer Station gearbeitet. Nichts Ungewöhnliches war ihr anzumerken. Die Sorgen, die Iris belasteten, sind ihre Alltagssorgen, und dazu gehören vor allem die ständige Fürsorge für den behinderten Sohn und die ersten Alterszipperlein: Probleme mit dem Blutdruck und ein leicht erhöhter Blutzuckerwert, beides nichts Ernstes, beides aber auch nicht auf die leichte Schulter zu nehmen.

Am 3. Januar endet ihr anstrengender Dienst um 19.00 Uhr. Nach der Übergabe an die Nachtschwestern verläßt Iris Jankowski gegen 19.10 Uhr das Krankenhaus. Es ist ein eiskalter Wintertag. Das neue Jahr hat mit anhaltendem Schneegestöber begonnen, aber Niederschlag fällt heute nicht. Allerdings ist noch Schnee auf den Straßen liegengeblieben, der mittlerweile von den Wegen und Straßen gekarrt wurde und sich an den Wegrändern zu schmutzigen Haufen türmt. Bei dem ungemütlichen Wetter will Iris besonders schnell nach Hause. Sie schlägt ihren Mantelkragen hoch und macht sich auf den Heimweg.

Normalerweise benutzt Iris Jankowski seit Jahren Tag für Tag die gleiche Strecke. Es ist kaum wahrscheinlich, daß sie ausgerechnet am 3. Januar von ihrer Gewohnheit abgewichen sein soll. Ein Indiz spricht vielmehr dafür, daß sie ihren Nachhauseweg zumindest begann wie an anderen Tagen auch. Nachdem sie den Park am Stadtwall durchquert hat, wird sie an der Ampelkreuzung Karl-Marx- und Bergstraße noch von einer Kollegin gesehen. Es ist etwa 19.13 Uhr. Die Bergstraße ist Teil ihres täglichen Weges. Die Kollegin hat also nichts Ungewöhnliches beobachtet, etwas, das auf einen abweichenden Vorsatz schließen lassen könnte, sondern ganz im Gegenteil, was sie gesehen hat, stimmt mit Iris Jankowskis Gewohnheiten überein. Daß die Beobachtung der Kollegin dennoch etwas Ungewöhnliches darstellt, wird erst in den folgenden Tagen klar: Sie ist die letzte Person, die Iris Jankowski an diesem Tag gesehen hat.

Natürlich wird die agile Krankenschwester auch noch weiteren Menschen begegnet sein. Aber die erinnern sich nicht an das flüchtige Zusammentreffen oder wollen sich nicht daran erinnern, weil sie Unannehmlichkeiten befürchten. Wie auch immer, an der Kreuzung von Karl-Marx- und Bergstraße verliert sich die Spur der Iris Jankowski.

Zu Hause im Neubauviertel Tannenhöhe kommt sie nicht an. Eigentlich hätte sie spätestens um 20.00 Uhr eintreffen müssen. Iris Jankowski hat nicht vorgehabt, noch irgendwelche Besorgungen zu machen. Selbst wenn sie sich eines anderen besonnen haben sollte, als sie um 21.00 Uhr immer noch nicht bei ihrem Mann und ihrem Sohn ist, beginnt Walter Jankowski, mit Bekannten und Freunden zu telefonieren. Zuerst ruft er in der Klinik an. Die Nachtschwester teilt ihm mit, daß Iris den Dienst ordnungsgemäß übergeben und sich dann auf den Heimweg gemacht habe. Wenig später steht fest: Bei Bekannten und Freunden hält sie sich nicht auf. Nun ist es auch längst zu spät, daß sie noch irgendwo einkaufen sein oder einen Arzt aufgesucht haben könnte. Walter Jankowski und der Sohn sind auf das Äußerste beunruhigt. Daß die Mutter nicht rechtzeitig nach Hause kommt, hat es in der Familie Jankowski noch nie gegeben. Iris ist absolut zuverlässig, sowohl im Beruf als auch im Privaten.

Alle Erklärungen für eine »normale« Abwesenheit von daheim sind sehr rasch aufgebraucht. Es erscheint auch unvorstellbar, daß Iris Jankowski freiwillig das Weite gesucht hat, etwa weil ihr die beruflichen und häuslichen Pflichten über den Kopf gewachsen wären oder gar ... weil sie einen neuen Mann kennengelernt und mit ihm durchgebrannt wäre. Solche Möglichkeiten kommen im Weltbild von Walter Jankowski nicht vor. Er erwägt sie zwar kurz, verwirft sie aber sofort wieder: So etwas tut seine Iris nicht! Nie und nimmer!

Der 4. Januar hat gerade begonnen, da machen sich Walter und der Sohn auf den Weg zum nächstgelegenen Polizeirevier. Um 0.30 Uhr meldet Walter Jankowski seine Frau Iris als vermißt – das bleibt sie auch für lange Zeit.

Im Jahre 1978 beginnt Norbert Büring seine kriminelle Karriere. Ein Jahr zuvor hat er eine Lehre als Rinderzüchter aufgenommen, nicht weil ihm Tiere oder gar die Agrarwirtschaft besonders liegen würden, sondern weil ihm mit seinen Fähigkeiten auf dem Lande gar nichts anderes übrigblieb. 1978, Norbert ist gerade 16 geworden, zieht die Familie aus Vorpommern weg und in die Nähe der mecklenburgischen Stadt N. Büring setzt die Lehre nicht fort. Die Haltlosigkeit des Stiefvaters ist ein schlechtes Vorbild; außerdem will er Geld verdienen. In der Landwirtschaftlichen Produktionsgenossenschaft seines neuen Heimatortes beginnt er zu arbeiten. Da er ein Jahr lang die Grundlagen der Rinderzucht und des Melkens erlernt hat, arbeitet er bald als Melker. Allerdings werden ihm als ungelerntem, jungen Neuling auch Aufgaben übertragen, vor denen die Facharbeiter zurückscheuen oder für die sie sich zu schade sind. Eine dieser Arbeiten wird in der derben Umgangssprache der Landarbeiter »Scheißekratzen« genannt. Für solche und ähnliche unattraktive Tätigkeiten wird am liebsten Büring herangezogen. Für das ohnehin gering entwickelte Selbstwertgefühl des 16-jährigen ist das eine Katastrophe.

In seinem Kollegenkreis bleibt Norbert, was er Zeit seines Lebens war und sein wird: ein Außenseiter. Das bedeutet nicht, er hätte Feinde gehabt, denn dafür fehlt es ihm an Persönlichkeit. Nein, aber man macht seine Scherze auf Kosten des schlaksigen und nicht sehr hellen Jungen, Scherze, die man für gutmütig hält, die aber trotzdem verletzen. Norbert sucht eine Möglichkeit, sein Selbstwertgefühl zu steigern. Er will der Clique von Jugendlichen im Dorf, zu der er lose Verbindungen unterhält, er will aber vor allem sich selbst und den Eltern beweisen, daß er etwas kann. Im Jahre 1978 beginnt eine Kette von Eigentumsdelikten, die nie mehr abreißen wird. Es gibt zwar Unterbrechungen, wenn sich Norbert im Knast aufhält, aber kaum atmet er ungesiebte Luft, klaut er auch wieder.

Norberts Familie ist zwar alles andere als wohlhabend, aber dennoch steht das Motiv der Bereicherung keineswegs im Mittelpunkt seiner Diebstähle. Büring klaut nicht aus materieller Not. Die Nöte, die ihn zum Stehlen treiben, sind anderer Natur. Immerhin sieht es so aus, als könne Büring vom Stehlen nicht lassen.

Natürlich wird Norbert irgendwann erwischt. Mutter und Stiefvater machen ihm eine fürchterliche Szene, es setzt auch wieder Schläge, doch Norbert schlägt zurück. Sein Stiefvater rührt ihn von diesem Tag an nie wieder an. Norbert hat sich durchgesetzt. Allerdings ist er in Konflikt mit dem Gesetz geraten, und das schlug in der DDR bei jedem Delikt, vor allem aber auch bei Eigentumsdelikten hart zu. Wenn es sich dann noch um sozialistisches Eigentum handelte, hatte der Delinquent besonders verwerflich gehandelt, und Norbert hatte auch in seiner LPG geklaut.

Nachdem Norbert beim ersten Mal zu einer Bewährungsstrafe verurteilt worden war, gab es beim zweiten Mal bereits eine längere Freiheitsstrafe. Das Stehlen ließ Norbert dennoch nicht. Allerdings war längst ein anderer Gegenstand stärker in seinen Blickpunkt gerückt, ein Objekt, auf das er seine Begierden richten konnte: Frauen.

Bereits am Morgen des 4. Januar steht fest, daß Iris Jankow-ski in keines der überhaupt in Frage kommenden Krankenhäuser eingeliefert worden ist. Sie ist also weder Opfer eines Verkehrs- oder anderen Unfalles geworden, noch hat sie eine plötzliche schwere Erkrankung wie etwa ein Infarkt ereilt. Befragungen im Umfeld lassen kein Motiv für ein freiwilliges Verschwinden erkennen. Iris Jankowski wird von allen – von Ehemann, Kindern, Arbeitskollegen, Freunden und Bekannten – als ein treuer, zuverlässiger und resoluter Mensch beschrieben, der sich nicht unterkriegen läßt. Schnell steht für die Polizei daher fest: Iris ist mit hoher Wahrscheinlichkeit Opfer einer Straftat geworden.

Neben den üblichen Fahndungsmaßnahmen, die in einem solchen Fall routinemäßig eingeleitet werden, rekonstruiert die

Kriminalpolizei den mutmaßlichen Heimweg der Vermißten. Etwa vier Minuten, nachdem sie letztmalig gesehen wurde, muß sie den Tannenweg erreicht haben. Dort wird es einsam.

Ein ängstlicher Mensch hätte wohl kaum die Straße be-nutzt, die am Bahndamm entlang ein paar hundert Meter schnurgerade nach Süden verläuft, bevor sie die Gleise dann erstmals kreuzt. Östlich von den Schienen befindet sich der Städtische Friedhof, westlich vom Tannenweg gibt es nur ein paar vereinzelt stehende Gewerbehöfe. Die Straße wird wenig genutzt, nur ein paar Rad- oder Autofahrer passieren sie, kaum Fußgänger. Iris Jankowski, die diesen Weg seit Jahren geht, ist nie ängstlich gewesen. Vielleicht war ihr hin und wieder einmal mulmig im Bauch, wenn sich ihr jemand näherte, der einen seltsamen Eindruck auf sie machte, aber das ist während der ganzen Zeit vielleicht zwei oder drei Mal vorgekommen. Die Krankenschwester war immer davon überzeugt, sich einer frechen Attacke erwehren zu können. Außerdem hielt sie ihre Heimatstadt für sicher.

Ungefähr 19.30 Uhr muß es gewesen sein, als Iris den ersten Bahnübergang erreicht hat. Dieser Übergang wird durch ein Warnkreuz und durch Halbschranken gesichert. Von dort wäre sie noch etwa zehn Minuten unterwegs gewesen in das Neubauviertel, in dem sie zu Hause war und wo sie nicht ankam.

Für ihren nächsten Ermittlungsschritt genügt den Kriminalisten ein Blick ins Kursbuch und ein Anruf bei der Leitstelle der Bahn. Ein Regionalexpress, von Rügen kommend, verläßt jeden Tag den Bahnhof von N. um 19.31 Uhr. Zwei Minuten später, also 19.33 Uhr, passiert er den Bahnübergang südlich vom Städtischen Friedhof, den auch Iris Jankowski benutzen mußte. Es ist nicht auszuschließen, daß der Zugführer, der

Zugbegleiter oder ein Fahrgast eine Beobachtung gemacht haben, die in einem Zusammenhang mit dem Verschwinden von Iris stehen. In der Regionalzeitung erscheint ein Aufruf an die Bevölkerung mit der Bitte um Mithilfe. Zugleich schicken sich die Kriminalisten an, Zugführer und Zugbegleiter des Regionalexpress ausfindig zu machen. Doch sie können sich die Mühe sparen. Der Lokführer, Reinhard Simon, meldet sich selbst bei der Polizei und schildert, was er am Abend des 3. Januar gesehen hat.

Kurz nachdem Simon mit dem Regionalexpress den Bahnhof von N. verlassen hatte, gab es etwas, das in der amtlichen Sprache der Bahn als Vorkommnis bezeichnet wird. Dieses Vorkommnis zwang den Lokführer Simon sogar, den Zug anzuhalten: Auf dem durch die Halbschrankenanlage gesicherten Bahnübergang stand ein PKW. Da die Straße die Eisenbahnschienen in einem spitzen Winkel kreuzt, waren die Scheinwerfer des Autos halb auf den Zug, halb auf das sich neben den Gleisen befindliche Gelände gerichtet. Seinerseits befand sich der PKW im Lichtkegel der Scheinwerfer der Lokomotive. Es gab also ausreichend Licht. Und in diesem Licht spielte sich eine gespenstische Szene ab.

Norbert Büring ist für Frauen nicht gerade eine Attraktion. Das betrifft nicht nur sein Äußeres. Zweifellos ist Norbert keine Schönheit, aber es fehlt ihm auch an anderen Eigenschaften, die ihn für eine Frau interessant machen könnten. Außerdem weiß Büring nicht, wie er sich Frauen nähern soll. Er fürchtet sich vor dem ersten Schritt, er fürchtet sich vor allem vor Ablehnung, vor einem »Korb«. Andererseits fühlt er sich von Frauen heftig angezogen. Er wünscht sich nichts so sehr wie einen Geschlechtsakt mit einer traumschönen Frau. Zugleich hat er Angst davor. Er begehrt Frauen, und er haßt sie. Er will sie lieben und quälen, berühren und von sich stoßen, sie streicheln und ihnen Gewalt antun. Dieser Widerspruch in ihm, der sich in der Pubertät auszubilden begann, peinigt ihn ständig. Je schwerer es ihm fällt, eine Beziehung zu einer Frau aufzubauen, desto stärker wird der Haß.

Norbert kann machen, was er will, wenn er einer Frau begegnet, fühlt er sich ihr sofort unterlegen. Es schnürt ihm die Kehle zu, er bringt kein Wort heraus, beginnt zu stottern, wird rot. In der Nähe von Frauen macht er sich sofort lächerlich – zumindest glaubt er es. Er hat das Gefühl, daß ihm die Vertreterinnen des weiblichen Geschlechts allein durch ihr Dasein Böses antun. Sein ohnehin schwaches männliches Selbstbewußtsein bricht bei Frauen vollkommen zusammen.

Kurz vor dem Ende der DDR unternimmt Norbert Büring, natürlich ohne sich dessen bewußt zu sein, den Versuch, den Ursachen seiner verworrenen seelischen Existenz zu entkommen: Er zieht aus dem Elternhaus und nimmt sich in N. eine kleine Wohnung. Büring ist 26 Jahre alt und steht erstmals in seinem Leben auf eigenen Füßen. Zuerst gefällt ihm diese Freiheit gut. Es ist aber auch eine Freiheit von zwar quälenden, aber immerhin festen Bindungen. Auf sich gestellt, verliert Norbert nach und nach in kaum bemerkbaren Schritten beinahe jeglichen Halt.

Dann kommt der Herbst 1989 mit Mauerfall und politischer Wende.

Im Sommer 1990 wird Norbert Büring arbeitslos. Er langweilt sich, fährt mit dem Moped durch die Gegend, schafft sich von dem neuen D-Mark-Segen ein kleines (West-)Auto an, fährt hierhin und dorthin, fährt ohne klares Ziel und sieht Frauen, Frauen, Frauen.

Er hat nun Zeit, tagelang mit dem Wagen durch N. und die Umgebung der Stadt zu streifen. An einem warmen Spätsommertag ist Büring auf der Fernverkehrsstraße unterwegs, die N. mit der Bezirksstadt verbindet – noch gibt es die DDR mit ihrer spezifischen Verwaltungsgliederung. Ein paar hundert Meter vom Stadtrand entfernt geht von der Straße ein mit Betonplatten belegter Weg ab, der früher ausschließlich landwirtschaftlichen Fahrzeugen vorbehalten war, seit kurzem aber öffentlich ist und auch gern von Spaziergängern benutzt wird. Eine junge Frau ist dort allein unterwegs, die 23-jährige Inga Lorentz, die in Rostock Medizin studiert und auf dem heimatlichen Dorf ihre Semesterferien verbringt. Büring folgt seinen Impulsen und biegt in den Nebenweg ein. Er fährt langsam, schätzungsweise 10 bis 15 km/h. Keine hundert Meter muß er zurücklegen, bis er die Frau erreicht. Was er tun wird, hat er schon tausendfach in seiner Phantasie durchgespielt. Zum ersten Mal wird er ausprobieren, ob alles so funktioniert, wie er es sich ausgemalt hat.

Norbert Büring fährt die junge Frau von hinten an. Inga Lorentz stürzt. Büring bremst, stößt die Fahrertür auf, springt aus dem Wagen. In wenigen Augenblicken ist er bei der Frau, beugt sich über sie, gibt sich besorgt. Er entschuldigt sich für den von ihm verursachten Unfall mit der irgendwann im Fernsehen aufgeschnappten geschraubten Wendung »Verzeihen Sie, gnädige Frau, daß ich Sie angefahren hab«, und bietet ihr seine Hilfe an. Nachdem Inga ihren ersten Schrecken überwunden hat, nimmt sie dankbar das Hilfsangebot an. Norbert stützt sie, obwohl das nicht nötig zu sein scheint, denn auf den ersten Blick ist die Frau unverletzt geblieben. Sie wird auf den Beifahrersitz komplimentiert, dann rast Büring nach N. zurück.

Es gelingt ihm, Inga Lorentz in seine Wohnung zu locken.

Dort wird ihr allerdings nicht die Hilfe zuteil, die er ihr versprochen hat. Kaum hat sie Platz genommen, stürzt er sich auf die junge Frau. Er schlägt sie bewußtlos und fesselt sie. Dann vergeht er sich an ihr.

Norbert Büring hält Inga Lorentz mehrere Stunden bei sich fest. Er vergewaltigt sie mehrfach auf brutale, ja sadistische Weise.

Als Büring seine Gelüste befriedigt und sein Gefühl von maßloser Überlegenheit ausgekostet hat, schafft er die Frau aus dem Haus. Mittlerweile ist es dunkel. Büring bringt sie zum Wagen und fährt mit ihr davon. Das vollkommen eingeschüchterte Opfer läßt alles willenlos über sich ergehen. Am Standrand von N. wird Inga abgesetzt. Büring fährt nach Hause und trinkt ein paar Bier. Rücklings auf dem Bett liegend, läßt er den Tag noch einmal Revue passieren und weidet sich an jedem Detail. Er hat bewiesen, daß er wer ist: ein richtiger Mann, ein ganzer Kerl. Befriedigt schläft er ein.

Dieses Erlebnis wird Inga Lorentz nie vergessen können. Noch Jahre später leidet sie an Konzentrationsstörungen und Angstattacken. Ihr Medizinstudium hat sie aufgeben müssen. Sie lebt wieder bei ihren Eltern und fürchtet nichts so sehr wie eine Beziehung zu einem Mann.

Nach der Tat hat sie den Täter angezeigt. Zuständig für die Ermittlungen ist das Kreispolizeiamt N., wie das ehemalige Volkspolizei-Kreisamt in einer Übergangsphase hieß. Die Kriminalbeamten lassen nach den Anweisungen von Inga Lorentz ein Phantombild anfertigen, das auch in der Presse veröffentlicht wird.

Bei Norbert hält die Erfüllung nicht lange vor. Bald schon meldet sich wieder das Verlangen, erneut eine Frau der Freiheit zu berauben, sie zu fesseln, zu quälen und zu vergewaltigen.

Einige Zeit lang kann Büring sich mit einer Diebstahlsserie im Zaum halten, aber die Spannung und ihre Lösung beim Stehlen reichen ihm nicht. Keine vier Wochen, nachdem Norbert zum ersten Mal einer Frau Gewalt angetan hat, schlägt er wieder zu. Er geht vor wie im ersten Fall: Büring fährt die Frau an, erbietet sich, ihr zu helfen, bringt sie in seine Wohnung, schlägt sie nieder und vergewaltigt sie. Das geschieht im August und ein weiteres Mal im September 1990. Genau zwei Wochen, bevor die DDR zu existieren aufhört, am 19. September 1990, haben die kriminalpolizeilichen Ermittlungen Erfolg. Einen Tag nach der dritten Tat wird Norbert Büring verhaftet. Eine Nachbarin hat zufällig gesehen, wie er sein Opfer nachts aus dem Haus und zu seinem Auto schaffte, und teilt ihre Beobachtung am nächsten Morgen der Polizei mit. Auch auf dem Phantombild, das man ihr vorlegt, vermag sie ihn zu erkennen.

Die Staatsanwaltschaft von N. klagt Norbert Büring vor dem Landgericht der dreifachen Vergewaltigung und des mehrfachen Diebstahls an. Büring wird zu einer Freiheitsstrafe von 6 Jahren und 6 Monaten verurteilt. Eine Therapie wird vom Gericht nicht angeordnet.

Im Juni 1991 tritt er seine Strafe in der Justizvollzugsanstalt Bützow an. Unter Anrechnung der achtmonatigen Untersuchungshaft wird er voraussichtlich erst Mitte April 1997 wieder in Freiheit sein.

Als Häftling ist Büring absolut unauffällig. Er eckt nicht an, tut, was man ihm sagt, macht sich nützlich. Niemand hat an Norbert etwas auszusetzen. Ein solcher Häftling kommt für eine vorzeitige Haftenlassung in Frage. Im Oktober 1995 wird auf Norbert Bürings Antrag die Reststrafe zur Bewährung ausgesetzt. Büring kann die Vollzugsanstalt verlassen.

Es wird sich noch zeigen, auf welche Weise er sich bewährt.

Reinhard Simon ist 49 Jahre alt und seit mehr als 30 Jahren bei der Bahn. Nachdem die Reichsbahn in der Bundesbahn aufging, ist er nur noch auf Regionalstrecken unterwegs. Am 3. Januar 1996 übernimmt er auf dem Bahnhof von N. die Führung des Regionalexpress Binz-Berlin von seinem Stralsunder Kollegen. 19.31 Uhr löst er die Bremsen. 19.33 Uhr zieht er sie wieder an. Auf dem beschrankten Bahnübergang, bei dem der Tannenweg die Gleise kreuzt, steht ein PKW mit eingeschaltetem Licht.

Das ist erst einmal nur verwunderlich. Denkbar, daß ein leichtsinniger Kraftfahrer noch rasch vor dem eintreffenden Zug die Gleise überqueren wollte und mit Motorschaden liegenblieb. Aber dann sieht Reinhard Simon, wie sich der Wagen in Bewegung setzt. Der PKW wird von den Schienen gefahren und beschreibt einen Halbkreis, so daß Simon die Bremslichter zu sehen bekommt. Atemlos beobachtet er, was danach geschieht: Der Fahrer schaltet das Licht und den Motor ab und steigt aus. Er kehrt zum Bahnübergang zurück, geht allerdings nur bis in die Nähe der Halbschranke. Dort bückt er sich und greift einen großen, schweren Gegenstand, den er zum Auto schleift. Zugführer Simon hält diesen Gegenstand für einen Müllsack. Der unbekannte, dunkel gekleidete Mann, der sein Gesicht abgewandt hält, öffnet die hintere linke Tür und wuchtet den Müllsack auf die Rückbank. Abermals begibt er sich zu dem Ort, an dem er den Sack aufgenommen hat. Irgend etwas hebt er noch vom Boden auf, kleinere Gegenstände jetzt, doch der Lokführer kann nicht erkennen, worum es sich handelt. Diese kleineren Teile wirft der Mann ebenfalls auf die Rückbank, dann schlägt er die Tür zu und steigt auf den Fahrersitz. Alles geht sehr schnell. Gerade einmal drei Minuten sind vergangen, als sich der PKW ohne Licht in Bewegung setzt. Der

Mann fährt den Tannenweg entlang, der weiterhin in südlicher Richtung parallel zum Bahndamm und an einigen Gehöften vorbei bis zum Teichholz führt. Teichholz nennt man in N. ein Wäldchen, das eine ehemalige, mittlerweile geflutete Kiesgrube umgibt.

Auch Reinhard Simon setzt seine Fahrt mit dem Regionalexpress fort. Den davongefahrenen PKW bekommt er kein zweites Mal zu Gesicht.

Wer die Straße vom Bahnübergang südlich des Städtischen Friedhofs nach dem Teichholz benutzt, erreicht nach einigen hundert Metern erneut einen Bahnübergang. Hier hat er nun zwei Möglichkeiten: Er kann die Gleise überqueren, oder er folgt dem Weg bis zu dem Kiessee. Beide Wege sind für PKW-Benutzer Sackgassen; nur wanderlustige Fußgänger haben die Chance, ihren Ausflug fortzusetzen.

Beim südlichen Bahnübergang befindet sich ein Stellwerk, das Tag und Nacht besetzt ist. Wenn der Unbekannte mit dem vermeintlichen Müllsack auf dem Rücksitz hier die Gleise überquert hätte, wäre er vom Stellwerksmeister unweigerlich gesehen worden. Das heißt, er kann nur bis zum Kiessee gefahren sein. Dort hat er wenden müssen und ist unzweifelhaft zur Stadt zurückgekehrt.

Weil ungefähr zu der Zeit, da Lokführer Simon seine Beobachtung machte, auch Iris Jankowski bei dem Bahnübergang gewesen sein muß, vermuten die Kriminalbeamten einen Zusammenhang. Sollte die Krankenschwester einem Tötungsverbrechen zum Opfer gefallen und sollte die Gegend beim Übergang der Tatort sein, könnte der Täter die Leiche in dem großen Müllsack fortgeschafft und beispielsweise im Kiessee versenkt haben. Die Polizei durchsucht deshalb den Bereich um den Weg vom Bahnübergang zum See großräumig. Auch das Teichholz wird durchkämmt, und Taucher untersuchen den Boden des Kiessees. Weder ein Leichnam noch Kleidungsstücke oder andere persönliche Gegenstände der Verschwundenen werden entdeckt.

Die Beamten der Polizei halten es für immer wahrscheinlicher, daß Iris Jankowski Opfer eines Kapitalverbrechens geworden ist. Nach Lage der Dinge kann das nur bedeuten, daß Iris entweder entführt oder daß sie getötet worden ist. In beiden Fällen ist die Mordkommission zuständig. Daher übernimmt am Dienstag, dem 10. Januar 1996, die MoKo der örtlich zuständigen Polizeidirektion die Ermittlungen.

Der wichtigste Hinweis des Zeugen Reinhard Simon ist die Beschreibung des Autos, das er am Bahnübergang gesehen hat. Nach seinen Angaben handelte es sich um einen vermutlich blauen viertürigen Kleinwagen mit Fließheck. An diesen Hinweis knüpfen die Ermittler an. Sie wenden sich an das Kraftfahrt-Bundesamt (KBA) in Flensburg. Vom KBA fordert die Mordkommission Unterlagen zu allen Fahrzeugen aus dem Zuständigkeitsbereich der Polizeidirektion an, die jene von Simon genannten Kriterien erfüllen. Die Dokumente treffen nach einigen Tagen in N. ein.

Zuerst einmal müssen die vier Mitarbeiter der MoKo tief durchatmen, als sie den Berg von Papieren sehen, den der Kurier aus Flensburg gebracht hat. Viertürige blaue Kleinwagen mit Fließheck gibt es wie Sand am Meer. Zwar gehen die Ermittler zunächst davon aus, daß der Täter aus der Region stammt, aber wenn sie irren, werden sie auch noch die Kleinwagen aus den Zuständigkeitsbereichen der benachbarten Polizeidirektionen unter die Lupe nehmen. Mit den Unterlagen aus ihrem Bereich fangen sie erst einmal an. Sie sind darauf eingestellt, für das Überprüfen der Fahrzeuge Wochen zu benötigen. Aber sie sind derartige Fleißarbeiten auch gewöhnt, schließlich haben sie schon viel kleinere Nadeln aus viel größeren Heuhaufen gepickt.

Kriminalhauptkommissar Winfried Tiedemann ist seit einigen Jahren Chef der Mordkommission in der für N. zuständigen Polizeidirektion. Als ich mich im Oktober 2001 mit ihm treffe, um mit ihm über die Hintergründe des Falles zu sprechen, möchte ich auch etwas über seinen persönlichen Werdegang erfahren. Daraufhin erzählt er mir zuerst einmal von seiner Familie. Da seine erste Ehe an seinem Beruf zerbrochen ist, will er für seine zweite Frau eine Lanze brechen. Sie bringe, sagt er, viel Verständnis für seine Arbeit auf, die ja den Familien etliche Einschränkungen aufzwingt. »Man kann sich nicht aussuchen, wann ein Täter zuschlägt«, meint Winfried Tiedemann. »Es kann sein, daß du Weihnachten oder bei einem Familiengeburtstag zu einer Leiche gerufen wirst und dann 24 Stunden lang nicht nach Hause kommst.«

Ich habe schon des öfteren bemerkt, wie wichtig es für die Kriminalbeamten ist, mir gegenüber auch von ihren Familien zu sprechen. Winfried Tiedemann hat zwei Kinder. Was er zwar nicht täglich, aber doch oft genug zu sehen bekommt, hat auch Rückwirkungen auf sie. Der MoKo-Leiter von N. ist noch besorgter um seine 12-jährige Tochter und seinen 15-jährigen Sohn, als es andere Väter – und natürlich auch Mütter – zu sein pflegen. Für seine Tochter ist es zur Gewohnheit geworden, vor Einbruch der Dunkelheit nach Hause zu kommen. Und auch dem Sohn macht es nichts aus, sich abends nach Besuchen bei Freunden oder Verwandten von Älteren oder einer Gruppe nach Hause bringen zu lassen. Winfried Tiedemann muß nicht mehr darauf bestehen, es ist selbstverständlich.

Dem gebürtigen Dresdener Tiedemann war es sozusagen in die Wiege gelegt, einmal Polizist zu werden, schließlich ist er der Sohn eines Kriminalisten. Die ersten Jahre im Polizeidienst verbrachte er bei der Verkehrspolizei, aber auch ihn lockte die Kripo. Mittlerweile nach Weimar versetzt und bereits als Sachbearbeiter bei der Kriminalpolizei beschäftigt, begann er 1983 ein Studium an der Fachschule für Kriminalistik in Aschersleben, die heute nicht mehr existiert.

Im Jahre 1983 hielt in Weimar und Umgebung ein gefährlicher Mörder Bevölkerung und Polizei in Atem. Als Kenner der Örtlichkeiten wurde Winfried Tiedemann wenige Wochen, bevor er zum Studium antreten mußte, in eine erweiterte Morduntersuchungskommission der Bezirksbehörde der Deutschen Volkpolizei Erfurt kooptiert. Seitdem ist er bei Mord und Totschlag geblieben.

Winfried Tiedemann ist ein leidenschaftlicher Mordermittler. Auf die Frage, ob alle jungen Polizisten, die Ambitionen auf einen Job bei der Kripo haben, nicht eigentlich mit einem Arbeitsplatz in einer MoKo liebäugeln, antwortet er mit einem verschmitzten Lächeln: »Natürlich möchten alle am liebsten zur Mordkommission ... nur die Faulen nicht!« Dann hebt er die Hände. »Das ist natürlich ironisch gemeint«, fügt er hinzu. »Allerdings sind die Abstriche, die wir am Familienleben machen müssen, gravierend«, sagt er. Schon wieder sind wir an diesem Punkt. Mir wird klar, wie sehr ihn das bewegt. »Wissen Sie, im Fernsehkrimi sieht ja alles immer so sauber aus. Ich finde meine Leichen nie in Villen. Na ja, und wenn wir dann so eine stark verweste Leiche haben, die ein paar Meter bewegt werden muß ... Und einige Stunden später komme ich nach Hause und streiche meiner Frau mit diesen Händen übers Haar ... Das ist schon eine merkwürdige Sache.«

Wegen dieser Frau ist Winfried Tiedemann nach N. gezogen. Die Morduntersuchungskommission der damaligen Bezirksstadt suchte einen Kriminaltechniker, und Kriminaltechnik hat Winfried Tiedemann immer besonders stark interessiert, also stellte er ein Versetzungsgesuch. Der Kriminalist zog von Weimar in den Norden, heiratete und nahm seine Arbeit als Kriminaltechniker bei der MUK auf. Er qualifizierte sich, bis er Kriminaltechnik und Tatortarbeit aus dem Effeff beherrschte. Dann kamen die Wende und die Wiedervereinigung, und mit ihnen einher ging eine Verwaltungsreform. Diese Reform betraf auch die Polizei und ihre Struktur.

Im Zuge dieser Umgestaltung sollte eine neue schlagkräftige Kriminalistentruppe sowohl für Straftaten gegen die sexuelle Selbstbestimmung als auch für Mord geschaffen werden. Winfried Tiedemann hatte sich seinerzeit darum beworben, die Kriminaltechnik der neu zu schaffenden Polizeidirektion aufzubauen, und seine Bewerbung war schon angenommen worden. Doch es kam anders. Der Leiter der Abteilung »Sitte/ Mord«, wie Tiedemann sie nennt, erkrankte, er nahm vertretungsweise diesen Posten ein. Der kranke Kollege mußte aus gesundheitlichen Gründen in den Ruhestand gehen, und Tiedemann blieb Chef der Gruppe, aus der später eine »reine« Mordkommission hervorging. Im Jahre 2001 kann er auf 13 Jahre Mordkommission zurückblicken.

»Die größte Herausforderung besteht darin, einen frischen Fall auf den Tisch zu bekommen«, sagt Hauptkommissar Tiedemann. Im Januar 1996 bekam er einen. Im März 1996 war dieser Fall noch immer ungelöst.

Mehrere Wochen sind ins Land gegangen. Nachdem die Suchtrupps der Bereitschaftspolizei den Suchradius immer weiter ausgedehnt haben, ist die Durchforstung des Geländes rund um N. in der dritte Januarwoche 1996 schließlich eingestellt worden. Nach wie vor wird jedoch mit Lichtbild und Personenbeschreibung bundesweit nach Iris Jankowski gefahndet. Auch in »Kripo live« treten die nordostdeutschen Kriminalisten auf. Von Iris gibt es keine Spur.

Die Kriminalbeamten um Winfried Tiedemann sind unermüdlich bei der Kontrolle aller blauen viertürigen Kleinwagen mit Fließheck. 112 KBA-Meldungen sind von dem großen Stapel bereits abgearbeitet. Die Halter dieser PKW, aber auch alle Personen, die sie benutzen konnten, wurden überprüft, die Fahrzeuge auf Spuren untersucht. Ein Ergebnis haben sie bisher nicht, die überprüften Personen und Kleinwagen sind unverdächtig. Natürlich wird die Suche nach einem möglichen Täterfahrzeug weiter fortgesetzt, denn noch gibt es KBA-Meldungen, die bearbeitet werden müssen. Allerdings kommen erste Zweifel auf. Immerhin herrschte Dunkel, und Zugführer Reinhard Simon könnte sich bei der Farbe des Wagens geirrt haben. Vielleicht war der PKW, der da am Abend des 3. Januar auf den Schienen stand, gar nicht blau, vielleicht wird man die Suche nach dem Auto auf alle dunklen viertürigen Kleinwagen mit Fließheck ausdehnen müssen. Der Faden, an dem sich die Kriminalisten entlanghangeln, scheint endlos zu werden. Doch Geduld ist eine ihrer wichtigsten Tugenden, und so setzen sie unbeirrt fort, was sie einmal begonnen haben.

Anfang März 1996 besucht MoKo-Leiter Tiedemann seinen alten Kollegen und väterlichen Freund Johannes Jarosch. Jarosch ist einer jener alten Hasen, die nach dem Zweiten Weltkrieg zuerst in der Sowjetischen Besatzungszone und ab 1949 in der DDR die Kriminalpolizei mit aufgebaut haben. Das kriminalistische Handwerk hat der mittlerweile fast Siebzigjährige von der Pike auf gelernt. Beinahe zwei Jahrzehnte war Johannes Jarosch bei der Abteilung K in der Bezirksbehörde der Volkspolizei Neubrandenburg tätig. Er kennt Land und Leute, und ihm macht niemand ein X für ein U vor.

Als er noch im Polizeidienst war, ist der erfahrene Kriminalist für Winfried Tiedemann als Ratgeber sehr wichtig gewesen. Jarosch hat Tiedemanns erste Schritte als Leiter einer Mordkommission helfend begleitet, und noch jetzt, nachdem »der olle Hanning«, wie man ihn respektvoll nennt, in Pension ist, holen sich der Hauptkommissar und viele andere Kollegen noch immer gern einen Rat bei ihm.

So ist es auch an diesem Abend. Jarosch und Winfried Tiedemann trinken ein paar Bier miteinander und klönen über dies und jenes – vor allem natürlich über Kriminalfälle, vergangene und aktuelle. Jarosch weiß, was dem Jüngeren zu schaffen macht. Er hat sich bereits seit längerem den Kopf zerbrochen, weil ihm an dem Fall etwas bekannt vorkommt, ja, an einen eigenen Fall erinnert, der aber schon einige Jahre zurückliegt. Die Sache mit dem Auto ist es, die Jarosch hat stutzig werden lassen.

Johannes Jarosch erzählt Winfried Tiedemann von einem Täter, der in der Wendezeit aktiv war. Er berichtet von dem Fall Norbert Büring, ohne sich jedoch auf den Namen besinnen zu können. Bei der Tatbegehungsweise, dem sogenannten modus operandi dieses brutalen Vergewaltigers, spielte auch ein Kleinwagen eine Rolle, mit dem der Täter seine Opfer anfuhr. Unter der Prämisse, daß es sich beim Fall Jankowski um ein Verbrechen handelt – was mehr als wahrscheinlich ist –, sollte man diesen Mann als möglichen Täter in Betracht ziehen, rät Jarosch.

Winfried Tiedemann stürzt sich in der Polizeidirektion sofort auf alte Akten. Er wendet sich an die Strafvollzugsbehörde und an das Bundeszentralregister, wo die Vorstrafen der Bundesbürger eingetragen werden, bis die Frist zu ihrer Löschung verstrichen ist. Auch zieht er Erkundigungen ein bei Gericht und Staatsanwaltschaft, denn dort gibt es noch ein paar Mitarbeiter aus früherer Zeit, die sich womöglich erinnern. Nach drei Tagen bekommt Tiedemann einen Namen: Norbert Büring. Es ist Freitag, der 19. März 1996. Winfried Tiedemann wird sich am Montag mit Büring befassen, denn dieses Wochenende will er mit seiner Familie verbringen, unbedingt.

Am Samstag, dem 20. März, machen sich in aller Hergottsfrühe drei junge Männer von Berlin aus auf den Weg nach Norden. Die drei Freunde, alle Mitte 20, studieren an der Technischen Fachhochschule in Berlin-Wedding und kennen sich, weil sie oft Nachtschichten an einer Tankstelle »schrubben«, wie sie es nennen. An Wochenenden sind sie häufig gemeinsam unterwegs. Manchmal in der näheren, manchmal in der ferneren Umgebung der Hauptstadt suchen sie nach alten, leerstehenden Gebäuden, in denen sie zurückgelassenen Hausrat zu finden hoffen, den man zu Geld machen kann. Sie werden erstaunlich oft fündig.

An diesem Sonnabend steht die Gegend um N. auf dem Programm. Nach dem Zusammenbruch der Landwirtschaftlichen Produktionsgenossenschaften der DDR haben insbesondere in strukturschwachen Regionen viele, vor allem jüngere Menschen das platte Land verlassen. Die ländliche Umgebung von N. zählt zu diesen Regionen. Die drei Sammler wissen, daß sie etliche verlassene Gehöfte und Häuser finden werden.

Nach einer Stunde Umherstreifens stoßen sie tatsächlich auf ein Objekt ihres Interesses. Ein paar Kilometer von N. entfernt steht ein einsames Chausseehaus. Das Haus hat vermutlich an die zweihundert Jahre auf dem Buckel. Es muß schon vor geraumer Zeit verlassen worden sein, denn es ist sehr verfallen. Obwohl ein Schild vor den Gefahren des Betretens warnt, stellen die Männer ihren Wagen in der Zufahrt ab und begeben sich ins Haus.

Der Verfall ist soweit fortgeschritten, daß es geradezu akrobatischer Fähigkeiten bedarf, in das obere Stockwerk und in den Keller zu gelangen. Das Dach ist eingestürzt, überall versperren Balken den Weg. Die Treppe ins Obergeschoß ist zwar marode, aber noch einigermaßen begehbar. Anders sieht es mit der Kellerstiege aus. Sie ist vollkommen demoliert, so daß die Männer mühsam hinabklettern müssen. Im Keller ist es, dank der Zerstörungen, nicht stockdunkel, sondern dämmrig. Einer der junge Männer schaltet dennoch seine Taschenlampe ein. Er läßt den Lichtschein über die Wände gleiten, dann über den Boden. Nichts von Wert und auch nichts, was man wieder zu einem Wert machen kann, ist zu entdecken.

In den Kellerboden eingelassen ist ein Hausbrunnen, aus dem man vor etlichen Jahrzehnten noch das Wasser schöpfte. Ohne viel zu erwarten, leuchtet der Besucher in den Brunnen hinein. Dort befindet sich vor allem Schutt, daneben auch ein auf den ersten Blick unidentifizierbarer Gegenstand. Der Mann tritt näher heran. Dann schreit er auf.

In dem Brunnen liegen die verschmorten Überreste eines Menschen. Für Hauptkommissar Tiedemann wird es nichts mit dem freien Wochenende.

Nach der ersten Inaugenscheinnahme der Leiche und des Leichenfundortes steht folgendes fest: Bei dem Leichnam handelt es sich um eine weibliche Person, die bereits seit mehreren

Wochen in dem Hausbrunnen gelegen hat. An dem Fundort ist sie nicht ums Leben gekommen. Die tote Frau wurde mit Kleidungsstücken bedeckt, die dann angezündet wurden, um Spuren zu verwischen oder gar das Opfer zu beseitigen (später stellt sich heraus, daß ein Brandbeschleuniger benutzt wurde, nämlich Fahrzeugbenzin). Wegen der Kälte und auch wegen der geringen Sauerstoffzufuhr in dem Hausbrunnen hat sich das Feuer aber nicht ausbreiten können, sondern es muß relativ rasch erloschen sein.

Ebenfalls wegen der Kälte ist der Leichnam noch gut erhalten – jedenfalls für kriminalistische und rechtsmedizinische Begriffe. An der teilweise angesengten, teils auch mumifizierten Haut finden sich größere Anhaftungen von Gewebe. Das Gewebe rührt von der Bekleidung der Toten. Von Farbe und Beschaffenheit stimmt es mit der Kleidung überein, die Iris Jankowski nach Aussage mehrerer Zeugen am Tag ihres Verschwindens getragen hat.

Bei der bald nach Auffinden der Leiche durchgeführten Obduktion kann die Tote eindeutig als Iris Jankowski identifiziert werden. Am Schädel werden schwere Verletzungen diagnostiziert: ein Schädelbasisbruch am Vorderschädel, eine stark zerstörte linke Augenhöhle. An diesen Verletzungen, die Iris vor dem Tode zugefügt worden sind, ist sie nicht gestorben.

Der Todesursache auf die Spur kam der Obduzent bei genauerer Untersuchung des Halses. Schon bei der äußeren Betrachtung erkannte er die eingetrockneten, braunrot verfärbten Würgemale, die auf einen Tod durch Erwürgen schließen ließen. Nach der Eröffnung des Halses konnte der Rechtsmediziner des weiteren eine Verletzung des Kehlkopfes und einen Zungenbeinbruch feststellen, beides ebenfalls Zeichen einer massiven Gewalteinwirkung im Halsbereich. So stand also nach der Autopsie fest, daß der Mörder seinem Opfer zuerst den Schädel zertrümmert, es danach aber noch lebend vorgefunden und schließlich erwürgt hatte.

Auch der letzte Zweifler wußte jetzt: Die Vermißtensache Jankowski war ein Mordfall. Von nun an handelten die Mitarbeiter der Mordkommission unter der Leitung von Winfried Tiedemann schnell und effizient. Da Norbert Büring bereits in ihr Visier geraten war, schauten sie die Unterlagen des Kraftfahrt-Bundesamtes durch und stellten fest: Büring führte tatsächlich einen blauen, viertürigen Kleinwagen mit Fließheck. Die Kriminalisten begannen, sich im Umfeld des mutmaßlichen Täters umzuhören.

Zweieinhalb, ja fast drei Monate hatten die Mordermittler auf den Moment gewartet, endlich den Fall Jankowski aufklären zu können. Nun, da sie die Leiche gefunden hatten, machte es ihnen der Täter plötzlich leicht. Bereits einen Tag nach dem Fund räumte Büring die Tat gegenüber einem Freund ein. Bei den Umfeldermittlungen zu Büring wurde dieser Freund befragt. Er gab sofort preis, was ihm unter dem Siegel der Verschwiegenheit anvertraut worden war.

Nun einen Haftbefehl gegen Norbert Büring zu erwirken, erschien Hauptkommissar Tiedemann unkompliziert. Nicht schlecht staunte er, als ihm der Staatsanwalt mitteilte, Büring sitze bereits in Untersuchungshaft. Er habe sich selbst gestellt: wegen eines Diebstahls.

Am Dienstag, dem 23. März 1996, wird Norbert Büring aus der Untersuchungshaft vorgeführt und zum ersten Mal vernommen. Der Kriminaltechniker der Mordkommission hat eine Reihe von Spuren sichern können, mit denen man Büring zu überführen hofft. So fanden sich in seinem Kleinwagen Blutspuren, die eindeutig Iris Jankowski zugeordnet werden können. Bei der Hausdurchsuchung wurden in Bürings Zimmer dessen Kleidungsstücke beschlagnahmt. An einer Jacke konnten Fasern sichergestellt werden, die von dem Mantel stammen, den Iris trug, als sie getötet wurde. Damit nicht genug, haben sich wiederum am Leichenfundort Fasern gefunden, die sich von Bürings Jacke abgelöst haben, als er die Leiche im Chausseehaus in den Keller wuchtete. Ein solches Spurenbild – eine sogenannte Faserüberkreuzung, bei der sich Fasern vom Opfer an der Kleidung des Täter, Fasern des Täters an der Kleidung des Opfers, am Tatort oder am Fundort der Leiche finden –, eine solche Spurenlage ist ein deutlicher Beweis.

Ebenfalls ein wesentliches, wenn nicht gar das Beweismittel schlechthin ist ein Tatgeständnis, in dem der Mörder Täterwissen offenbart, das heißt, ein Wissen, daß nur haben kann, wer die Tat auch ausgeführt hat. Am 23. März müssen die Beamten Norbert nur einen halben Tag vernehmen, dann bricht er angesichts der Beweislast zusammen. Allerdings legt er nur ein Teilgeständnis ab. Er behauptet, die Frau bei dem Bahnübergang südlich des Städtischen Friedhofs angefahren und dann festgestellt zu haben, daß sie dabei ums Leben gekommen sei. Um nicht unter Mordverdacht zu geraten, habe er die Leiche fortgeschafft und versteckt.

Das widerspricht dem Ergebnis der Obduktion, bei der keine inneren Verletzungen infolge eines Verkehrsunfalles festgestellt werden konnten. Damit konfrontiert, läßt Norbert Büring seine unglaubwürdige Version bald wieder fallen. Schließlich präsentiert er eine, von der er nicht mehr abweichen wird, obwohl auch sie erhebliche Schwachpunkte aufweist.

Der Gerichtsprozeß gegen Norbert Büring findet erst anderthalb Jahre nach seiner Tat vor dem Landgericht statt. Walter

Jankowski tritt dabei als Nebenkläger auf. Vier Tage lang versucht das Gericht, die Wahrheit herauszufinden. Als am Ende ein Urteil gefällt wird, gibt es drei Varianten von der Tat und dem Tatverlauf, die in manchen Punkten übereinstimmen, in anderen aber grundlegend voneinander abweichen: die Version der Kripo, die Version des Gerichts und Bürings Version.

Während der Zeit im Strafvollzug hatte Norbert Büring seine kleine Wohnung aufgeben müssen, und so kehrte er, als er im November 1995 aus der Haft entlassen wurde, erst einmal in sein tristes Elternhaus zurück. Sein Stiefvater, mittlerweile schwer erkrankt, mochte trotzdem die Finger nicht vom Alkohol lassen, die Mutter war vollkommen verbittert, Norberts Geschwister und Halbgeschwister waren ebenfalls auf die schiefe Bahn geraten.

Bürings Rückkehr in die Gesellschaft stand also von Anbeginn unter einem schlechten Stern. Hinzu kam, daß er keine Arbeit fand und in den Tag hinein lebte. Er suchte wieder Kontakt zu seinen alten Kumpeln, die alle keine Kinder von Traurigkeit waren und gern die Gläser hoben.

In N. hatte sich während Norberts Haft etliches verändert. Auf den in ihren Augen wesentlichsten Wandel machten ihn die Kumpel aufmerksam: Es gab jetzt Nutten und Bordelle.

Norberts Sexualleben war alles andere als reich. Er hatte keine feste Freundin und noch nie eine gehabt, da er viel Zeit im Knast verbracht hatte, ihm also immer die Gelegenheit fehlte. Büring begann, sich für Prostituierte zu interessieren. Er bekam Tips von seinen zweifelhaften Freunden, wo man Frauen finden konnte, die für Geld sexuelle Dienstleistungen anbieten.

In N. arbeiten die meisten Huren in ihren oder auch in fremden Wohnungen. In der Adventszeit 1995 suchte Norbert einige Male solche Frauen auf. Er kam auf den Geschmack, allerdings war das Vergnügen nicht gerade billig. Insbesondere für ihn, der von der Sozialhilfe lebte, schlug ein Besuch bei einer Prostituierten heftig zu Buche.

Am 3. Januar 1996 jedoch war es Norbert egal, was der bezahlte Geschlechtsverkehr kosten würde, schließlich war dieser Tag sein Geburtstag. Unter seinen Freunden kursierte, daß es Angelina einem besonders gut mache. Norbert beschaffte sich deren Telefonnummer, rief sie bereits am 29. Dezember an und vereinbarte mit ihr einen Termin für den Nachmittag des 3. Januar.

Er ist voll gespannter Erwartung, als er sich zum verabredeten Zeitpunkt in der Privatwohnung am Rande der Altstadt von N. einfindet. Für den hageren, schnauzbärtigen Mann, der billige Jeans und No-name-Turnschuhe trägt und dem man seine Armut schon von weitem ansieht, gibt es keinen Rabatt. Hundertfünfzig Mark knöpft Angelina ihm ab, für eine halbe Stunde. Büring sieht seine Erwartungen enttäuscht. Er ist wütend, springt in seinen Wagen, kurvt ziellos durch die Stadt.

Bis hierhin decken sich die drei Versionen. Nun beginnen sie, voneinander abzuweichen.

Büring behauptet, ohne irgendeine Absicht durch N. gefahren zu sein. Er habe zwar Geld gebraucht, sei jedoch nicht auf Raub aus gewesen. Erst als er Iris Jankowski allein auf dem Tannenweg sah, mit einer Umhängetasche über der Schulter, sei er auf die Idee gekommen, sich für den verpatzten Bordellbesuch am Portemonnaie dieser Frau schadlos zu halten. Er habe die Frau angefahren, unglückerlicherweise genau auf dem Bahnübergang, der zu diesem Zeitpunkt allerdings noch frei befahrbar war. Sie sei zu Fall gekommen, aber sofort wieder auf den Beinen gewesen, während Büring aus dem Auto sprang.

Beschimpft habe sie ihn und ihm mit einer Anzeige gedroht. Auch habe sie ihm bewiesen, daß sie sich das polizeiliche Kennzeichen seines PKW gemerkt habe, indem sie Buchstaben und Nummern korrekt aufzählte. Nun habe es Büring mit der Angst zu tun bekommen; vor allem habe er befürchtet, wieder wegen einer (versuchten) Vergewaltigung belangt zu werden.

Die Frau, sagt er, habe, vor sich hin schimpfend, ihren Weg fortgesetzt. Büring habe seine scharfe Pistole aus dem Handschuhfach genommen und sei ihr gefolgt, auch weil er es immer noch auf ihre Handtasche abgesehen hatte. Um sie als Zeugin auszuschalten und um sich in den Besitz ihrer Habseligkeiten zu bringen, habe er Iris Jankowski erschossen.

Während die Kriminalisten von vornherein einen anderen Tatablauf favorisierten, steigen die Richter erst an dieser Stelle aus. Das Raubmotiv stellen sie nicht in Abrede. Daß Norbert Schüsse auf Iris Jankowski abgegeben hat, bezweifeln sie, und sie müssen es bezweifeln: Der Rechtsmediziner hat keine Einschußverletzungen feststellen können.

Norbert Büring selbst ist dem Rat seines Verteidigers gefolgt und hat während der Verhandlung geschwiegen. Während der polizeilichen Vernehmungen hat er aber bis zum Schluß darauf beharrt, Iris Jankowski erschossen zu haben. Er verwies immer wieder auf die Pistole, die bei der Hausdurchsuchung in seinem Zimmer im Elternhaus gefunden wurde und tatsächlich mit scharfer Munition geladen war (und zu deren Herkunft er keine Angaben machte). Die Hartnäckigkeit, wider jeden Beweis und wider jede Vernunft eine solche Behauptung aufrechtzuerhalten, hat Kriminalhauptkommissar Tiedemann lange Zeit verwundert. Mittlerweile glaubt er, eine Erklärung gefunden zu haben: Büring konnte nicht wissen, in welchem Zustand man die Leiche geborgen hatte. Er ging vielmehr davon aus, sie sei komplett verbrannt. In diesem Falle hätte der Obduzent ihn womöglich nicht wiederlegen können.

Das Gericht kommt in seiner Urteilsbegründung zu einer anderen Variante des Tathergangs. Wie gesagt, daß Raubmotiv nahm es dem Angeklagten ab. An einen Schuß mochte es nicht glauben, vielmehr sah es den weiteren Tatverlauf so: Nachdem sich die Geschädigte tatsächlich ein Stück vom Ort des Anfahrens fortbewegt hat, ist Büring ihr in der Absicht gefolgt, sich ihre Tasche anzueignen. Er hat ihr mit der Faust, mit dem Fuß oder mit einem stumpfen Gegenstand ins Gesicht geschlagen – daher rühren die Brüche des Gesichtsschädels –, woraufhin Iris benommen oder bewußtlos zu Boden ging. Dort tötete Büring sein Opfer dann durch stumpfe Gewalt gegen den Hals, die Zungenbein und Kehlkopf brach.

Nach der Tat ist Büring laut Gericht zu seinem PKW zurückgekehrt. Der stand immer noch auf dem Bahnübergang, aber die Halbschranken waren jetzt geschlossen. Rasch fuhr Büring den Wagen fort und etwa zehn Meter auf dem Tannenweg weiter, wo er anhielt und ausstieg. Er wickelte die Leiche in eine Decke (nicht in einen Müllsack, wie es der Zugführer Simon gesehen haben wollte), schleifte sie zu seinem Auto und verstaute sie auf der Rückbank. Abermals ging er zum Tatort, um die Handtasche zu holen. Wieder im Auto, schaltete er die Scheinwerfer aus, wendete und fuhr ohne Licht in Richtung Teichholz. Dort wartete er ab, bis der Zug seinen Weg fortgesetzt hatte. Büring fuhr zurück, durchquerte die Stadt und verließ sie in Richtung auf das Dorf, in dem er wohnt. Auf einem Parkplatz, der ein paar hundert Meter von der Stadtgrenze entfernt ist und vor allem von Wanderern oder Jägern benutzt wird, hielt er an und überlegte geraume Zeit, was er nun tun solle. Ihm fiel das verfallene Gehöft ein, an dem er auf seinem

Weg vom Elternhaus nach N. häufig vorbeigekommen ist. Zu diesem leerstehenden Gebäude begab er sich also. Er schleifte die Tote ins Haus, warf sie kopfüber die beschädigte Kellertreppe hinunter, kletterte hinterdrein und stieß die sterblichen Überreste von Iris Jankowski in den Hausbrunnen. Mit dem Fuß trat er immer wieder auf die Leiche, um sie besonders tief in den versandeten Brunnen zu bekommen. Nachdem dies bewerkstelligt war, kehrte er zu seinem Wagen zurück, entnahm dem Kofferraum einen Kanister mit Benzin und ging letztmalig in Haus und Keller. Er breitete die Kleidungsstücke, die er der Toten zuvor ausgezogen hatte, über den Leichnam, goß Benzin darüber und zündete es an. Dann fuhr er in aller Seelenruhe nach Hause, darauf hoffend, daß das Haus bald einstürzen oder gar eingeebnet werden würde.

Hauptkommissar Winfried Tiedemann folgt den Ausführungen der Vorsitzenden Richterin und ihrer Beisitzer nur bedingt. Insbesondere was die Motivation betrifft, hat er eine andere Auffassung. Tiedemann und seine Leute glauben nicht an einen Raubmord.

Daß die Prostituierte Angelina dem Norbert Büring sein letztes Geld abgeknöpft hat, ohne ihn wirklich zu befriedigen, nimmt Tiedemann dem Täter ab. Das hat vermutlich seinen latenten Haß auf Frauen angestachelt, und Büring hat beschlossen, sich für die erlittene Schmach schadlos zu halten. Außerdem wird er sich bei der Hure, die ihm für fast nichts das Geld aus der Tasche gezogen hat, klein und wertlos gefühlt haben, so daß er dringend das Gefühl totaler Macht und Kontrolle brauchte, kurzum, es drängte ihn, eine junge Frau zu vergewaltigen. Von hinten mag die blonde Iris Jankowski in ihrem schwingenden langen Mantel durchaus wie ein junges Mädchen ausgesehen haben. Büring folgte ihr eine Weile, dann war er sicher: Diese Frau soll es sein. Und die Gelegenheit war günstig auf dem einsamen Tannenweg, auf dem außer Opfer und Täter keine Menschenseele unterwegs war.

Was dann geschah, wird anfangs so abgelaufen sein, wie es das Gericht in seinem Urteil festhält. Nachdem Büring die Frau niedergeschlagen hatte, muß sie betäubt gewesen sein, daher konnte Norbert, als er sie in sein Auto geschleift hatte, mit ihr machen, was er wollte. Iris Jankowski konnte sich nicht wehren. Die Mitarbeiter der MoKo glauben daher an ein Sexualverbrechen. Womöglich hat Büring Iris tatsächlich vergewaltigt. Bewiesen werden konnte es nicht, da bei der Obduktion keine entsprechenden Spuren gefunden wurden. Aber immerhin war Büring einschlägig vorbestraft. Außerdem hatte er Iris teilweise entkleidet. Vieles spricht also für ein sexuelles Tatmotiv.

Büring wird es immer bestreiten. Für ihn eine Überlebensfrage. Ein Sexualmörder steht in der »Knasthierarchie« auf einer der untersten Stufen nahe bei den Kinderquälern, während ein Raubmörder höheres Ansehen genießt. Vermutlich deshalb, meint Winfried Tiedemann, räumt er seine sexuelle Motivation nicht ein.

Die Strafe, die Norbert Büring für seine Tat erhalten hat, ist die Höchststrafe. Das Landgericht verurteilt ihn wegen Mordes in Tateinheit mit Raub mit Todesfolge zu einer lebenslänglichen Freiheitsstrafe. Auch wird die Aussetzung des Strafrestes aus der Verurteilung von 1991 zur Bewährung aufgehoben. Eine Therapie ordnen die Richter wieder nicht an. Räuber therapiert man nicht.

Norbert Büring wird viele, viele Jahre im Gefängnis verbringen. Aber eines Tages wird er entlassen werden. Und dann wird er immer noch die Frauen hassen ...

Ist dieser Fall vor allem dank des Kommissars Zufall, also durch einen Glücksumstand gelöst worden? Wäre Büring nicht der Strafe entkommen, wenn das alte Chausseehaus abgerissen und das Grundstück eingeebnet worden wäre?

Winfried Tiedemann winkt ab. Hätten die Antiquitätensammler die Leiche nicht gefunden, wäre man Norbert Büring über die KBA-Unterlagen auf die Spur gekommen. Davon ist Tiedemann überzeugt. Es hätte nur unverhältnismäßig länger gedauert. Womöglich sogar ein Mordopfer länger, oder zwei?

»Endlich habt ihr mich erwischt«

Der Fall Hans-Joachim Badelkow

Hamburg, Ende November 1999. Es ist die Zeit, in der die Berufstätigen das Haus in der Dunkelheit verlassen und in der Dunkelheit heimkehren; eine trübe, ungemütliche Zeit, in der die Menschen beherrscht werden von der Sehnsucht nach Wärme und Licht. Aber der Erste Advent ist in greifbare Nähe gerückt. Alles Sehnen und viele – auch übertriebene – Hoffnungen konzentrieren sich auf das bevorstehende Weihnachtsfest. Alles Sehnen und alle Hoffnungen von Hans-Joachim Badelkow konzentrieren sich auf eine unerhörte Gewalttat.

Melanie Vogel ist an diesem Tag in der City gewesen, um sich nach Geschenken umzusehen. Die Straßen der Innenstadt, allen voran die Haupteinkaufsmeilen Mönckeberg- und Spitalerstraße, sind bereits festlich geschmückt, aus den Läden und Kaufhäusern dudeln Weihnachtslieder. Melanie hat noch nichts gekauft, nur umschauen wollte sie sich. Insbesondere der Erwerb von Geschenken für ihre Eltern fällt der jungen Frau schwer. Die haben doch alles, denkt sie, und schon dieser Gedanke lähmt das Einfallsvermögen. Melanie möchte nicht wieder etwas Phantasieloses schenken wie Pralinen oder Wein. Das nimmt sie sich jedes Jahr vor, und dann, wenn sich die Weihnachtszeit nähert, beginnen doch wieder die Schwierigkeiten.

Kurz vor zwanzig Uhr fährt Melanie mit der S-Bahn nach Hause. Sie nennt eine Wohnung im Harburger Ortsteil Wilhelmsburg ihr eigen. Die Wohnung befindet sich in einer sogenannten Großwohnanlage, einem zusammenhängenden Komplex mehrerer Gebäude, die sich um einen großen Innenhof gruppieren.

Daheim nimmt die junge Frau erst einmal ein verspätetes Abendbrot zu sich. Sie entkleidet sich, duscht, legt dann ihre Hauskleidung an und begibt sich ins Wohnzimmer. Dort entzündet sie ein paar Kerzen, gießt sich ein Glas Wein ein und schaltet das Fernsehgerät an. Doch Melanie ist müde an diesem Tag, sie schläft ein, bevor die Kommissare Stoever und Brockmöller in dem gerade auf Nord 3 wiederholten »Tatort« den Täter ergreifen können.

Hans-Joachim Badelkow hat sich ebenfalls in der Hamburger Innenstadt aufgehalten. Er vertrieb sich die Zeit aber nicht mit dem Schauen nach Geschenken, sein Interesse galt ausschließlich Melanie. Seit vier Tagen weiß er, wo sie arbeitet. Nun holt er sie täglich von der Arbeit ab. Allerdings weiß sie nichts davon. Melanie Vogel hat nicht die geringste Ahnung, daß ihr ein »Verehrer« folgt.

Niemand sieht Hans-Joachim den triebgesteuerten Verfolger an. Man meint, einen freundlichen Mann mittleren Alters vor sich zu haben, wenn man ihn überhaupt wahrnimmt. Der freundlich wirkende Mann folgt Melanie. Er folgt ihr bereits seit mehr als einer Woche. Immer, wenn er es sich leisten kann, ist er in ihrer Nähe.

Hans-Joachim Badelkow kann es sich nicht rund um die Uhr leisten, da er berufstätig ist. Aber seine freien Minuten, seine freien Stunden gehören Melanie. Nach Feierabend ist er für sie da. Er begleitet sie. Er schaut ihr zu. Er beobachtet ihren Alltag. Und nachts, wenn sie schläft, steht er vor ihrem Fenster.

Als Melanie kurz vor 23 Uhr zu sich kommt, ist sie noch müder als vor ihrem Schlummer. Sie beschließt, sich sofort ins Bett zu begeben. Wie beschlossen, so getan: Sie geht noch einmal kurz in die Küche, um schon den Morgenkaffee in die Kaffeemaschine zu füllen, und dann ins Bad. Zehn vor halb zwölf liegt sie in den Federn. Es dauert nicht lange, dann ist sie eingeschlafen.

Hans-Joachim steht auf seinem Posten. Nachdem Melanie in ihrer Wohnung eingetroffen ist, hat er seine Position auf dem dunklen Innenhof bezogen. Der Platz ist ihm mittlerweile vertraut, und er scheint auch sicher zu sein, denn niemandem ist bisher aufgefallen, daß da ein Mann im Dunkeln steht und einen Feldstecher auf eine Wohnung im ersten Stock gerichtet hält. Dieser Mann verfügt dem Anschein nach über fast unendliche Geduld.

Nachdem in Melanies Wohnung das Licht erloschen ist, wartet er noch mehr als anderthalb Stunden. Er ist nun allerdings etwas nervös geworden, geht auf und ab, und das nicht nur, weil ihm die Kälte aus dem Boden in die Beine kriecht. Allerdings verläßt er nie den Schutz der Dunkelheit.

Badelkow ringt mit einer Entscheidung. Er weißt nicht, soll er sich sofort Genuß verschaffen oder die Vorfreude noch ein paar Tage verlängern?

Hinter den meisten Fenstern sind die Lichter verloschen. Hans-Joachim Badelkow fragt sich, wieviele der Menschen, die nun in ihren Betten liegen, nicht schlafen können, Schmerzen erleiden müssen, vielleicht sogar sterben. Das ist nur ein Gedankenspiel, Badelkow empfindet kein Mitleid. Dazu ist er nicht fähig. Vielleicht Selbstmitleid, aber kein Mitleid mit anderen Menschen. Sie sind dem immer freundlich wirkenden Mann gleichgültig.

Es ist jetzt ein Uhr fünfzehn. In einer Wohnung im fünften Stock geht sogar das Licht wieder an. Manche Leute müssen extrem früh aufstehen. Badelkow zuckt die Schultern. Dann richtet er seine Augen wieder auf Melanies Fenster. Er hat sich noch immer nicht entschieden.

Die folgenden Nächte verbringt Melanie Vogel in ungestörtem Schlaf. Auch in ihrem Tagesablauf läßt sich nichts Ungewöhnliches verzeichnen. Sie geht zur Arbeit, sie widmet sich ihren Freizeitbeschäftigungen, sie trifft eine Freundin, sie verbringt Abende allein zu Hause. Jeden Tag ab einem bestimmten Zeitpunkt hat sie einen Schatten. Stunde um Stunde folgt ihr ein Mann.

Dieser Mann wird irgendwann zuschlagen. Er wird ausführen, was er sich immer wieder vorstellte. Er hat es bereits getan, zwei Mal in Hamburg und Umgebung. Seitdem sind alle Dämme gebrochen.

Er wird es tun. Alles spricht dafür. Niemand hat ihn bemerkt, ist auch nur im geringsten auf ihn aufmerksam geworden. Er kennt die Lebensgewohnheiten der jungen Frau in- und auswendig. Er ist gut vorbereitet.

Am 8. Dezember 1999 ist es so weit. Für Melanie Vogel ist dies ein ganz gewöhnlicher Tag, ein Tag wie jeder andere. Mittlerweile steht der Dritte Advent bevor, und Melanie hat bereits etliche Geschenke für all diejenigen eingekauft, die sie zu beschenken hat. Den Abend verbringt sie in ihrer Wohnung. Draußen ist es kalt und ungemütlich, und sie genießt es, nicht mehr vor die Tür zu müssen. Kurz nach 21.00 Uhr telefoniert sie noch mit ihrer Mutter. Es gibt nicht viel zu berichten, nur das Übliche. In fünf Stunden wird ein Ereignis ihr Leben für immer verändern.

Seitdem Melanie ihre Wohnung betreten hat, harrt Hans-Joachim Badelkow auf dem Innenhof aus. Er hat wie immer seine Position bezogen, schaut mit dem Fernglas in Melanies Wohnung, ist vollkommen auf sie fixiert. Dennoch bleibt er achtsam. Wenn jemand den Hof überquert, duckt er sich. Wird in der Nähe ein Fenster geöffnet, ist er auf der Hut. Aber sein

Platz, sein Beobachtungsposten ist einfach ideal. Niemand belästigt ihn, nicht einmal ein Hund.

Allmählich kommen auch immer weniger Leute nach Hause. Auf dem Hof ist es überwiegend still. Manchmal hört man Rufe oder Schreie aus einer Wohnung. Ein Säugling will einige Zeit gar keine Ruhe geben. Aber die Geräusche ersterben nach und nach. Immer mehr Fenster werden dunkel. Kurz nach Mitternacht begibt sich auch Melanie Vogel in ihr Bett.

Hans-Joachim Badelkow ist bereit. Er hat alle Utensilien bei sich, die er benötigen wird. Aber er wartet noch. Er genießt die Spannung, den Thrill, die leichte Gänsehaut. Er genießt die Vorfreude. Er weidet sich bereits in seiner Phantasie an den Qualen, die er seinem Opfer zufügen wird. Er hat Zeit, eine ganze lange Nacht hat er Zeit. Badelkow kann warten. Er stellt sich das ahnungslos schlafende Opfer vor. Gegen ein Uhr wird er dann aktiv.

Badelkow ist körperlich topfit. Seine Kondition ist ausgezeichnet. Jetzt wird er sich beweisen, daß er ein richtiger Mann ist; ein Prachtexemplar von Mann geradezu. Ein Mann, der alles unter Kontrolle hat, der alles beherrscht. Wenn schon nicht die Welt, dann doch wenigstens eine Frau. Wenn schon nicht sein Leben, dann wenigstens ein dreckiges Weibsstück.

Badelkow setzt sich eine Motorradmaske auf, streift Gummihandschuhe über und klettert an der Fassade hinauf zum Balkon der Melanie Vogel im ersten Stock. Er geht dabei außerordentlich geschickt vor und verursacht nicht das geringste Geräusch. Oben angelangt, springt er über die Balkonbrüstung. Mit einem kleinen, fast lautlosen Akkubohrer bohrt er die Zarge der Balkontür auf. Auf diese Weise verschafft er sich Zutritt zur Wohnung.

Melanie Vogel hat von alldem nicht das Geringste mitbekommen. Sie liegt in tiefem Schlaf, während Badelkow beginnt, die Wohnung in Besitz zu nehmen. Er durchstreift alle Räume, orientiert sich. Im Flur findet er einen Schlüsselbund. An der Wohnungstür probiert er die Schlüssel aus, findet den richtigen, schließt einmal auf, dann wieder zu. Nun weiß er, wie er die Wohnung auf einfachem Wege wird verlassen können, und setzt seinen Streifzug fort. Er öffnet hier eine Schublade, dort ein Kästchen. Er betrachtet die Kosmetikutensilien im Bad, wirft einen Blick in den Wäschekorb, kehrt ins Wohnzimmer zurück, nimmt sich die Anbauwand vor. Er findet Schmuck und andere Wertsachen, nimmt sie wohl auch zur Hand, legt sie aber wieder zurück. Das interessiert ihn nicht. Das Objekt seines Interesses, seiner Begierde ruht im Schlafzimmer.

Immer wieder stellt sich Badelkow die schlafende Frau vor, weidet sich an ihrer Ahnungslosigkeit. Er ist in höchstem Maße erregt. Und er läßt sich Zeit. Den Moment, da er über die junge Frau herfallen wird, schiebt er hinaus. Schon jetzt, da er ungebeten und unerlaubt ihre Wohnung durchstreift, spürt er die Macht, die er über die Frau ausübt. Sie hat ihn nicht eingeladen, und trotzdem ist er da.

So ein Kerl ist er, der Hans-Joachim Badelkow. Wird nicht geladen, aber kommt dennoch herein, und das quasi durch die Wand.

Es ist ein herrliches Gefühl der Vorfreude: Er wird den Schock der Frau sehen, wenn er über sie herfällt, er wird die Panik sehen, die Angst in ihren Augen. Er wird sie sich winden sehen. Sie wird ihm ausgeliefert sein, vollkommen ausgeliefert. Er wird eine enorme Macht über sie haben, sie wird nur ihre Ohnmacht zu spüren bekommen.

Längere Zeit übt Badelkow seine Macht aus, indem er den Zeitpunkt des Überfalls vor sich herschiebt. Er kann entscheiden wie ein Gott: Jetzt oder gleich oder später. In zehn Minuten, in einer Stunde. Er entscheidet über Schlaf oder Qual, Traum oder Schrecken. Er könnte auch über den Tod entscheiden.

Schließlich beherrscht Hans-Joachim Badelkow sich nicht mehr. Er hat das Vorspiel ausgiebig ausgekostet, nun geht es zur Sache. Badelkow betritt das Schlafzimmer. Er atmet tief ein und aus, saugt die Luft ein, den Geruch, die Atmosphäre. Noch einige Zeit steht er da, betrachtet sein Opfer, das sich im Schlaf umdreht und seufzt. Die Erregung wächst und wächst. Da liegt die Frau, die ihm in wenigen Minuten hilflos ausgeliefert sein wird. Seinem Rucksack entnimmt Badelkow, was er zum Fesseln und Knebeln benötigt. Er macht Licht. Bevor Melanie Vogel überhaupt begriffen hat, was vorgeht, ist sie bereits an Armen und Beinen mit Kabelbindern aus Plastik gefesselt. Mit silbergrauem Textilklebeband verschließt ihr der Angreifer Mund und Augen. Er kontrolliert, ob die Vorhänge auch richtig zugezogen sind. Für Melanie beginnt nun ein mehrstündiges Martyrium.

Niemand vermag sich wohl wirklich in das Opfer eines schweren Gewaltverbrechens hineinzuversetzen. Nur bedingt kann man sich die Todesangst vorstellen, den Schmerz, das Gefühl von Erniedrigung und völliger Wehrlosigkeit. Melanie Vogel kann den Angreifer nicht einmal sehen. Es ist für sie ein anonymer, gesichtsloser Mann, der sie mehrmals vergewaltigt. Der Folterer hat keine Konturen. Das macht die Qualen noch schlimmer, bedeutet für Badelkow aber den höchsten Genuß. Er kann sich beinahe als der allmächtige Mann an sich fühlen. Er beherrscht alles: die Frau, alle Frauen, seine Mutter, die Welt, alles, alles, alles – nur sich selbst nicht. Sich selbst ist er ausgeliefert.

Nachdem er sich der Wehrlosen mehrfach sexuell bemächtigt hat, beginnt er, seine Untat vor sich selbst durch ein Bereicherungsmotiv »aufzuwerten«. Es genügt ihm nicht, einzig und allein aus perversen Beweggründen heraus zu handeln, denn das würde ihn zu einem kleinen, widerwärtigen Triebtäter deklassieren. Er ist aber ein großer, ein außergewöhnlicher Triebtäter. Ein großartiger, außergewöhnlicher Mann, der alles bekommt, was er will. Und die wichtigsten Dinge im Leben eines Mannes sind: Weiber und Geld. Ein Weib hat er gehabt. Nun will er Kohle.

Es ist kurz nach drei Uhr. Widerstand ist von Melanie nicht mehr zu befürchten. Sie schreit nicht, als ihr Badelkow das Klebeband vom Mund löst. Sie teilt ihm die Geheimnummer ihrer Geldkarte mit, und zwar die richtige PIN. Alles ist ihr egal, nur loswerden will sie ihn. Die EC-Karte hat Badelkow bereits bei seinem Streifzug durch die Wohnung im Portemonnaie seines Opfers entdeckt und an sich genommen. Nun holt er auch das Bargeld. Melanie hat etwas vom Täter gehört, was ihm ein bißchen Profil verleiht: seine Stimme.

Hans-Joachim Badelkow verläßt die Wohnung durch die Wohnungstür, als wäre er ein ganz normaler Besucher. Sein Opfer überläßt er sich selbst. Es kann sich schließlich befreien und die Polizei verständigen. Badelkow ist zu diesem Zeitpunkt bereits auf dem Weg nach Leipzig. Eine Dienstfahrt zwingt den Mann, der mit sehr wenig Schlaf auskommt, zu dieser frühen Tour.

Exakt vier Wochen später, am 8. Januar 2000, schlägt er erneut zu. Wieder wählt er ein Opfer in Hamburg, wieder eine alleinstehende junge Frau, die in einer Neubausiedlung zu Hause ist.

Die Ermittlungsbeamten des LKA Hamburg nehmen den Fall sehr ernst. Obwohl sie die ersten beiden Verbrechen, die

Badelkow im Herbst 1999 begangen hat, dem ihnen unbekannten Täter wegen einer abweichenden Begehungsweise noch nicht zuordnen, gehen sie ab dem 8. Januar 2000 davon aus, daß es sich um einen Serientäter handelt, der seine Verbrechensserie erst beendet beziehungsweise beenden kann, wenn er von der Polizei gestoppt wird. Mir größter Sorgfalt werden alle Spuren gesichert und ausgewertet. Intensive Befragungen möglicher Zeugen ziehen sich über Wochen hin. Sie erbringen erschreckend wenig Anhaltspunkte. Nicht einmal ein Phantombild kann die Hamburger Kripo erstellen, keine Personenbeschreibung, nichts dergleichen.

Entgegen den anfänglichen Befürchtungen wiederholt der Täter seine Verbrechen nicht. Der Januar, der Februar, der März 2000 gehen ins Land. Die Akten der zuständigen LKA-Beamten schwellen immer mehr an, aber es gibt keine heiße Spur, ja nicht einmal eine lauwarme.

Das bleibt so. Die Ermittlungen verlaufen im Sande. Es wird April, es wird Mai. Keine Tat, die im modus operandi, also in der Art und Weise ihrer Begehung den bisherigen Verbrechen gleicht. Der Fassadenkletterer, der Frauen erst vergewaltigt und sie dann bestiehlt, verhält sich ruhig.

Dafür kann es mehrere Ursachen geben. So kann der Täter in eine andere Stadt, in ein anderes Bundesland verzogen sein. Die Kriminalisten prüfen also, ob vergleichbare Verbrechen an anderen Orten geschehen sind. Für Deutschland ergibt sich eine Fehlanzeige. Aber der Verbrecher kann sich ebensogut ins Ausland abgesetzt haben. Das macht die Arbeit noch komplizierter. Es kann unendlich lange dauern, bis eine entsprechende Mitteilung aus einem anderen Land eintrifft, wenn überhaupt.

Der Täter kann natürlich auch verstorben sein. Seine körperliche Fitness legt zwar nahe, daß er sich höchstwahrscheinlich nicht in einem Alter befindet, in dem man natürlicherweise zu sterben pflegt, aber auch ein Unfall kommt schließlich in Frage. Sollte der Täter tot sein, ist seine Serie für immer beendet. Allerdings wird man das Verbrechen dann wohl nie aufklären können.

Die Ermittlungen in Sachen der beiden Wohnungsvergewaltigungen werden nicht eingestellt, aber sie verschwinden von der Prioritätenliste. Neue, schwerwiegende Kriminalfälle halten die Ermittler in Atem. Im Juni 2000 allerdings wendet sich das Blatt.

Hannover, Anfang Juni 2000. Am 1. des Monats ist auf dem Messegelände die EXPO 2000 eröffnet worden. Die Zeitungen sind voll mit kritischen Artikeln, welche die Enttäuschung wegen des schleppenden Beginns der Weltausstellung widerspiegeln. Der erhoffte Ansturm auf die Kassen ist ausgeblieben. Trotzdem ist Hannover voller Gäste, darunter viele Tagesausflügler, aber auch Leute, die über Nacht bleiben.

Der 6. Juni 2000 ist der Dienstag vor Pfingsten. Hans-Joachim Badelkow kommt seit etlichen Wochen immer wieder in die Stadt an der Leine. Noch in der Vorbereitungszeit Ende März, als auf dem EXPO-Gelände überall gebaut wurde, hat ihn sein Job als Kurierfahrer zum Messegelände in Hannover-Laatzen geführt. An diesem Tag beschloß er, sein Betätigungsfeld von Hamburg, wo er lebt, nach Hannover zu verlagern, wo ihn niemand kennt. Das hält Badelkow für einen klugen Schachzug. Er rechnet damit, daß er hier sogar dann glimpflich davonkommen wird, wenn ihn jemand kurz vor oder nach einer Tat sehen sollte und in der Hannoverschen Presse ein Phantombild erscheint. Es gibt in Hannover niemanden, der einen Hans-Joachim Badelkow erkennen würde.

Badelkow bereitet sein drittes Verbrechen in Hannover vor. Bereits im April und im Mai ist er in Wohnungen eingestiegen und hat Frauen vergewaltigt. Es wundert ihn, daß bisher keine Berichte darüber in der Presse erschienen sind. Vermutlich möchte sich Hannover während der EXPO das Image einer sauberen und sicheren Stadt geben, deswegen werden schlechte Nachrichten unterdrückt.

Hans-Joachim Badelkow irrt sich. Nicht einmal ein Ereignis wie die Weltausstellung könnte die Presse davon abhalten, nach ihrem vornehmsten Motto zu verfahren: Only bad news are good news. Niemand weiß etwas von den zwei Vergewaltigungen, nur Badelkow und die beiden Opfer selbst. Die Frauen haben aus Angst und Scham auf eine Anzeige verzichtet. Kein Polizist in ganz Hannover fahndet nach einem Fassadenkletterer, der es auf Frauen abgesehen hat, denn kein Polizist weiß, daß in der Leinestadt jemand wie Badelkow sein Unwesen treibt.

In der Nacht vom 6. auf den 7. Juni ändert sich das. Irina Fürneisen, Badelkows insgesamt siebentes Opfer, wählt die 110, nachdem sie lange Zeit gefesselt, geknebelt und mit verbundenen Augen in der Gewalt ihres Peinigers verbracht hat und vergewaltigt worden ist. Für die rasch am Tatort eintreffenden Beamten der Kriminaltechnik und für die Ermittler der Polizeidirektion ist es der erste derartige Fall in ihrer Stadt. Sie sind schockiert über die Brutalität und Raffinesse des Täters.

Die Spezialisten der Polizeidirektion Hannover finden in der Wohnung von Irina Fürneisen eine Reihe verwertbarer Spuren, darunter die Fesselutensilien. Auch das Umfeld der Wohnanlage wird abgesucht. An der Balkonbrüstung eine Wohnung tiefer, die der Täter sozusagen als Trittbrett benutzte, und an der Fassade hat er Abdrücke hinterlassen. Nach ärztlicher Behandlung wird Irina Fürneisen ausgiebig befragt. Im sogenannten Nahbereich werden Erkundigungen eingezogen. Wer hat etwas gesehen oder gehört? – so lautet die entscheidende Frage. Die Ergebnisse sind enttäuschend. Es gibt keine Zeugen, oder es ist niemand bereit, als Zeuge auszusagen.

Bei der Rekonstruktion der Tat kommen die Hannoveraner schnell auf signifikante Übereinstimmungsmerkmale mit den Taten in Hamburg. Sofort arbeiten sie mit den Hamburger Beamten zusammen. Es wird klar: Sowohl in Hamburg als auch in Hannover hat höchstwahrscheinlich ein und derselbe Täter zugeschlagen, ein Täter, den die Presse bald als »Balkonmonster« bezeichnen wird. Auch die Öffentlichkeit wird in die Fahndungsmaßnahmen einbezogen. Es ist nämlich schnell analysiert, daß der Täter seine Opfer über einen längeren Zeitraum beobachtet haben muß. Irgend jemand, so hoffen die Kriminalisten, muß den Täter dabei gesehen haben; es gibt doch überall Leute, die gern stundenlang aus dem Fenster schauen.

Vielleicht hat es diese Leute auch in der Großwohnanlage gegeben, in der Irina Fürneisen eine Wohnung ihr eigen nannte. Wenn es sie gab, haben sie sich nicht gemeldet. Das Balkonmonster bleibt ein Phantom.

Es ist Mitte Juli 2000. Eine spezielle Ermittlungsgruppe »Fessel« der Polizeidirektion Hannover arbeitet mit Hochdruck an diesem Fall. Allen beteiligten Kriminalisten ist klar, daß man es mit einem gefährlichen Serienvergewaltiger zu tun hat. Das bedeutet, daß er womöglich bereits eine weitere junge Frau im Visier hat.

Am 21. Juli 2000, einem Sonntag, ist Badelkow mit Freunden zum Grillen verabredet. Er macht sich am frühen Nachmittag auf den Weg und fährt nach Hummelsbüttel, wo ein befreundetes Ehepaar einen Kleingarten sein eigen nennt. Nach und nach treffen auch andere Bekannte ein. Hans-Joachim Badelkow bietet an, sich um den Grill zu kümmern. Alle sind ihm herzlich dankbar, denn niemand steht gern in Hitze und Rauch, zumal an einem Sommertag.

Badelkow ist in diesem Kreis sehr beliebt. Er ist hilfsbereit, zu jedermann freundlich und wird wegen seines bescheidenen Wesens geschätzt. Nur manchmal, wenn er einen über den Durst getrunken hat, verändert sich Hans-Joachim. Er beginnt dann, mächtig auf den Putz zu hauen. Badelkow ist bei einem Kurierdienst als Fahrer beschäftigt. Wenn man ihn nach stärkerem Alkoholgenuß reden hört, gewinnt man den Eindruck, er sei mindestens der Fuhrparkleiter, wenn nicht gar der Firmenchef; zumindest kann ihm keiner von ihnen das Wasser reichen, und angeblich hören alle nur auf ihn.

Aber solche Ausfälle sind selten. Seine Bekannten schieben es auf die Wirkungen des Alkohols. Da sie in diesen raren Momenten selbst auch nicht nüchtern zu sein pflegen, wird Badelkows Auftreten, das im Widerspruch zu seinem sonstigen Verhalten steht, nicht überbewertet. Hansi, wie ihn seine Freunde nennen, schlägt eben auch mal über die Stränge, und das wird ihm natürlich zugebilligt wie jedem anderen auch.

Am 21. Juli trinkt er nur wenig Bier, da er mit dem Wagen nach Hause fahren und am kommenden Morgen in aller Hergottsfrühe aufstehen muß. Eine Kurierfahrt nach Dortmund steht auf dem Plan. Auf dem Rückweg wird Hans-Joachim Badelkow einen Zwischenhalt in Hannover einlegen. Schon seit drei Wochen beobachtet er eine junge Frau, und er fühlt sich jetzt gut genug vorbereitet, um wieder zuzuschlagen. Sollte nichts dazwischenkommen, wird diese Frau Badelkows Folterobjekt sein in der übernächsten Nacht.

Hans-Joachim kann kaum noch an etwas anderes denken. Mit seinen Visionen steht er morgens auf, seine Visionen wiegen ihn in den Schlaf, und sie begleiten ihn den ganzen Tag. Er weiß genau, was er tut. Ihm ist klar, daß seine Taten strafbar sind und schwer sanktioniert werden, wenn man ihn erwischt. Aber es sind so wunderbare Momente, wenn er sich auf die erschrockenen Opfer stürzt, sie bindet und knebelt, sie sich vornimmt und ihnen Schmerz zufügt, körperlichen Schmerz, aber vor allem auch seelischen. Es ist großartig, ihre Angst zu sehen, ihr rasendes Herz zu spüren, die Ausdünstungen der Furcht zu riechen. Badelkow lebt nur wirklich, wenn er Herrscher ist über Leib und Leben einer Frau.

Auch während er am Grill steht und Steaks und Würste wendet, ist er mit den Gedanken bei dem, was er getan hat und was er wieder tun wird. Er durchlebt noch einmal alle seine Vergewaltigungen, vergegenwärtigt sich die Einrichtungen der Schlafzimmer, sieht die Gesichter der Frauen vor sich. Von seinen Freunden bemerkt niemand auch nur das Geringste. Hans-Joachim Badelkow hat längst Perfektion darin erlangt, auf der einen Seite seinen Phantasien nachzuhängen und auf der anderen Aufmerksamkeit vorzutäuschen. Er hört nicht zu, aber er spürt am Duktus und den Pausen, die sein Gegenüber einlegt, wann er eine Bestätigung zu brummen, wann er ein »Ach!« auszurufen, wann er den Kopf zu schütteln hat. Mehr wird in einer Gesellschaft, in der vor allem monologisiert wird, nicht von ihm verlangt.

Am folgenden Tag hat Hans-Joachim Badelkow um 13.00 Uhr den Auftrag erledigt, der ihn nach Dortmund führte. Er fährt noch rasch an eine Trinkhalle, verdrückt dort eine Knackwurst und macht sich dann gegen 13.30 Uhr auf den Weg nach Hannover. Badelkow benutzt die Autobahn, fährt aber ganz gemächlich trotz der starken inneren Spannung, der er sich seit dem Aufstehen ausgesetzt sieht. Doch vor Einbruch der Dunkelheit kann er sich in der Wohnanlage in Laatzen nicht blicken lassen und vor Mitternacht nicht in die Wohnung einsteigen. Badelkow muß also Zeit totschlagen.

An der Raststätte Garbsen legt er eine Pause ein. Wirklich rasten kann er nicht mehr. Statt dessen geht er auf dem Parkplatz auf und ab, kehrt in die Gaststube ein, läuft wieder hinaus. Seine Gefühle haben sich verändert. Badelkow ist nicht mehr voll freudiger Erwartung, sondern voll Angst und Scham. Im Augenblick fühlt er sich selbst ohnmächtig, von seinen Trieben unterdrückt, ihnen ausgeliefert, nicht Beherrscher, sondern Beherrschter. Er versucht, sich zu wehren gegen den Zwang, erneut in eine Wohnung einsteigen, erneut eine Frau quälen und vergewaltigen zu müssen. Er will nicht mehr.

Eine Viertelstunde währt der Kampf. Badelkow hat ihn begonnen in dem Wissen, ohnehin zu unterliegen. Aber er hat es versucht. Jetzt ist er ruhig. Er steigt in seinen Wagen und fährt voll Selbstgewißheit und Tatendrang seinem Ziel entgegen.

Er wird handeln in dieser Nacht.

Janine Goltz ist 29 Jahre alt und seit einem Dreivierteljahr geschieden. Aus der Ehe, die im Sommer 1993 geschlossen wurde, also keine sieben Jahre hielt, ging ein Kind hervor, der sechsjährige David. David lebt seit der Scheidung allein mit seiner Mutter.

Das Verhältnis der geschiedenen Ehegatten zueinander ist kameradschaftlich. Janine Goltz ist der Meinung, daß ein Kind sowohl Mutter als auch Vater braucht, also hat sie nichts dagegen, wenn David hin und wieder längere Zeit bei seinem Vater verbringt. Im Herbst 2000 wird der Junge eingeschult. Dann ist ein längeres Zusammensein mit dem Vater nur noch in den Ferien möglich.

Davids Vater ist zwei Monate nach der Scheidung von Hannover fortgezogen. Er lebt jetzt mit einer neuen Frau in Goslar. Dort hat David gerade etwas mehr als vierzehn Tage verbracht. Am Montag, dem 22. Juli, kehrt er zu seiner Mutter zurück.

Astrid, die neue Lebensgefährtin des Vaters, bringt ihn mit ihrem Wagen am Nachmittag von Goslar nach Hannover. Die Beziehung zwischen Janine und dieser Frau ist nicht so entspannt wie das Verhältnis zu ihrem Ex-Mann, also übergibt Astrid den Jungen an seine Großmutter. Mit der Oma verbringt David noch drei Stunden, dann holt ihn seine Mutter ab. Es ist 18.45 Uhr und noch hell.

Hell ist es auch um 19.30 Uhr noch, als Janine und David ihre Wohnung im Stadtteil Laatzen erreichen. Sie essen gemeinsam Abendbrot, dann steckt Frau Goltz ihren Sprößling in die Badewanne. Halb neun liegt David schließlich im Bett. Wie er es gewohnt ist, liest die Mutter ihm noch ein paar Seiten aus seinem Lieblingsbuch vor. Die Uhr geht auf neun, David soll nun schlafen.

Janine Goltz spült das Geschirr ab, anschließend setzt sie sich in der Wohnstube vor den Fernseher und legt die Beine hoch. Sie bekommt noch die letzten Minuten des »heute-Journals« mit, dann beginnt der Film im »Montagskino des ZDF«.

Während sich die Frau den Film anschaut, verdrückt sie eine halbe Tafel Rahmschokolade mit ganzen Mandeln, ihre Lieblingsschokolade. 22.45 Uhr ist der Film zu Ende. Janine schaltet noch ein wenig durch die Kanäle und sieht sich schließlich ein spätes Boulevard-Magazin bei einem Privatsender an, die auch einen Bericht über das »Balkonmonster von Hannover« bringt.

Mittlerweile ist es draußen längst dunkel. Nie im Leben hätte Janine Goltz daran gedacht, daß das »Balkonmonster« seit einer halben Stunde ausgerechnet vor ihrem Fenster auf der Lauer liegt.

Um Mitternacht ist Janine Goltz im Bett. Sie befindet sich schon in der Einschlafphase, als die Tür zu ihrem Schlafzimmer geöffnet wird. Janine ist sogleich wieder wach, allerdings nicht erschrocken. Es kann nur David sein, der nach der mehr als zweiwöchigen Abwesenheit von seiner Mutter deren Nähe sucht.

David kriecht zu ihr unter die Bettdecke. Janine nimmt ihn in den Arm, und nach wenigen Minuten ist der Junge eingeschlafen. Seine Mutter liegt noch eine Zeitlang wach. Sie denkt an ihre gescheiterte Ehe, an ihren Ex-Mann und an dessen neue Lebensgefährtin. Sie erinnert sich an frühere Zeiten, an ihre Urlaubsreisen, an die Costa Brava, an Kreta, an Venedig. Im Moment ist Janine finanziell etwas knapp, aber im kommenden Jahr wird sie im Sommer wieder mehr mit ihrem Sohn unternehmen. Vielleicht werden sie abermals nach Kreta reisen, wo es David so gefallen hat. Mit dieser schönen Vorstellung von der Zukunft sinkt auch Janine in den Schlaf.

Die Zweieinhalbzimmerwohnung von Janine Goltz befindet sich im Parterre. Was außer ihm selbst niemand weiß: Hans-Joachim Badelkow ist schon auf Janines Balkon gewesen. Am vergangenen Donnerstag, als er sich letztmalig in der Wohnanlage herumtrieb, ist er über die Brüstung geklettert und hat die Balkontür angebohrt. Er hätte auch bereits einsteigen können, besann sich aber anders, weil er noch ein weiteres Opfer im Visier hatte und auch dort Vorbereitungen treffen wollte; deshalb verschob er den »Besuch« bei Janine um ein paar Tage.

Am Dienstag, dem 23. Juli 2000, gegen 1.30 Uhr hält ihn nichts mehr zurück. Ohne Schwierigkeiten gelingt es ihm, die Balkontür geräuschlos zu öffnen und die Wohnung zu betreten. Dort zelebriert er in der nächsten Dreiviertelstunde das übliche Ritual. Er durchstöbert alle Räume bis auf das Schlafzimmer, er öffnet Schranktüren und Schubladen, er betrachtet all die Kosmetika im Bad und nimmt auch das eine oder andere Fläschchen, die eine oder andere Tube in die Hand. Ein wenig irritiert ihn, daß es in der Wohnung ein Kinderzimmer gibt, denn ein Kind hat er bei Janine Goltz nie gesehen. Er gibt nicht viel darauf. Ein Kind ist in seinem Plan nicht vorgesehen, also hat gefälligst kein Kind zu existieren.

Gegen 2.15 Uhr betritt Badelkow schließlich das Schlafzimmer. Der Höhepunkt seiner pathologischen Zeremonie, das Fesseln, Quälen und Vergewaltigen der Auserwählten, steht unmittelbar bevor. Badelkow macht Licht ... und erschrickt erst einmal ebenso wie seine Opfer, die in die Höhe fahren. Denn da ist doch ein Kind.

Dieses Kind, ein Junge, hockt im Bett der Frau. Es starrt ihn an, so wie die Frau ihn anstarrt: Verwirrt, schockiert, verängstigt. Beide sind reglos vor Todesangst, aber jeden Moment kann die erstarrte Szenerie sich auflösen, kann das Kind, kann die Frau, können beide zu schreien beginnen.

Hans-Joachim Badelkow ist kaltblütig genug, sich auf die veränderten Umstände rasch einzustellen und schnell zu handeln. Er fesselt und knebelt zuerst die Frau, die beginnt, Widerstand zu leisten, den er jedoch dank seiner Körperkräfte augenblicklich überwindet. Nachdem er die Frau widerstandsunfähig gemacht hat, nimmt er sich das Kind vor, das sich nicht zu wehren wagt, sondern nur aus schreckgeweiteten Augen mit ansieht, was bisher nicht einmal in seinen Alpträumen vorkam und doch gerade wirklich geschieht, denn er träumt nicht. Auch David wird gebunden und geknebelt. Dann trägt Badelkow den Jungen aus dem Zimmer. Von den Qualen seiner Mutter bekommt das Kind nichts mit. So rück-sichtsvoll ist der Verbrecher immerhin.

Trotzdem sitzt der Schock dem Sechsjährigen noch lange in den Gliedern. Er bedurfte der wochenlangen psychologischen Betreuung ebenso wie seine Mutter, schließlich hat er beinahe eine Stunde lang gefesselt und geknebelt im Kinderzimmer liegen müssen, ohne zu wissen, was seiner Mutter widerfährt. Eigentlich, sagte er später aus, sei er die ganze Zeit sicher gewesen, daß sie umgebracht wird von diesem maskierten Mann mit den glatten, kalten Gummihandschuhen, der einfach nachts in die Wohnung kommt, in der sich David und seine Mutter bisher sicher und aufgehoben fühlten, geschützt und geborgen bis zu jenem frühen Morgen des 23. Juli 2000.

Nach ihrem Martyrium hat Janine Goltz noch minutenlang dagelegen, beseelt von dem Wunsch, sofort zu sterben. Dann dachte sie an ihr Kind, und dieser Gedanke mobilisierte ihre Lebensgeister. Mit großer Anstrengung gelang es ihr, sich von den fesselnden Klebebändern zu befreien. Sofort stürzte sie ins Kinderzimmer, wo sie ihrem verstörten Sohn die Fesseln löste. Um 3.24 Uhr rief sie die Polizei.

Janine und David Goltz haben mittlerweile eine neue Wohnung bezogen, eine Wohnung im vierten Stock. Trotzdem lauschen sie noch heute ängstlich auf jedes fremde Geräusch.

Die Tat in der Nacht vom 22. zum 23. Juli spornt die Kriminalisten der Ermittlungsgruppe »Fessel« zu noch größerer Aktivität an. Diesmal haben sie mehr Glück bei den Befragungen im Tatortumfeld, sprich: in der Laatzener Siedlung, denn zwei

Zeugen haben den Täter gesehen, als er fluchtartig den Tatort verließ. Es kann also durch den Zeichner des Landeskriminalamtes Niedersachsen ein gutes, aussagekräftiges Phantombild von ihm angefertigt werden.

Und als wäre das nicht schon genug Gunst des Schicksals, wird der Täter auch noch beim Abheben von Bargeld mit der EC-Karte des Opfers an einem Bankomaten von der Überwachungskamera aufgenommen. Zwar hat er auch dabei seine Motorradmaske auf, aber gemeinsam mit den Aussagen der Zeugen trägt auch dieses Foto dazu bei, daß die Kripo eine recht genaue Personenbeschreibung erstellen kann.

Das Alter des Täters schätzen die Zeugen auf 25 bis 30 Jahre, seine Größe auf 170 bis 180 Zentimeter. Er habe eine sportliche Statur, kurze, dunkle Haare und wäßrig-blaue Augen. Als besonderes Merkmal wird ein auffallend symmetrisches Gesicht hervorgehoben.

Hauptkommissar Dieter Hippenstreit, der Leiter der Ermittlungsgruppe »Fessel«, ist sich sicher, mit Phantom-skizze und Personenbeschreibung ein hervorragendes Material in den Händen zu haben, das früher oder später dem Täter zum Verhängnis werden wird. Es wird zur Öffentlichkeitsfahndung eingesetzt und auch im Fernsehen ausgestrahlt. Da die Kripo mit weiteren Opfern rechnet, die aus Angst oder Scham keine Anzeige erstattet haben, nutzt Hippenstreit seinen Auftritt in »Kripo live« dazu, diese Frauen aufzurufen, sich bei der Polizei zu melden. Das geschieht tatsächlich. In den Tagen nach dem Erscheinen der Fahndungsaufrufe erstatten zwei weitere Opfer aus Hannover Anzeige, so daß den Ermittlern klar wird: Was sie bisher für Fall eins und zwei gehalten haben, sind in Wahrheit die Fälle drei und vier. Vier Taten allein in Hannover, dieser Umstand verstärkt noch einmal den Druck, der ohnehin auf der Polizei lastet.

Jeder Polizist in und um Hannover kennt jetzt die wichtigsten Details, vor allem den modus operandi des Täters. Daß die gesamte örtliche und regionale Polizei dermaßen tief in solche Ermittlungsmaßnahmen einbezogen wird, ist in der kriminalistischen Praxis sehr ungewöhnlich. Die Kripo hat sich für diesen Schritt deshalb entschieden, weil sie mit den herkömmlichen Mitteln einfach nicht vorankommt. Alle Spuren, die an den Tatorten gesichert werden konnten, werden ausreichen, den Täter zu überführen. Sie genügen nicht, um eine Spur in seine Richtung zu weisen. Mit anderen Worten: Auch nach mehreren Wochen intensiver und nervenaufreibender Ermittlungsarbeit und trotz des Phantombildes und der Personenbeschreibung gibt es keine heiße Spur.

Großwohnanlagen in und um Hannover finden die besondere Aufmerksamkeit der Polizeistreifen. Teilweise bis zu 400 Beamte sind in irgendeiner Weise mit dem Fall befaßt. Hans-Joachim Badelkow ist es gelungen, bei der Hannoveraner Polizei eine Art Belagerungszustand zu erzeugen, zumal auch noch die EXPO 2000 für Überstunden sorgt.

Die Lage ist fast zum Verzweifeln. Dieter Hippenstreit muß nicht nur die Ermittlungen planen und leiten, vor allem muß er auch seine Mitarbeiter motivieren. Er hat genug Erfahrung, um zu wissen, daß Geduld eine wesentliche Tugend des Kriminalisten ist. Die fachliche Qualifikation, die Hilfe der Natur- und Humanwissenschaften, Strategie und Taktik der kriminalpolizeilichen Arbeit, Phantasie und Intuition – all das ist wichtig für den Erfolg, aber ohne Beharrlichkeit und Geduld ist das alles nichts. Ein Jäger muß auch warten können. Wenn er vor der Zeit den Anstand verläßt, verschwindet das Wild oder läßt sich gar nicht erst blicken.

Das größte Problem einer Fahndung wie dieser besteht darin, daß der Täter oftmals ein vollkommen unauffälliges Leben führt und nichts, aber auch gar nichts darauf hindeutet, daß er eine andere, finstere Seite hat. So fällt auch Hans-Joachim Badelkow durch alle Fahndungsraster, weil er ein unbescholtener Bürger ist. Später wird man ihn den Mann mit den zwei Gesichtern nennen.

Um sich ein Bild von dem Täter zu machen, gibt die Staatsanwaltschaft bei einer Polizeipsychologin ein Psychogramm in Auftrag. Sie kommt zu folgender Einschätzung: Der Täter fühle sich in normalem Kontakt mit Frauen unterlegen. Er will sofort die totale Kontrolle über die überraschten Opfer erlangen und sie sich unterwerfen. Die Tathandlungen weisen einen hohen Professionalisierungsgrad auf, haben einen hohen Planungsanteil. Das Täterverhalten ist kontrolliert.

Von den Taten lassen sich Rückschlüsse auf den Täter und sein Erscheinungsbild ziehen. Die Polizeipsychologin schlußfolgert, daß der Mann relativ gebildet und intelligent sein muß und daß er nach außen hin freundlich und zurückhaltend wirkt. Niemand würde ihm diese Taten zutrauen.

Natürlich muß ein solches Psychogramm sehr allgemein bleiben, aber niemand erwartet, daß damit der Fall gelöst werden kann; die Einschätzung des Täters durch die Psychologin kann nur Anregungen für die Ermittlungen geben und sie unterstützen. Trifft das Psychogramm zu, und daran zweifelt niemand, muß man davon ausgehen, daß der Vergewaltiger und Räuber ein schwer zu fassender Verbrecher ist: Wer ihn kennt und das Phantombild sieht, wird trotz noch so vieler Übereinstimmungen keinen Zusammenhang herstellen.

Bei Schwerverbrechern, deren Taten ganz oder teilweise auf psychischen Erkrankungen oder krankheitswertigen Veränderungen der Persönlichkeit beruhen, wird öffentlich immer wieder die Frage gestellt, ob man die Taten nicht hätte verhindern können. Irgend jemand, so wird vermutet, muß doch etwas bemerkt haben, und hätte dieser Jemand nur rechtzeitig Alarm geschlagen, glaubt man, dann hätte X oder Y oder XY nicht leiden oder gar sterben müssen.

Der amerikanische Psychiater Hare hat 1980 eine »Psychopathy Checklist« entwickelt, die international in Gebrauch ist. Als ersten Punkt dieser Liste führt Hare auf: »Trickreich sprachgewandter Blender mit oberflächlichem Charme.« Nun ist das nur ein Merkmal von vielen anderen, das obendrein nicht auf jeden Menschen mit einer gestörten beziehungsweise krankhaft veränderten Persönlichkeit zutrifft. Es wird hier auch nur zitiert, um auf die Schwierigkeit hinzuweisen, einen solchen Menschen als krank oder gestört zu erkennen: Man muß ihm schon sehr nahe kommen, damit man spürt, daß sein Charme nur oberflächlich ist und er trickst und blendet. Nur: So weit läßt ein solcher Mensch andere gar nicht an sich heran; charakteristisch ist nämlich auch ein Mangel an Bindungsfähigkeit.

Hauptkommissar Dieter Hippenstreit schreibt später in einer Einschätzung des Täters: »Er lebte zwar allein, hatte jedoch während der Taten ständig eine feste Beziehung zu seiner Freundin. B. ist keineswegs ein Einzelgänger. Immer hatte er einen großen Bekanntenkreis, war aber nicht in der Lage, tiefergehende emotionale Bindungen aufzubauen. Er war immer oberflächlich, materiell orientiert und vom großem Geltungsdrang beseelt.«

Mit einem psychologischen Profil allein ist noch nie ein Täter gefaßt und überführt worden. So etwas gibt es nur in Kriminalfilmen à la »Das Schweigen der Lämmer«. Doch vermag ein Psychogramm den Kriminalisten Denkanstöße zu geben und ihren Ermittlungen eine Orientierung. Und die Mitarbeiter der Ermittlungsgruppe »Fessel« greifen ohnehin nach jedem Strohhalm.

Denn was sie auch beginnen, die Ergebnisse sind entmutigend. Zu dem Fassadenkletterer, der Frauen in ihren Wohnungen überfällt, vergewaltigt und beraubt, gehen zwar unzählige Hinweise ein, aber keiner führt zu einer brauchbaren Spur. Obwohl alle Zeugen sagen, das Phantombild treffe den Täter ganz genau, meldet sich niemand, der ihn kennt oder wenigstens zu kennen glaubt. Es ist eine verflixte Situation für die Polizei, die beinahe alle ihre Mittel ausgeschöpft hat.

Jeder andere würde aus der Haut fahren, wenn er immer wieder gegen Mauern rennt. Hauptkommissar Dieter Hippenstreit zieht ruhig seine Bahnen. Manchmal ärgert er sich natürlich, daß man so viele Spuren gesichert hat, sogar Spermaspuren, diese aber im Moment keinen Erfolg versprechen, da sie erst etwas nutzen, wenn man den Täter gefaßt hat. Denn offenbar hat man es mit einem Verbrecher zu tun, der in keiner Polizeikartei zu finden ist.

Mittlerweile hat der September begonnen, erste herbstliche Tage schleichen sich in den Altweibersommer. Noch währt die Suche nach dem Fassadenkletterer, selbst wenn man die Hamburger Ereignisse einbezieht, nicht einmal ein Jahr. Es sind noch keineswegs alle Ermittlungsansätze ausgereizt, es gibt doch noch neue Wege, die man beschreiten kann. Dieter Hippenstreit ist beim Durchgucken der Akte – dem dritten, vierten, fünften Durchlesen der unzähligen Protokolle und Berichte – auch ein neuer Gedanke gekommen.

An diesem Septembermorgen sitzt er mit seinen Kollegen zusammen und stellt ihnen seinen Einfall vor. Es geht darum, sich das Psychogramm des Täters noch einmal anzusehen, es mit allen zusammengetragenen Fakten in Übereinstimmung zu bringen und auf diese Weise weiterzuentwickeln. Die Kriminalbeamten nehmen sich dafür viel Zeit.

Die Serie von Hannover hat Ende April 2000 begonnen, etwa fünf Wochen vor Eröffnung der EXPO. Seinerzeit liefen die Vorbereitungen für die Weltausstellung auf Hochtouren, Hunderte von Menschen waren auf dem EXPO-Gelände beschäftigt – und sind es im September noch. Das legt nahe, einen Zusammenhang zwischen EXPO und der Tatsache zu vermuten, daß der Täter ausgerechnet im zeitlichen Umfeld der Weltausstellung sein Betätigungsfeld nach Hannover verlegte. Weiterhin spricht für diese Verdachtsrichtung, daß die Vergewaltigung von Janine Goltz am 23. Juli in einer Großwohnanlage von Hannover-Laatzen erfolgte und sich in Laatzen auch das Messegelände befindet. Womöglich ist der Täter bei der EXPO beschäftigt. Das wäre immerhin ein Ansatz, auch wenn die Zahl der Beschäftigten so hoch liegt, daß ihre Überprüfung Monate in Anspruch nehmen kann.

Des weiteren analysierten die Mitarbeiter der Ermittlungsgruppe die Merkmale, die das Psychogramm der Polizei-Spezialistin dem Täter zuschrieb. Der Mann will Kontrolle und Macht ausüben. Seine Handlungen weisen einen hohen Professionalisierungsgrad und einen hohen Planungsanteil auf. Der Täter ist diszipliniert und körperlich fit. Er hat sogar beinahe akrobatische Fähigkeiten. Sein Täterverhalten ist kontrolliert.

Einer von Hippenstreits Mitarbeitern spricht aus, was nach diesem Gedankenaustausch schon mehrere in der Runde denken, Hippenstreit eingeschlossen: »Unser Mann könnte auch ein Kollege sein.«

Für diese These spricht vor allem, daß der Täter offenbar nicht aus Hannover stammt, sich aber seit Beginn der Weltausstellung in der Stadt aufhält, und zwar ständig oder zumindest über lange Zeiträume, und für die Sicherheitsleistungen auf der EXPO sind aus allen Bundesländern Polizeibeamte zusammengezogen worden. Im Gegensatz zu anderen Leuten, die auf dem Ausstellungsgelände beschäftigt sind, scheint er auch hin und wieder während der regulären Öffnungszeiten frei zu haben, also im Schichtdienst zu arbeiten, was ebenfalls auf Polizisten zutrifft. Auch seine Fitness und seine Fähigkeit, relativ wenig Spuren zu hinterlassen, könnten auf einen Kollegen hindeuten, wobei Hippenstreits Mitarbeiter nicht ausschließlich an Polizeibeamte gedacht hat, sondern auch an einen der vielen Angestellten privater Wachschutzfirmen, die ihren Dienst zum Schutz der Weltausstellung versehen. Kurzum: Die Überlegungen des Mitarbeiters erscheinen allen zumindest als eine Möglichkeit, die in Betracht gezogen werden sollte.

Insgesamt umfaßt das öffentliche und private Sicherheitspersonal 5000 Personen. Die Mitarbeiterinnen und Mitarbeiter von »Fessel« schicken sich an, sie zu überprüfen. Allerdings stellen sie erst einmal ein Raster auf und bestimmen Kriterien für den Personenkreis, dem ihr Interesse konsequent zu gelten hat.

Das Höchstalter der zu Überprüfenden wird auf 40 Jahre festgesetzt, nicht weil man der Personenbeschreibung der Zeugen mißtraut, sondern aus kriminalistischer Erfahrung: Das Alter organisierter Serientäter liegt in der Regel zwischen 18 und 45 Jahren, die meisten Täter sind unter 35. Das Höchst-alter 40 stellt also ungefähr einen Mittelwert dar; sollte man mit diesem Rastermerkmal keinen Erfolg haben, kann man die Ermittlungen später noch auf die bis 45-jährigen ausweiten. (Badelkow ist 38!) Des weiteren geraten alle Sicherheitsleute ins Blickfeld, die aus Hamburg und Umgebung stammen. Diese und weitere Merkmale, zum Beispiel Dienstpläne, schränken den Kreis der zu Überprüfenden auf 200 Polizeibeamte und 300 Angehörige privater Sicherheitsdienste ein. Das ist immer noch eine Menge, aber die Sonderkommission macht sich sofort an die Arbeit.

Erst einmal werden allgemeine Erkundigungen zu den ausgewählten Personen eingezogen. Hippenstreit und seine Mitarbeiter planen aber einen weiteren Schritt: den Speicheltest. Eine Analyse des Erbguts vom Täter, gewonnen aus dessen Sperma, liegt vor: der sogenannte genetische Fingerabdruck. Sollte einer aus dem genannten Kreis der Täter sein, ließe er sich damit überführen.

In der vorletzten Oktoberwoche beginnen dann tatsächlich die ersten Tests. Zuerst werden die Polizeibeamten zur Entnahme einer Speichelprobe vorgeladen. »Es erschien uns als eine letzte Chance, dem Täter etwas näher zu kommen«, erklärt mir Dieter Hippenstreit im Rückblick. Jetzt weiß er auch, daß dieses Mittel zu nichts geführt hätte. Der Täter war weder Polizist noch Mitarbeiter eines Sicherheitsdienstes.

Am 30. Oktober 2000 ist Hans-Joachim Badelkow wieder einmal in Hannover. Es ist ein Montag, und er ist abermals einer Frau auf der Spur: der 22-jährigen Ulrike Koch. Seit zwei Wochen folgt er ihr, beobachtet er sie. Wie immer »arbeitet« er sich an sein Opfer heran. Er kennt ihre Lebensgewohnheiten, hat sich mehrere Nächte in der Nähe ihrer Wohnung aufgehalten, die sich – man muß es eigentlich nicht mehr sagen – in einer Großwohnanlage befindet. Es ist eine Wohnung im ersten Stock. Doch diesmal will Badelkow sein artistisches Können gar nicht unter Beweis stellen.

An diesem 30. Oktober ist er mit einem Wohnmobil unterwegs. Seine fahrbare Wohnung hat er schon des öfteren eingesetzt, vor allem in der kalten Jahreszeit und auch zum Zweck der Observation. Den Campingbus, den er an diesem Tag benutzt, hat er in Hamburg gestohlen. Er hat an diesem Tag mit dem Wohnmobil etwas anderes vor, als aus dem dunklen Wageninnern heraus und von geschlossenen Stores zusätzlich geschützt, den Hauseingang der Nummer 45 zu beobachten. Im Haus Nummer 45 nämlich wohnt sein avisiertes nächstes Opfer.

Es genügt Badelkow nicht mehr, eine Frau nur für den begrenzten Zeitraum einiger Nachtstunden in seiner Gewalt zu haben. Genauer gesagt, es hat ihm nie gereicht. Bereits vor seiner ersten Wohnungsvergewaltigung in Hamburg hat er in zwei Fällen versucht, Frauen auf der Straße zu überfallen, sie in sein Wohnmobil zu zerren, sie dort zu fesseln und anschließend zu vergewaltigen. Diese Versuche scheiterten an der Gegenwehr der Frauen. Nun will Badelkow zu einem zwar schon einmal erprobten, aber seinerzeit mißglückten Szenario zurückkehren.

Er wünscht sich, eine Frau möge ihm über viele Stunden, über Tage, vielleicht sogar über Wochen ausgeliefert sein. Er will die vollkommene Macht und Kontrolle über sie, er will sie quälen und ihr Gewalt antun. Langsam soll das vonstatten gehen, sehr, sehr langsam. Währenddessen soll die Frau auch immer wieder Hoffnung schöpfen, die Badelkow dann um so grausamer enttäuschen will.

Ulrike Koch treibt jeden Montag Sport. Sie kommt gegen 17.30 Uhr nach Hause und verläßt ihre Wohnung gegen 19.00 Uhr, weil das Handballtraining um 20.00 Uhr beginnt, sie aber noch eine Weile mit der S-Bahn fahren muß, um zu ihrem Sportverein zu gelangen. Gegen 21.30 Uhr endet das Training, und wenn die junge Frau sich nicht noch für ein halbes bis Dreiviertelstündchen mit ihren Vereinskameradinnen zusammensetzt, trifft sie zwischen 22.45 Uhr und 23.15 Uhr daheim ein, je nachdem, welche Bahn sie erreicht.

So ist es auch an diesem Tag. Gegen 23.00 Uhr verläßt Ulrike Koch den S-Bahnhof. Sie legt den Fußweg nach Hause in etwa zehn bis zwölf Minuten zurück. Doch diesmal erreicht sie die Haustür nicht. Auf der Straße kommt ihr ein Wohnmobil entgegen. Der Wagen stoppt ein paar Schritte vor ihr. Der Fahrer steigt aus, umrundet den Campingbus, öffnet die Seitentür. Ulrike denkt sich nichts dabei. Doch wenige Sekunden später stürzt sich der Mann auf sie, ringt sie nieder, schleift sie in den Bus.

Alles geht sehr schnell. Bevor Ulrike Koch zur Besinnung kommt, ist sie gefesselt und geknebelt. Der Mann, den sie nur schemenhaft sehen konnte, hat die Tür verschlossen und sitzt nun wieder hinter dem Lenkrad. Ulrike zittert vor Angst am ganzen Körper. Sie windet sich, stemmt sich gegen die Fesseln, aber es gelingt ihr nicht, sich zu befreien, zu eng sitzen die Kabelbinder um ihre Hand- und Fußgelenke.

Der Unbekannte fährt in die Nacht hinein. Er behauptet, im Auftrag der Russenmafia zu handeln und Ulrike Koch in ein Bordell nach Ostdeutschland verschleppen zu wollen. Damit will Badelkow bewußt eine sogenannte Trugspur legen; denn was er dem Opfer einredet, soll es nach seiner Freilassung der Polizei erzählen. Daraus kann man schlußfolgern, daß Lebensgefahr für Ulrike Koch nicht bestand. Sicherheit gibt es in dieser Hinsicht aber nicht.

Nachdem er sein Opfer eingeschüchtert hat, hört der furchterregende Mann laut Musik, einen der weitverbreiteten Dudelsender. Ulrike fürchtet um ihr Leben.

Die Polizeibeamten Kaczmarek und Winterlich gehören seit mehreren Jahren demselben Polizeirevier westlich der Hannoveraner Innenstadt an, und ihre gemeinsamen Streifenfahrten gehen in die Hunderte. In der Nacht vom 30. zum 31. Oktober 2000 haben die beiden zusammen Dienst und werden vom Schichtleiter auch für ein und denselben Wagen eingeteilt: einen Opel Astra in den Farben der Polizei. Es ist 0.30 Uhr, als sie zu ihrer vierten Runde in dieser Nacht ausrücken.

Seit einigen Wochen treibt in Hannover und dem Umland eine Bande von Kriminellen ihr Unwesen, die es auf EC-Automaten abgesehen hat. Alle Polizisten aus dem Bereich der Polizeidirektion Hannover sind daher angehalten, ihre besondere Aufmerksamkeit vor allem des Nachts auf Geldautomaten zu richten. Und das tun auch Kaczmarek und Winterlich.

Es ist 0.47 Uhr, als ihnen ein Campingbus mit Hamburger Kennzeichen auffällt. Der Bus steht vor einer Filiale der Sparkasse, ganz korrekt, also nicht etwa im Halteverbot. Trotzdem erregte er bei den Polizisten eine gewisse Aufmerksamkeit. Daß sich ein Hamburger zu so früher Stunde in Hannover an einem Geldautomaten betätigt, erscheint ihnen merkwürdig.

Als der Campingbus sich wieder in Bewegung setzt, verlieren sie ihn aus den Augen und setzen ihre Streifenfahrt fort. Plötzlich taucht das Wohnmobil wieder auf. Der Fahrer lenkt es, so kommt es den Beamten vor, ziellos durch Hannover, und das mitten in der Nacht. Nun ist endgültig ihr Interesse geweckt. Sie entschließen sich, dem Campingbus zu folgen.

Etwa 15 bis 20 Minuten bleiben sie an ihm dran, dann wird dessen Fahrer nervös. Er beschleunigt und rast durch die nächtlichen Straßen. Das sah nun eindeutig nach Flucht aus. Kaczmarek und Winterlich lassen nicht locker. Es gelingt dem Fahrer nicht, sie abzuhängen. Schließlich, er befindet sich bereits auf einer Ausfallstraße, bremst er und springt aus dem noch fahrenden Auto. Dabei bricht er sich ein Bein.

Das Wohnmobil fuhr nicht mehr mit hoher Geschwindigkeit, andernfalls hätte sich der Flüchtende wohl mehr gebrochen. Es rollte aus und kam nach einigen Metern zum Stehen. Der Fahrer war unterdessen von der Straße gehumpelt und im Gebüsch verschwunden. Viel brachte ihm sein Vorsprung nicht, und das dürre Buschwerk war kein gutes Versteck. Kaczmarek und Winterlich griffen den Mann dort auf und brachten ihn zum Wohnmobil zurück. Sie staunten nicht wenig, als plötzlich die Seitentür aufging und eine junge Frau heraussprang, die an Händen und Füßen gefesselt war.

»Endlich habt ihr mich erwischt! Nun ist Schluß!« sagte Hans-Joachim Badelkow, als die Beamten ihm Handschellen anlegten und ihn in den Streifenwagen verfrachteten.

»Es ist der Intuition zweier Streifenbeamter zu verdanken, daß wir Badelkow endlich zur Strecke bringen konnten«, gibt Dieter Hippenstreit unumwunden zu. »Es war Zufall, und auch wieder nicht. Alle Polizisten Hannovers wußten Bescheid über den Fall. Sie wußten, worauf sie zu achten hatten. Deswegen beschlich die beiden auch das merkwürdige Gefühl, als sie das Wohnmobil nachts herumkurven sahen.«

Badelkows Erleichterung bei der Festnahme scheint echt gewesen zu sein. Hauptkommissar Hippenstreit bezeichnet ihn als einen klassischen, triebgesteuerten Täter: »Er will zwar aufhören und ist sich seiner Taten voll bewußt. Er kann es jedoch nicht, weil seine Phantasien ihn dazu zwingen.« Badelkow hatte zum Zeitpunkt der Festnahme bereits drei weitere Opfer ausgespäht. Sogar Fenster hatte er schon angebohrt. Es wäre also tatsächlich weiter und immer weiter gegangen mit seinen Gewalttaten gegen Frauen.

Hans-Joachim Badelkow legt vor der Polizei nicht nur ein Geständnis, er legt beinahe eine Lebensbeichte ab. Die gesicherten Spuren – Spermareste, Fingerabdrücke, Tatwerkzeuge – bestätigen sein Geständnis. Die Kriminalpolizei Hannover kann der Anklagebehörde eine lückenlose Beweiskette liefern. Im Juni 2001 erhebt die Staatsanwaltschaft Anklage vor dem Landgericht.

Vor Gericht kommen nicht nur alle acht Taten des Verbrechers zur Sprache, die Richter möchten auch herausfinden, wie ein Mensch so werden kann. Zu absoluter Gewißheit kommen sie nicht. Diese Gewißheit gibt es auch nicht. Ein paar Facetten der Lebensgeschichte von Hans-Joachim Badelkow jedoch vermögen immerhin Ansätze einer Erklärung zu liefern. Sie ähneln den Erklärungsmustern anderer Fälle, auch anderer Fälle in diesem Buch – weil es eben immer wieder ähnliche Ursachen für ein gestörtes Verhalten und Triebleben gibt.

Vor Gericht beschreibt Badelkow erhebliche Konflikte in seinem Elternhaus, vor allem mit dem Vater. Der Vater ist Berufssoldat bei der Bundeswehr und sehr streng. Dieses strenge Erziehungsklima ist geprägt von körperlicher Züchtigung einerseits, geringer emotionaler Zuwendung andererseits. Außerdem will Badelkow im Alter von zwölf Jahren von einen älteren Mann über einen längeren Zeitraum hinweg sexuell mißbraucht worden sein. Ob das nun eine Schutzbehauptung ist, um die Richter milder zu stimmen, sei dahingestellt. Die lieblose, gewalttätige Atmosphäre im Elternhaus allein reicht schon aus, um einen jungen Menschen für immer zu deformieren.

Die Ursachen für aggressive Sexualdelikte sind sehr vielfältig und lassen sich nicht auf eine einfache Formel bringen. Im Mittelpunkt aller neueren Erklärungsmodelle steht die Unsicherheit des Täters in Bezug auf die eigene männliche Identität. Es fehlt dem Kind beispielsweise an männlichen Identifikationsfiguren (das heißt nicht zwangsläufig, daß der Vater fehlt, sondern nur, daß man sich mit diesem Vater nicht identifizieren kann) oder die Mutter wird als übermächtig und beängstigend erfahren. Das wird dann später auf andere Frauen übertragen, die als überlegen und bedrohlich empfunden werden. Badelkow gab vor Gericht an, unter der Dominanz seiner Lebensgefährtin, mit der er zwölf Jahre zusammen war, von der er sich vor der ersten Tat aber getrennt hatte, gelitten zu haben.

Der amerikanische Spezialist für aggressive Sexualdelikte, Revitch, hat die aus solcher Konstellation resultierenden Taten, zu denen namentlich die Vergewaltigung gehört, in einer Schrift aus dem Jahre 1965 als chiffrierten Matrizid bezeichnet, also quasi als einen symbolischen Muttermord. Diese Erkenntnis wird von anderen Psychologen und Psychiatern bestätigt. Vor Gericht hat sich Badelkow ausgerechnet zu seiner Mutter nicht geäußert. Das ist sicher bezeichnend. Vielleicht hat Badelkow seine Mutter von frühester Kindheit an gehaßt, weil sie ihn vor dem übermächtigen, aber emotional und auch geistig beschränkten Vater nicht in Schutz genommen hat. Das wäre zumindest eine mögliche Erklärung für den Haß auf Frauen.

Wann Badelkows Machtphantasien einsetzten, die ihn zu seinen Taten trieben, ob bereits in der Kindheit oder Pubertät, ist nicht geklärt worden. Auch die Frage, ob es eine Initialzündung für die erste Tat gab, wie man wohl vermuten muß, blieb in der Verhandlung unberührt. Fakt ist aber, daß er schon sehr lange vor der ersten Tat in Gewalt-Machtvorstellungen schwelgte. Der Kriminalist Hippenstreit schreibt in seiner persönlichen Einschätzung: »Eine Art Kulminationspunkt als Auslöser für die erste Tat wurde nie deutlich. B. lebte die Taten jedoch schon längere Zeit vorher in seiner Phantasie aus, und zwar in allen Einzelheiten und detailliert. Das sind gängige Erlebensmuster für triebgesteuerte Sexualstraftäter. Er verwirklichte Teile seines Masterplans, indem er sich zum Beispiel zielgerichtet in Baufachmärkten über die Konstruktionsweise von Fenstern informierte, die er dann bei seinen Wohnungseinbrüchen überwand.«

Der Gutachter, den das Gericht mit einer psychiatrischen Einschätzung Badelkows beauftragt hatte, kommt zu dem Schluß, daß es sich bei ihm um einen sadistischen Sexualtäter handele. In seinem Lehrbuch über Forensische Psychiatrie schreibt Norbert Nedopil: »Sadismus zielt auf eine totale Beherrschung des Sexualpartners und dessen ohnmächtiges Ausgeliefertsein ab, wobei die Sexualität des Sadisten häufig mit Omnipotenzgefühlen verbunden ist.« Eine sadistische Orientierung als Ursache ihres Handelns ist bei gewalttätigen Sexualstraftätern sehr selten, ihr Anteil wird in der Literatur in verschiedenen Quellen mit zehn Prozent angegeben. Sadistische Täter haben aber eine hohe Rückfallquote

Außerdem mußte der Gerichtsgutachter einschätzen, ob bei Badelkow Gründe für eine verminderte Schuldfähigkeit vorlagen. Der Gutachter bejaht dies. Er bescheinigt dem Vergewaltiger und Räuber eine verminderte Steuerungsfähigkeit. Eine Störung, die eine verminderte Steuerungs- und damit auch eine verminderte Schuldfähigkeit begründet, muß nach einem Grundsatzurteil des Bundesgerichtshofes (BGH) »derart stark ausgeprägt sein ..., daß der Täter selbst bei Aufbietung aller ihm eigenen Willenskräfte dem Trieb nicht ausreichend zu widerstehen vermag oder daß sie – infolge ihrer Abartigkeit – den Täter in seiner gesamten inneren Grundlage und damit im Wesen seiner Persönlichkeit so verändert, daß er zur Bekämpfung seiner Triebe nicht die erforderlichen Hemmungen aufbringt«.

Das Gericht folgte dem Gutachten. Es ging bei seinem Urteil von verminderter Steuerungsfähigkeit des Angeklagten aus. Auch wurde das umfassende Geständnis als Strafmilderungsgrund anerkannt.

Von der Staatsanwaltschaft war die Höchststrafe von 15 Jahren gefordert worden. Das Gericht verurteilte Badelkow zu 13 Jahren Freiheitsentzug. Außerdem ordnete es seine Unterbringung in einer psychiatrischen Klinik an, wo sich Badelkow einer Therapie zu unterziehen hat.

Acht Frauen hat Badelkow gequält. Über ein neuntes Opfer ist nie berichtet oder gesprochen worden: über die Freundin, die Hans-Joachim während der Zeit seiner verbrecherischen Umtriebe hatte. Für diese Frau brach eine Welt zusammen, als man ihren Hansi verhaftete.

Vermutlich wird sie zeitlebens gegenüber Männern mißtrauisch sein. Lange Zeit war sie mit einem Mann zusammen, der ein Doppelleben führte: Auf der einen Seite war er der fürsorgliche Freund, auf der anderen der eiskalte Gewaltverbrecher. Für die Freundin bedeutet dies, wohl lebenslang zu fürchten, auch ein neuer Mann an ihrer Seite könne Abgründe vor ihr verbergen, schwindelerregende, grausame Abgründe.

Der Gullydeckelmörder

Der Fall Udo Brinkmann

Der Sommer 1996 sieht die beiden Erwerbslosen Ferdinand Hacker und Ruslan Boldyrew in einer verzweifelten Situation. Hacker, der nie einen Beruf erlernt hat und sich jahrelang als Un- und Angelernter herumschlug, ist bereits seit mehr als anderthalb Jahren ohne Beschäftigung. Mittlerweile hat er es aufgegeben, von der Arbeitsvermittlung ein angemessenes Angebot zu erwarten. Alle bisherigen Jobs, deren Zahl man an einer Hand abzählen kann, wies er zurück, weil sie ihm unzumutbar erschienen: Mal war ihm die Bezahlung zu gering, mal war der Weg zu weit, oder die Arbeit schadete seiner Gesundheit.

Der 38 Jahre alte Ferdinand Hacker ist auf das Arbeitsamt nicht gut zu sprechen. Vor allem aber gibt er der Politik die Schuld an seiner Misere. Bei seinen zahlreichen Kneipenbesuchen findet er immer Gleichgesinnte, die sich des langen und breiten über die Politiker in Düsseldorf und Berlin auslassen. »Die wirtschaften doch bloß in die eigene Tasche«, heißt es immer wieder.

Dieses Endlos-Gesprächsthema lenkt die Menschen von den eigenen Unzulänglichkeiten ab. Jeder Ladendiebstahl, jeder kleine Steuerbetrug wird dadurch geadelt, »daß die da oben ja alle noch viel größere Verbrecher sind«.

Ferdinand Hackers Stammkneipe ist die Eckstampe »Zum Obersteiger« in Velbert, jener Stadt südlich von Essen, in der er auch wohnt. Als er das Lokal am 26. Juli 1996 gegen 16.00 Uhr betritt, ist seine Laune ausgesprochen mies. Drei Jahre hat er mit Mira Groszek zusammengelebt, aber nun will sie nichts mehr von ihm wissen. Hacker nimmt an, sie habe einen anderen Mann kennengelernt, einen Mann mit Geld, der ihr mehr bieten kann – das ist allerdings auch nicht schwer, denn seit Anfang April bekommt Hacker nur noch Arbeitslosenhilfe. Ständiger Streit gipfelte schließlich in der Trennung. Mira, selbst ohne Job, hat Ferdinand vorgeworfen, sich nicht genug um eine neue Arbeit zu bemühen. Sie hat sogar mit der Zeitung nach ihm geschlagen, denn darin hat sie immer in den Stellenanzeigen gelesen, nicht für sich wohlgemerkt, sondern für ihn: Mira ist es seit etlichen Jahren gewohnt, von Männern versorgt zu werden. Ferdinand Hacker muß zugeben, daß er sich nie für eine der ausgeschriebenen Stellen beworben hat. Er sieht keinen Grund zu einer derartigen Eigeninitiative, denn wozu sind dann die »hochbezahlten Bürokraten« auf dem Arbeitsamt da?

Diese Frage stellt sich auch Ruslan Boldyrew immer öfter. Der 32-Jährige ist vor einigen Jahren als Spätaussiedler aus Kasachstan ins »Gelobte Land« gekommen. Entgegen allen Verheißungen und Erwartungen mußte er feststellen, daß in der Bundesrepublik weder das Geld noch die Arbeit auf der Straße herumliegen. Dabei ist Boldyrew durchaus bereit, jede Arbeit anzunehmen, Hauptsache, sie macht ihn schnell wohlhabend. Denn er hat Ansprüche: Eine schöne Wohnung, einen schnellen Wagen, schicke Klamotten. Ruslan hat es noch nicht weit gebracht, denn er findet nicht einmal einen Job, der ihm ermöglicht, gerade so über die Runden zu kommen. Ein Grund dafür sind seine äußerst mangelhaften Kenntnisse der deutschen Sprache.

Ferdinand Hacker hat einen Teil seiner Ansprüche und auch der Ansprüche seiner ehemaligen Lebensgefährtin Mira befriedigt. Viele ihrer Möbel, aber auch Kleidung und Haushaltsgegenstände haben sie im Versandhandel bestellt. Sie haben sich dabei für die »äußerst günstige Ratenzahlung bei niedrigstem Zinssatz« entschieden und sitzen nun auf Versandhausschulden von 8 000 Mark. Genauer gesagt: Ferdinand ist der Schuldner, denn alle Bestellungen liefen über ihn. Damit nicht genug, hat Hacker immer, wenn er in Lohn und Brot stand, also eine Gehaltsabrechnung vorlegen konnte, den einen oder anderen Kleinkredit »mit besten Konditionen« aufgenommen. Alles in allem steht er im Sommer 1996 mit 18 000 Mark bei mehreren Gläubigern in der Kreide. Und die Gläubiger beginnen allmählich, ungeduldig zu werden. Ein paar Inkasso-Unternehmen jedenfalls führen bereits einen intensiven Briefwechsel mit Hacker, wobei Wechsel nicht das richtige Wort ist, denn er antwortet nie.

Und nun ist auch noch die Beziehung zu Mira beendet. Sie verlangt von ihm, sich schleunigst eine Wohnung zu suchen, denn ihr Name steht im Mietvertrag. Darauf hat sie bestanden. Ferdinand ist nicht einmal Untermieter. Es ist also rechtens, wenn Mira ihn von heute auf morgen vor die Tür setzt.

Hacker hat sich noch nicht wirklich auf dem Wohnungsmarkt umgetan, aber er weiß bereits, daß es sehr schwer wird, eine Bleibe zu finden. Die meisten Vermieter verlangen eine Kaution, die er nicht aufbringen kann. Davon abgesehen, wird auch oftmals eine SCHUFA-Auskunft erwartet. Wenn die Vermieter erfahren, daß Hacker nur von Arbeitslosenhilfe lebt und noch dazu Schulden hat, sieht es gewiß übel aus für ihn.

Ruslan hat andere Sorgen. Es sind auch Geldnöte, aber keine Schulden, die ihn drücken. Seit fast drei Jahren teilt er eine kleine, aber durchaus schmucke Wohnung in Essen-Kupferdreh mit seinem Mädel Jacqueline. Jacqueline ist im Ruhrgebiet zur Welt gekommen. Sie ist 29 Jahre alt, ebenfalls erwerbslos und nun auch noch schwanger. Im Oktober soll Ruslan Vater werden. Er freut sich wahnsinnig auf das Kind, aber zugleich hat er auch Angst: Boldyrew fürchtet, nicht genug für eine ausreichende Versorgung seines Kindes tun zu können, und das geht ihm wider die Ehre. Ein Mann, der sein Kind nicht richtig versorgen kann, ist ein lächerlicher Popanz, aber kein Vater.

Manchmal, wenn ihn seine Sorgen zu sehr quälen und ihm daheim die Decke auf den Kopf zu fallen droht, schwingt sie Ruslan Boldyrew auf sein Moped und fährt in der Gegend herum. Bei einer dieser Fahrten hat er Anfang des Jahres die Eckkneipe in Velbert entdeckt, die ihm auf den ersten Blick gemütlich, vor allem aber preiswert erschien. Dieser erste Eindruck täuschte nicht. Ruslan, der Durst hatte, betrat die Kneipe, um ein Bier zu trinken. Aus dem einen wurden mehrere. Das Lokal gefiel ihm. Nicht oft, aber gelegentlich kehrte er auch in der Folgezeit wieder ein; nun hatte er ein Ziel für sein bisher planloses Umherschweifen.

Auch am 26. Juli, einem Freitag, steht »Zum Obersteiger« auf Ruslans Programm. Gegen 18.30 Uhr trifft er in Velbert ein. An diesem Sommerabend stehen ein paar weiße Plastiktische und ebenso weiße Plastikstühle, wie man sie auch in Gärten gern benutzt, vor dem Lokal, und natürlich möchte auch Boldyrew sein Bier gern in Freien trinken. Nur an einem Tisch ist noch Platz. Dort sitzt ein bärtiger Mann für sich allein. Ruslan fragt, ob er sich dazusetzen könne. Der Bärtige, der durch seine Leibesfülle auffällt, hat nichts dagegen.

Der gemeinsame Abend von Ferdinand Hacker und Ruslan Boldyrew wird lang an jenem 26. Juli 1996. Zuerst wechseln sie nur ein paar belanglose Floskeln über das Wetter, aber schließlich kommen sie ins Gespräch. Nachdem sie ein paar halbe Liter DAB Pilsener durch ihre Kehlen gegossen haben, sind sie bereits so vertraut miteinander, daß sie aus ihren Herzen keine Mördergrube machen. Jeder klagt dem anderen sein finanzielles Leid. Nachdem alle Schuldigen an dieser Situation durchgehechelt worden sind, kommt bei den beiden neuen Freunden der Gedanke auf, man könne sich in dieser ungerechten Welt Gerechtigkeit nur mittels Straftaten verschaffen. Irgendwann sagt einer, aber wegen der genossenen Alkoholmengen kann sich schon am nächsten Morgen keiner mehr erinnern, wer es war: »Am besten wäre ein Banküberfall.«

Einen Bankraub finden beide gut. Bei einem solchen Überfall kann man mitunter enorme Summen erbeuten, mit denen man ziemlich weit reicht. »Vierzig-, fünfzig-, sechzigtausend«, träumt Hacker, »Mann, das würde uns doch schon genügen.« Boldyrew stimmt zu. Er würde aber auch hunderttausend Mark oder mehr nicht in den Skat drücken.

Den Gedanken an einen Banküberfall verwerfen Ferdinand und Ruslan sehr schnell. Sie sind der Überzeugung, für eine solche Aktion benötige man unbedingt eine scharfe Waffe. Da sie über keinerlei Kontakte ins kriminelle Milieu verfügen, sehen sie auch keine Möglichkeit, sich eine solche Waffe zu beschaffen. Ohne scharfe Knarre jedoch ist ein Bankraub irgendwie »nicht echt«.

Nach weiteren Pilsenern scheint es den beiden Männern weitaus einfacher, eine Einzelperson zu überfallen und zu berauben. Diese Person muß nur eine Voraussetzung erfüllen: Bei ihr muß etwas zu holen sein.

Der Plan bleibt vorerst vage. Man denkt hin und her und kommt zu dem Schluß, auf jeden Fall für die Zwecke des illegalen Gelderwerbs ein Kraftfahrzeug zu benötigen. Da keiner von beiden ein Auto sein eigen nennt, wird man, wenn man nicht stehlen will, auf einen Mietwagen zurückgreifen müssen.

Hacker verspricht, sich um diesen Teil der Sache zu kümmern. Nach Mitternacht trennt man sich. Ferdinand muß nur einen zehnminütigen Fußweg zurücklegen, um die Wohnung zu erreichen, in der er nur noch für wenige Tage geduldet ist. Ruslan benutzt trotz seines Alkoholpegels das Moped. Es ist nicht übermäßig weit von Velbert nach Kupferdreh, und bisher ist er noch nie von der Polizei erwischt worden, wenn er mit Alkohol im Blut unterwegs war. So ist es auch in dieser Nacht.

Schon am Montag, dem 29. Juli, sehen sich die Komplizen wieder. Beide haben das Wochenende genutzt um nachzudenken. Ruslan ist jemand eingefallen, bei dem es viel Geld zu holen gibt, beim Ex-Mann seiner Lebensgefährtin nämlich. Jacqueline ist vier Jahre verheiratet gewesen mit Bastian Korba, einem emotional schwer gestörten Mann, der intensivere Beziehungen zu anderen Menschen nur vermittels seiner Fäuste herstellen kann. Korba hat seine Frau so oft geschlagen, daß sie am Ende verzweifelt aufgab. Immerhin hat sie vier Jahre Gebrüll, Schläge und Demütigungen ausgehalten in der Hoffnung, sie könne den Mann peu à peu ändern, wenn sie sich als duldsam erweist. Das war ein Irrtum.

Ruslan Boldyrew findet, daß es dieser Typ verdient, um sein Geld erleichtert zu werden. Hacker stimmt zu. Er verspricht, in den nächsten Tagen alle Angebote von Autovermietungen aus der Region zu checken und das allergünstigste ausfindig zu machen. Dann ist noch die Frage zu klären, wie man das Opfer zeitweilig kampfunfähig machen könne. Ruslan rät zu Elektroschockern. Er hat zwar noch nie ein solches Gerät benutzt, aber im Fernsehen schon mehrfach gesehen, wie Kriminelle es für ihre Zwecke erfolgreich eingesetzt haben. Ferdinand Hacker ist einverstanden.

An diesem Montag trennen sich die Männer, ohne viel Bier

getrunken zu haben. Sie haben etwas vor, und sie sind entschlossen, ihren noch immer vagen Plan in die Tat umzusetzen.

Bei Hacker daheim wird die Luft immer dicker. Seine Ex-Freundin Mira setzt ihm heftig zu und löchert ihn mit der Frage, wann er denn nun endlich ausziehen werde. Ferdinand kauft jeden Morgen Zeitungen und gibt vor, Wohnungsanzeigen zu studieren. Das beruhigt Mira etwas. Die Wahrheit ist, daß sich Ferdinand Hacker für Autovermietungen interessiert. Wenn Mira ihren Hund ausführt, nimmt er sich auch die Gelben Seiten vor und ruft bei Mietwagenfirmen an. Am Donnerstag glaubt er schließlich, den richtigen Verleih gefunden zu haben. In Mühlheim gibt es eine Autovermietung mit günstigen Preisen. Außerdem findet Hacker es klug, keinen Wagen in Essen zu mieten, wo sie ja ihren Coup durchführen wollen. Er bedenkt dabei nicht, daß ein Wagen mit Essener Kennzeichen in Essen überhaupt nicht auffällt, während man als Essener bei einem Auto aus Mühlheim durchaus registrieren könnte, daß dieser Wagen aus der Nachbarstadt stammt.

Am Nachmittag des 1. August ruft Hacker bei Boldyrew an. Die Männer verabreden sich für den kommenden Vormittag um 10.00 Uhr am Regionalbahnhof Kupferdreh, für Ruslan ein Fußweg. Ferdinand nimmt sich in Erwartung künftiger Reichtümer von Velbert aus ein Taxi. Als er den Fahrpreis entrichtet, stöhnt er auf.

Von Kupferdreh fahren die Komplizen mit der von Wuppertal kommenden Regionalbahn zum Essener Hauptbahnhof. Dort steigen sie zur S-Bahn um. Ein Zug der S-Bahnlinie 3 bringt sie nach Mühlheim, und nach einer aufwendigen Busfahrt mit zweimaligem Umsteigen erreichen sie schließlich irgendwo am südlichen Stadtrand den Autoverleih Buntes.

Inhaberin Karin Buntes kann ihnen fast alles bieten, was das Herz begehrt. Sie können einen Kleinwagen bekommen oder einen Kleinlaster, eine Oberklasselimousine oder einen Pritschenwagen. Sie können wählen zwischen einem Auto, in dem man höchsten drei Kästen Bier, und einem Kraftwagen, in dem man eine ganze Wohnungseinrichtung verstauen kann. Ferdinand Hacker und Ruslan Boldyrew entscheiden sich für einen VW-Kleintransporter. Sie hinterlegen Kaution und Anzahlung für drei Tage und machen sich auf den Weg.

Bastian Korba bewohnt eine Eigentumswohnung im Essener Stadtteil Bredeney, die er sich durch mehrjährige Arbeit als Drogendealer erworben hat. Daß Korba ein Verbrecher ist, erfährt Hacker erst, als man schon seit Stunden vor dem Haus steht und auf das potentielle Opfer wartet. Ferdinand wird mulmig bei dem Gedanken, sich mit der Unterwelt anzulegen. Er ist wütend auf seinen Kompagnon, weil er ihm eine solch wichtige Information vorenthalten hat.

Das Warten auf Korba zieht sich hin. Drogendealer ist offenbar ein anstrengender Beruf, dessen Härten mit viel Schlaf kompensiert werden müssen. Erst gegen 17.00 Uhr fahren ein paar Männer mit zwei Wagen vor Korbas Haus vor. Sie steigen aus und betreten es. Vertrauenerweckend sehen die Männer nicht aus. Es scheint, als hätten sie in ihrem Leben nie eine Schulbank, sondern immer nur die Sonnenbank gedrückt und statt Lesen und Schreiben zu lernen ihre Muskulatur geschult. Hacker fühlt sich immer unbehaglicher.

Um 18.00 Uhr kommen die Männer mit den leeren Gesichtern wieder heraus. In ihrer Mitte befindet sich Bastian Korba. Ruslan zeigt auf Jacquelines Ex. Ferdinand Hacker folgt ihm nur noch pro forma. Als er einige Stunden später feststellt, daß sich Korba nie ohne seine Männer auch nur einen Schritt fortbewegt, gibt er die Observation auf. Ruslan hat ein absolut ungeeignetes Opfer für den Coup ausgewählt.

»Der ist nichts für uns«, stellt Ferdinand mit mühsam unterdrückter Wut fest.

»Warum denn nicht?« will Ruslan wissen. »Der haben Geld die Masse!«

Hacker gerät außer sich. Daß Boldyrew so naiv ist, hat er bisher nicht bemerkt. Doch beruhigt sich Ferdinand rasch während der gemeinsamen Fahrt nach Velbert. Er stellt den weißen VW-Transporter in der Nähe ihrer Stammgaststätte ab und lädt Ruslan noch auf ein paar Biere ein. Während sie das erste Pilsener konsumieren, erläutert Hacker seine Bedenken. Ruslan kapiert. Auch er sieht nun die Gefahren ein, die entstehen, wenn man die Unterwelt herausfordert, und Korba scheint dort zumindest eine mittelgroße Nummer zu sein. Ferdinand Hacker schlägt vor, sich lieber ein anderes Opfer zu suchen. Gemeinsam brüten die beiden darüber, wer dies sein könne. Am Ende beschließen sie, erst einmal einen geeigneten Ort für den Überfall auszuwählen. Hacker schlägt die Innenstadt vor, denn dort gäbe es viele Geschäfte und Büros, man könne also mit Leuten rechnen, die entweder eine prallgefüllte Geldbörse, zumindest aber eine Geld- oder Kreditkarte besäßen.

Am Sonnabend sehen sich Ruslan und Ferdinand schon wieder. Seiner Ex-Freundin Mira erzählt Hacker, er wolle sich den ganzen Tag lang Mietwohnungen anschauen, dann fährt er nach Essen. Er holt Boldyrew vor dessen Wohnhaus ab, und sie fahren in die City. Hacker steuert in die Tiefgarage an der Lindenallee, also in der Nähe vom Hauptbahnhof. Dann begeben sich die beiden Ganoven zur Kettwiger Straße, Essens Shoppingmeile.

An einem Samstagsvormittag wimmelt es auf der Kettwiger von Menschen. Etliche von ihnen sind sicher auch gut betucht. An ihnen sind Hacker und Boldyrew jedoch nicht interessiert. Ihre Aufmerksamkeit gilt allein einem Waffengeschäft.

Die Auswahl an Gerätschaften, mit denen sich Menschen unschädlich machen lassen, scheint unbegrenzt. Das Waffengeschäft führt neben Gaspistolen und Messern diverser Länge und Beschaffenheit auch Handschellen, Schlagstöcke, Reizgas und dergleichen, daneben auch Feuerzeuge und Spielzeugautos aus Spritzguß. Elektroschocker hat man ebenfalls im Angebot. Es gibt verschiedene Fabrikate, die sich vor allem im Preis unterscheiden; ob es daneben Unterschiede in der Wirksamkeit gibt, läßt sich nicht feststellen. Hackers scherzhafter Vorschlag an die junge Verkäuferin, sie als Probeobjekt zu benutzen, kommt überhaupt nicht gut an. Ruslan drängt daher zu einer raschen Entscheidung, weil er befürchtet, die Verkäuferin werde sich ihre Gesichter merken, und zwar bis ultimo.

Bekanntlich ist nicht immer das Teuerste auch das Beste. Boldyrew und Hacker entscheiden sich aber doch für das kostenintensivste Gerät. Es schlägt mit fast 150 Mark zu Buche. Beide erwerben je eins. Neben dem Mietpreis für den Kraftwagen haben sie weitere Kosten auf sich genommen. Je mehr Geld sie in ihr künftiges Unternehmen stecken, desto klarer wird beiden, daß es bald kein Zurück mehr geben wird, wollen sie noch am Morgen in den Spiegel schauen können, ohne das Gefühl zu haben, arme Versager zu sein, die auch noch Geld zum Fenster hinauswerfen.

Ferdinand Hacker schlägt vor, die Elektroschocker auszuprobieren. Ruslan Boldyrew ist von der Idee nicht begeistert. Er hält es für sinnlos, einfach jemanden kampfunfähig zu machen, den man dann gar nicht ausrauben will. An einen

Menschen hat Hacker nicht gedacht. Er fährt nach Süden, gen Velbert, durchquert seinen Wohnort aber nur, passiert auch Wuppertal und Remscheid und lenkt den Transporter tief ins Bergische Land. Bei einem kleinen Ort, den Weideland umgibt, hat er sein Ziel erreicht. Er stellt den VW-Transporter ab, steigt aus und fordert Ruslan auf, seinem Beispiel zu folgen. Sie gehen ein paar Schritte auf der Landstraße entlang. »Hier!« sagt Hacker und zeigt auf eine der Weiden. »Hier werden wir die Dinger ausprobieren.«

Ruslan Boldyrew versteht erst allmählich. Das hat mit seinen mangelnden Sprachkenntnissen zu tun, aber nicht nur. Ferdinand muß es ihm genauer erklären. Hacker tut es geduldig. Dann setzen sich die beiden Verschworenen in den Dorfkrug und warten bis zum Abendläuten.

Im Zwielicht schleichen sich Ferdinand und Ruslan auf eine der Weiden. Dort grasen Fleischrinder. Die meisten von ihnen haben sich bereits niedergelegt, um in der stillen Dämmerung gemächlich wiederzukäuen. Einige der Kühe stehen aber noch und reißen mit ihren langen Zungen Grasbüschel aus dem Boden. Eine von diesen wählen sie aus. Hacker gibt das Zeichen. Mit einem leisen Schrei stürzen sie sich auf das verwirrte Tier. Jeder hält ihm seinen Elektroschocker an den Hals. Die Kuh fällt um. Auf der Flucht fassen Ferdinand und Ruslan den Entschluß, die Elektroschocker gegen schwächliche Personen nicht anzuwenden.

Am Sonntag schafft Ferdinand Hacker den Mietwagen nach Mühlheim zurück. Am Mittwoch, dem 7. August, sehen sich die beiden Ganoven wieder. Nach dem erfolgreichen Test der Schockgeräte geht es nun an die Besprechung zum geplanten Tatablauf.

Als Konferenzzimmer für diesen Zweck benutzen sie das Lokal »Zum Obersteiger«. Natürlich senken sie die Stimmen, wenn die Bedienung an ihren Tisch tritt, um Bier zu bringen oder nach ihren Wünschen zu fragen. Am Ende dieses Abends steht dann fest, wie sie vorzugehen gedenken.

Sie wollen eine wohlhabend und kräftig wirkende männliche Person zu ihrem Opfer machen. An einem geschützten Ort wollen sie dieser Person auflauern, sie kampfunfähig machen und auf den Laderaum des Transporters verfrachten, den sie erneut für einige Tage anmieten werden. Dem Opfer beabsichtigen sie erst einmal sein gesamtes Bargeld abzunehmen und ihm dann durch Zureden oder auch durch Anwendung von Gewalt die PIN-Nummer seiner Geldkarte zu entlocken. Mehrere Tage wollen sie den Auserwählten seiner Freiheit berauben und unter ihrer Kontrolle behalten, bis sie sein Konto abgeräumt haben. Sollte das Opfer auch eine Kreditkarte besitzen, werden sie diese für Einkäufe benutzen. Auf diese Weise hoffen beide, sich nicht nur finanziell zu sanieren, sondern auch ein paar luxuriöse Anschaffungen machen zu können.

Zufrieden mit sich selbst und leicht alkoholisiert trennen sie sich am Abend des 7. August. Der Plan steht. Nun kommt es darauf an, einen geeigneten Ort für den Überfall zu finden.

Die künftigen Räuber beschließen, sich aus Sicherheitsgründen eine Woche lang nicht zu treffen. Jeder soll sich noch einmal den Plan durch den Kopf gehen lassen, seine Zweifel nicht hinunterschlucken und darüber nachdenken, was man bei der Planung vergessen hat. Die Velberter Gaststätte wird von Ferdinand Hacker zur Tabuzone erklärt. Das nächste Treffen wird »konspirativ« am Baldeneysee stattfinden. Dessen Badestellen sind im Sommer überfüllt, es ist ein Leichtes, in der Masse der Sonnensucher unterzutauchen.

Die Woche geht dahin. Ruslan Boldyrew hat einen Termin auf dem Arbeitsamt, wo er nach dreistündigem Warten erfährt, daß man keinen Job für ihn hat. Sein Vermittler schlägt einen Sprachkurs vor. Ruslan unterschreibt irgendwelche Formulare. Er würde sie auch mit einem blutigen Daumenabdruck unterzeichnen, wenn davon die Zahlung des Arbeitslosengeldes abhinge. Da bald ein Geldsegen über Boldyrew und Jacqueline hereinbrechen wird, kauft Ruslan vom Arbeitslosengeld Unmengen von Kinderspielzeug.

Zwischen Ferdinand Hacker und Mira Groszek eskaliert der Streit. Nach einer halbstündigen Schreierei stürzt Ferdinand aus der Wohnung. Nun ist er fest entschlossen, sich etwas Neues zu suchen und baldmöglichst auszuziehen. Seine bisherige Lebensgefährtin ist nicht nur unerträglich, sie verlangt auch obendrein noch Unterhalt, obwohl ihr von Rechts wegen kein Pfennig zusteht.

Hacker fährt mit der Eisenbahn nach Hamm. Er besucht seine Eltern, eröffnet ihnen, daß er sich von Mira trennen werde, und macht seine frühere Freundin dermaßen schlecht, daß er von elterlichem Mitleid geradezu überschwemmt wird. Dieses Mitleid ist ihm aber nur Mittel zum Zweck. Als er abends mit seinem Vater ein Bier und mit seiner Mutter Likör trinkt, läßt er die Katze aus dem Sack. Seine Eltern erklären sich sofort bereit, für die Mietkaution aufzukommen und für ihren Sohn zu bürgen. Sogar eine Maklerprovision würden sie entrichten.

Das läßt sich Ferdinand nicht zweimal sagen. Am Montag, dem 12. August 1996, beauftragt er ein Essener Maklerbüro mit der Suche nach einer geeigneten Wohnung. Um kein Mißtrauen zu erwecken, spielt er durchaus nicht den Krösus. Er legt seine Situation relativ offen dar, kann aber mit der Zahlungsbereitschaft seiner Eltern als Pfund wuchern. Daß er sich das Geld von ihnen nur geborgt hat und bis Jahresende zurückzahlen wird, daran zweifelt er nicht.

Alles in allem kehrt er am Abend des 12. August guter Dinge nach Velbert zurück. Miras Zänkereien muß er nun nicht mehr lange ertragen. Auf dem Heimweg kommt ihm dann eine brillante Idee.

Als er sich später am Ufer des Baldeneysees mit Ruslan trifft, eröffnet er ihm sofort, daß er einen sicheren Ort für den Überfall auserkoren hat. Die Tiefgarage in der Lindenallee sei doch wohl ein hervorragender Platz für die Verwirklichung ihres Plans. Boldyrew meint das auch.

In der Folgezeit beobachten die beiden die Ein- beziehungsweise Ausfahrt der Tiefgarage und auch deren Umgebung. Einmal noch, am 17. August, mieten sie sich bei Buntes in Mühlheim einen Wagen, lenken ihn in Essens City und stellen ihn in der Tiefgarage ab. Sie überprüfen die Ausgänge und nehmen jedes Parkdeck unter die Lupe. Es gibt mehrere Mauern, hinter denen man sich verstecken könnte, aber am meisten interessiert sie das Geschoß in Höhe der Einfahrt. Dort machen sie einen Mauervorsprung aus, hinter dem man sich verbergen kann, wenn man die Einfahrt beobachten will. Die Tiefgarage entpuppt sich als der ideale Ort für ihr Ganovenstück.

Alle Vorbereitungen sind nun getroffen. Nur der Tag, an dem die Entführung, zu dem der Raubüberfall mittlerweile mutiert ist, begonnen werden soll, muß noch festgelegt werden.

Als er den Mietwagen am Abend des 17. August zur Verleihfirma Buntes zurückschafft, erkundigt sich Ferdinand Hacker, ob er einen der beiden VW-Transporter eine Woche später, also am 24. August, haben könne. Karin Buntes hat nichts dagegen, denn der Kunde Hacker ist zuverlässig und zahlt korrekt. Hacker unterzeichnet einen Vorvertrag. Sicherheitshalber mietet er den Transporter für eine ganze Woche an, also für die Zeit vom 24. bis zum 31. August. Mit öffentlichen Verkehrsmitteln kehrt er dann nach Velbert zurück. Dort erwartet ihn ein Brief des Maklerbüros. Drei Wohnungen stünden für eine Besichtigung durch den Interessenten bereit.

Ferdinand Hacker schaut sich die Wohnungen in den nächsten Tagen an. Sie sind allesamt verhältnismäßig preiswert, wie er es gewünscht hat. Nach einem Bedenktag trifft Hacker dann seine Entscheidung. Seine Wahl fällt auf eine Zweiraumwohnung mit Balkon in Essen-Steele, gar nicht weit vom S-Bahnhof entfernt und in einem Haus gelegen, das nicht von Ausländern dominiert wird, was für Ferdinand Hacker sehr wichtig ist. Daß er mit einem Rußlanddeutschen zusammen»arbeitet«, ist für ihn kein Widerspruch. Dort, wo er wohnt, will er jedenfalls keine »Knoblauchfresser« in der Nähe haben.

Hacker kann die Wohnung sofort übernehmen, allerdings in dem Zustand, in dem er sie vorfindet. Das heißt, er muß sie selbst renovieren oder einen Malerbetrieb mit der Renovierung beauftragen. Ferdinand beschließt, es in die eigene Hand zu nehmen und das Geld für Handwerker zu sparen. Er unterschreibt den Mietvertrag. Der Makler händigt ihm seine Rechnung aus, und auch das Konto, auf das er die Kaution einzuzahlen hat, wird ihm übermittelt. Hacker ruft Ruslan Boldyrew an.

Abermals treffen sich die beiden Verbündeten am Baldeneysee. Ferdinand Hacker erzählt von der neuen Wohnung und seiner Absicht, sehr rasch dort einzuziehen, weil er es bei Mira in Velbert nicht mehr aushält. Aus diesem Grunde habe er sich entschlossen, sofort mit der Renovierung zu beginnen. Um die fälligen Transporte zu erledigen, werde er den Leihwagen benutzen, und daher schlage er vor, den Termin für den Überfall und die Entführung um einige Tage zu verschieben. Die neue Wohnung sei nun einmal lebenswichtig für ihn, aber in eine Bruchbude möchte er nicht einziehen.

Ruslan ist zwar nicht begeistert, weil er einen Teil des geraubten Geldes bereits im Vorfeld ausgegeben hat (eine neue HiFi-Anlage hat er sich auch noch angeschafft), aber natürlich hat er Verständnis für die Situation seines Komplizen, bietet sogar an, beim Tapezieren und Malern zu helfen. Das hält Hacker für keine gute Idee. »Wir müssen vermeiden, zu oft zusammen gesehen zu werden«, sagt er. Dieses Argument findet Ruslan auf Anhieb überzeugend. So kommt es, daß in der Woche vom 24. bis zum 31. August 1996, als eigentlich eine wohlhabende und kräftige männliche Person entführt und um ihre Habe gebracht werden sollte, Ferdinand Hacker in seiner neuen Behausung mehrere Schichten alter Tapete von den Wänden schabt, neue Tapete verklebt und verschiedenfarbig anstreicht. Die Tapetenreste verstaut er in großen Müllsäcken und diese dann auf der Ladefläche des VW-Transporters. Am 31. August verlängert er die Leihfrist des Wagens telefonisch um eine Woche, was ihm als gutem Kunden der Firma Buntes ohne weiteres gewährt wird. Am 1. September 1996, einem Sonntag, beginnt Hacker mit dem Umzug. Da er bald über viel Geld verfügen wird, läßt er Mira Groszek die meisten Möbel. Er holt vor allem seine persönliche Habe ab, also auch all die Dinge, die er vor ihrer Lebensgemeinschaft schon besessen hat. Natürlich zählen auch seine Kleidungsstücke dazu. Er stopft sie ebenfalls in große Müllsäcke, aber auch in ein paar Stoffbeutel, wie sie ökologisch bewußte Bürger in Supermärkten erwerben können. Diese Beutel stellt Mira zur Verfügung, selbstverständlich nur leihweise.

Am 2. September beginnt Ruslan Boldyrew den vom Arbeitsamt Essen vermittelten Sprachkurs. Am Abend desselben Tages konfrontiert ihn seine Lebensgefährtin Jacqueline mit den Kontoauszügen ihres Kontos, auf das auch Ruslan Zugriff hat. Sechs Wochen vor der Entbindung ist ihr Girokonto um 2000 Mark überzogen. Was sie nicht weiß: Auch Ruslan steht bei seiner Bank mit 3000 Mark in den Miesen. Die Befriedigung seines Geldbedarfs ist äußerst dringend.

Der Morgen des 4. September 1996 beginnt für den Essener Physiotherapeuten Udo Brinkmann anders als üblich. Das Frühstück in der Küche des Hauses nimmt er allein zu sich. Corinna Brinkmann hat bereits eine halbe Stunde zuvor mit den beiden Töchtern gefrühstückt und dann das Haus verlassen. Die sieben und neun Jahre alten Töchter haben sie begleitet, denn Brinkmanns bringen die beiden jeden morgen zur Schule und holen sie, wenn es irgend geht, auch wieder ab.

Der frühe Aufbruch von Corinna Brinkmann mit den Töchtern liegt nicht an einem wichtigen morgendlichen Termin, sondern in einem Streit vom Vorabend.

Seit sechs Jahren betreibt das Ehepaar eine eigene physiotherapeutische Praxis in der Essener Innenstadt, also an einem Ort mit hohen Gewerbemieten. Die Praxis geht zwar sehr gut und hat viele Patienten, weil Brinkmanns ein großes Spektrum an Behandlungen bieten. Gleich bei Eröffnung der Praxis haben sie in diverse Ausstattungsstücke und Geräte investiert, aber das war nur möglich durch einen Kredit, den sie immer noch abzahlen. Hinzu kommt, daß sie vor einigen Jahren ein Haus gebaut haben. Als Baugrund stellten ihnen Udos Eltern einen Teil von ihrem Grundstück zur Verfügung, so daß sich die Erschließungskosten in Grenzen hielten. Der Bau selbst wurde aber ebenfalls kreditfinanziert. Im Sommer des Jahres 1996 haben Udo und Corinna Brinkmann noch etwa eine Viertelmillion Mark abzuzahlen.

Das hat Folgen für das Familienleben. In den sechs Jahren ihrer Existenz war die physiotherapeutische Praxis nicht ein einziges Mal für längere Zeit geschlossen. In den Jahren 1990 bis 1993 sind sowohl Corinna als auch Udo an allen Sprechtagen gemeinsam in der Praxis gewesen und haben die Töchter mit den Großeltern in den Urlaub geschickt. Irgendwann waren sowohl die Eltern als auch die Töchter mit diesem Zustand unzufrieden. Für 1994 wurde daher beschlossen, daß es wenigstens Urlaub mit einem Elternteil geben sollte. Die Praxis blieb dann zwar in Betrieb, mußte aber entweder von Udo oder von Corinna allein geführt werden. In den Jahren 1994 und 1995 fuhren die Kinder also in den Winterferien mit Udo in den Skiurlaub, in den Sommerferien mit Corinna an die Nordsee. 1996 sollte sich das ein für allemal ändern.

Ulrike, die ältere Tochter, hat im Oktober Geburtstag. Erstmals fällt dieser Tag in die Herbstferien. Schon frühzeitig hat Ulrike einen Wunschzettel geschrieben und ihren Eltern auf den sonntäglichen Frühstückstisch gelegt. Der Wunschzettel enthielt nur einen einzigen Satz: »Ich wünsche mir zu meinem Geburtstag Urlaub mit Papa und Mama.«

Corinna und Udo Brinkmann haben ihrer Tochter für die Herbstferien des Jahre 1996 einen einwöchigen gemeinsamen Urlaub mit der ganzen Familie versprochen. Wochenlang hat man immer mal wieder abends zusammengesessen und Reisepläne geschmiedet. Schließlich sollte der Preis entscheiden. Für den 4. September war geplant, eine Reise zu buchen. Am Abend des 3. jedoch hat Udo Brinkmann seiner Familie mitgeteilt, er könne sie nicht begleiten.

Brinkmann hat zum 1. Oktober eine Mitarbeiterin eingestellt, eine 23-jährige Physiotherapeutin. Er hält es nicht für opportun, zu Beginn der Einarbeitungszeit gleich für eine Woche die Praxis zu schließen. Deshalb meint er, er könne nicht mit Corinna, Ulrike und Jana verreisen.

Die Kinder sind tief enttäuscht, aber auch Udos Ehefrau ist alles andere als begeistert. Es gibt Tränen, und nicht nur das. Bald sind Udo und Corinna in einen heftigen Ehekrach verwickelt. Corinna – es wird sie später sehr traurig stimmen – läßt sich sogar dazu herab, Eifersucht auszudrücken. Sie wirft ihrem Mann vor, nur mit der jungen Frau allein sein zu wollen, was ein ungerechter Vorwurf ist.

Nach dem lange andauernden Streit räumt Corinna das Bettzeug ihres Mannes aus dem Schlafzimmer und zwingt ihn, die Nacht auf der Wohnzimmercouch zu verbringen. Der Krach ist auch der Grund, warum sie am Morgen des 4. September früher als sonst und ohne ihren Mann das Haus verläßt.

Udo Brinkmann ist sicher, daß sich alles wieder einrenken wird. Er bedauert, seinen Entschluß vor den Kindern verkündet zu haben, ohne zuvor mit seiner Frau zu sprechen. Das war dumm und unsensibel. Den Entschluß zurückzunehmen, ist er nicht bereit. Es geht eben nicht. Das werden auch die Mädchen einsehen müssen.

Es ist 8.15 Uhr. Der Physiotherapeut Udo Brinkmann verläßt sein Haus und geht zu seinem Wagen, einem Mercedes Baujahr 1993. Um 8.20 Uhr fährt er vom Grundstück, was seine Mutter, die in diesem Augenblick zufällig aus dem Küchenfenster sieht, mitbekommt. Etwa um 9.00 Uhr wird Brinkmann dann in der Tiefgarage Lindenallee eintreffen. In diesem unterirdischen Parkhaus hat er einen Jahresmietvertrag für einen Stellplatz abgeschlossen, der sich stillschweigend verlängert, wenn er nicht bis zu einem vereinbarten Termin gekündigt wird. Udo Brinkmann stellt sein Auto nunmehr schon seit fast sechs Jahren in ein und derselben Parkbox ab. Durch ein Schild ist dieser Stellplatz für jeden als reserviert erkennbar. Das amtliche Kennzeichen von Brinkmanns Wagen ist auf dieses Schild geschrieben und verkündet, wer hier parken darf.

Von der Tiefgarage bis zur Praxis in der Rathenaustraße hat Brinkmann dann nur noch einen Fußweg von wenigen Minuten zurückzulegen. Normalerweise triff er nie später als zehn nach neun an seinem Arbeitsplatz ein. In den sechs Jahren, in denen die Praxis existiert, ist das höchstens ein halbes Dutzend Mal vorgekommen, davon einmal, weil er mit seinem Wagen liegen geblieben ist. Deswegen hat er übrigens den Mercedes angeschafft. In den anderen Fällen waren heftige Verkehrsstaus die Ursache der Verspätung.

Am 4. September 1996 ist Udo Brinkmann um 9.10 Uhr noch nicht in der Praxis. Er erscheint weder um 9.15 Uhr noch um 9.20 Uhr. Um 9.30 Uhr entschließt sich Corinna Brinkmann, bei ihren Schwiegereltern anzurufen und nachzufragen, wo Udo bleibt. Sie bekommt sofort Udos Vater an den Apparat. Der kann ihr nur sagen, was seine Frau beobachtet hat: Udo hat um 8.20 Uhr das gemeinsame Grundstück verlassen.

Die Zeit vergeht. Corinna Brinkmann wird allmählich nervös. Es wird 10.00 Uhr, es wird 10.30 Uhr. Ihr Mann taucht nicht auf.

Udo Brinkmann wird die physiotherapeutische Praxis, die er mit seiner Frau zusammen aufgebaut hat, nie mehr betreten.

Es ist 11.15 Uhr am Mittwoch, dem 4. September 1996. Karl-Heinz Brinkmann, der Vater des Physiotherapeuten, hat sich auf dem Weg in die City gemacht, um der höchst beunruhigten Schwiegertochter beizustehen, dabei ist auch er in Angst und Sorge. Als er die Praxis betritt, kommt ihm eine in Tränen aufgelöste Corinna entgegen. Sie hat vor kurzem den Wagen ihres Mannes auf seinem Stellplatz in der Tiefgarage entdeckt, ein Umstand, der ihre Furcht noch verstärkt, Udo müsse etwas Schreckliches zugestoßen sein.

Der nächste Weg führt Karl-Heinz Brinkmann und seine Schwiegertochter zur Polizei. Auf dem Revier erstatten sie eine Vermißtenanzeige.

»Alle Angehörigen, die einen nahen Menschen vermissen, erwarten von uns, sofort Himmel und Hölle in Bewegung zu setzen«, erzählt später Kriminaloberkommissar Junghähnel, der die Sache von Anfang an mit bearbeitet hat. »Bei der großen Zahl von Vermißtensachen ist das nicht möglich. Außerdem sagt uns die Erfahrung, daß der überwiegende Teil der Verschwundenen innerhalb der ersten 24 Stunden zurückkehrt.«

Udo Brinkmann nicht.

Am Donnerstag, dem 5. September, beginnen dann erweiterte kriminalpolizeiliche Ermittlungen. Schnell ist festgestellt, daß das Verschwinden von Udo Brinkmann nicht mit seinen Lebensgewohnheiten und mit seinem Leumund in Übereinstimmung steht. Brinkmann pflegt pünktlich zu sein. Er versäumt keine Termine. Er liebt seinen Beruf, seine Familie. Niemand aus der Familie und aus seinem Freundes- und Bekanntenkreis kann sich vorstellen, daß ein solcher Mensch einfach alles stehen und liegen läßt und seiner Wege geht. Oberkommissar Junghähnel hat dergleichen schon erlebt, wenn es auch nicht die typischen Fälle sind. Als Inhaber einer Praxis für Physiotherapie steht Brinkmann unter enormem Druck. Dazu kam noch der heftige Ehestreit, und am Morgen folgte möglicherweise ein Katzenjammer: das Gefühl, unverstanden und von allen verlassen zu sein. Das mag ihn dazu getrieben haben, sich dem Druck und der emotionalen Erschütterung zu entziehen.

Corinna Brinkmann hält die Argumente der Kriminalisten für aus der Luft gegriffen, und auch Udos Eltern sind davon nicht überzeugt. Kriminaloberkommissar Junghähnel hält sich diese Option frei. Es werden aber weiterhin die routinemäßigen Ermittlungs- und Fahndungsmaßnahmen durchgeführt, was bedeutet: weitere Befragungen im Umfeld, Verbreiten einer Fahndungsmeldung an alle Polizeipräsidien in Nordrhein-Westfalen und an alle benachbarten Polizeidirektionen anderer Bundesländer, ab Samstag, dem 7.9., dann auch bundesweit; schließlich Vorbereiten einer Pressemeldung, die am 10.9. in der Regionalpresse erscheinen soll. Das ist dann aber nicht mehr notwendig, denn Udo Brinkmann wird am Morgen des 9. Septembers gefunden.

Der 56-jährige Invalidenrentner Gerhard Rutkowski gehört zu jenen Menschen aus dem Ruhrpott, deren Vorfahren einst aus Polen zugewandert sind, um im Bergbau ein Auskommen zu finden. Im Jahre 1996 leben die Rutkowskis bereits in dritter Generation in Deutschland, und sie empfinden sich auch eher als Deutsche denn als Polen. Das einzige, was sie mit der alten Heimat noch verbindet, ist ihr Glaube.

Am Morgen des 9. September 1996 ist Gerhard Rutkowski wie an jedem Morgen unterwegs, weil er seinen Dobermann Karol ausführen will. Der Weg, den er dabei täglich zurücklegt, kennt nur geringfügige Varianten. Rutkowski bewohnt seit drei Jahrzehnten mit seiner Familie ein kleines Haus in Gelsenkirchen-Bismarck, gar nicht weit vom Ruhr-Zoo entfernt.

Beim allmorgendlichen Gassi-Gehen schlägt Rutkowski

den Weg zum Rhein-Herne-Kanal ein. Es ist 7.45 Uhr. Gerhard Rutkowski hat den Kanal erreicht. Plötzlich fährt er vor Schreck heftig zusammen. Ein menschlicher Kopf ragt aus dem Wasser und tanzt mit den leichten Wellen auf und ab.

Gerhard Rutkowski läuft zum nächstgelegenen Wohngrundstück. Von einem Anwohner läßt er den Notruf anwählen.

Die Wasserschutzpolizei trifft um 8.12 Uhr, die Feuerwehr um 8.17 Uhr am Ereignisort ein. Aus dem Rhein-Herne-Kanal wird ein vollständig bekleideter Mann geborgen. Um die Beine des Mannes ist eine etwa zwei Meter lange Stahlkette geschlungen, an der fünf Gullydeckel befestigt sind. Mit diesen schweren Deckeln sollte das Auftauchen des Leichnams aus dem Kanal verhindert werden.

Allein das genügt, um sofort zu wissen, daß hier ein Verbrechen vorliegen muß. Der oder die Täter haben den Kanal an dieser Stelle unweit der Münsterstraßenbrücke offenbar für tiefer gehalten, als er tatsächlich ist.

Als man die Beschreibung des Toten an die Zentrale durchgibt, ahnt man dort sofort, daß es sich um den seit dem 4.9. vermißten Essener Physiotherapeuten Udo Brinkmann handelt, und verständigt das Polizeipräsidium Essen. Von dort reist Oberkommissar Junghähnel an. Später kommen auch Mitarbeiter der Mordkommission des Polizeipräsidiums Essen. Der Leichnam wird in die Rechtsmedizin gebracht, wo ihn Corinna Brinkmann am späten Vormittag als ihren Ehemann identifiziert. Wenig später erleidet sie einen Nervenzusammenbruch. Ein halbes Jahr lang kann sie nicht mehr arbeiten. Nur weil Eltern und Schwiegereltern ihr unter die Arme greifen, verliert sie die physiotherapeutische Praxis nicht.

»Daß ich mich von Udo nicht verabschieden konnte, war schon schlimm genug«, sagt sie zu mir bei einem längeren

Gespräch im Sommer 2001. »Aber was mich noch viel mehr quälte: Daß wir sozusagen im Streit auseinandergegangen sind. Daß uns die Mörder ... Sie haben uns die Chance zur Versöhnung genommen. Noch heute habe ich ein schlechtes Gewissen.«

Corinna Brinkmann bricht in Tränen aus. Ihr Schwiegervater Karl-Heinz legt beruhigend die Hand auf ihren Arm, aber auch in seinen Augen stehen Tränen.

»Man schmeißt doch nicht einfach einen Menschen weg«, sagt er verzweifelt und mit belegter Stimme.

Dem Leichenfund im Rhein-Herne-Kanal folgen langwierige Ermittlungen der Essener Mordkommission unter Leitung des Ersten Kriminalhauptkommissars Ulrich Aschweiler. Im Mittelpunkt steht zunächst die Rekonstruktion der letzten Lebensstunden von Udo Brinkmann.

Die Obduktion durch den Rechtsmediziner erbringt dafür nur ungewisse Anhaltspunkte. So können weder genaue Aussagen zum Todeszeitpunkt noch zur Todesursache gemacht werden. Der Tod ist nach Schätzungen des Obduzenten zwischen Donnerstagmorgen und Freitagmorgen eingetreten; exakter läßt sich die Todeszeit nicht eingrenzen. Was die Todesursache betrifft, bleibt auch diese unklar. Der Rechtsmediziner entdeckt zwar eine klaffende Wunde am Hinterkopf, doch handelt es sich dabei nur um eine Fleischwunde, während am Schädelknochen oder am Hirn selbst keine Verletzungen festzustellen sind. Die Wunde am Kopf wird daher als marginal eingestuft. Bei der äußeren Betrachtung des Körpers findet der Arzt an den Hand- und an den Fußgelenken Farbspuren und Reste von Klebstoff, der nach der Laboruntersuchung zweifelsfrei einer Sorte von Klebebändern zugeordnet werden kann, wie sie beim Streichen von Fensterrahmen zum Abkleben der Fenster benutzt werden. Bei der Farbe handelt es sich um weißen Fensterlack.

Trotz gründlicher Untersuchung der inneren Organe werden keine Veränderungen an ihnen festgestellt, die unmittelbar den Tod zur Folge haben könnten. Nur mit Udo Brinkmanns Herz ist etwas nicht in Ordnung. Der Obduzent stellt einen angeborenen Herzfehler fest. Nach einer Befragung von Ehefrau und Eltern und auch nach Einsicht der Krankenunterlagen beim Hausarzt steht fest, daß Udo Brinkmann von diesem Herzfehler nichts wußte und er auch nie diagnostiziert worden ist. Offenbar führte der Fehler nicht zu einer Einschränkung der Leistungsfähigkeit von Brinkmann, der sehr gern Sport trieb und sogar, wenn es seine knappe Zeit erlaubte, zum Tauchen ging, eigentlich eine für Menschen mit einem kranken Herzen ungeeignete Sportart.

Im Zusammenhang mit Streß und großer Erregung allerdings, so meint der Rechtsmediziner, könne der Herzfehler durchaus die Ursache des Todes von Udo Brinkmann gewesen sein. Sein Herz sei dann einfach stehengeblieben.

Daß Brinkmann über viele Stunden extremem Streß ausgesetzt gewesen ist, davon sind die Ermittler sehr bald überzeugt. Ihnen ist klar, daß Udo Brinkmann am Mittwoch, dem 4.9.96, zwischen 9.00 und 9.15 Uhr aus der Tiefgarage an der Lindenallee entführt worden sein muß.

Anhand der Bewegungen auf dem Konto von Brinkmann können sie nachvollziehen, welche Wege die Täter zurückgelegt haben. Daß sie dafür einen eigenen Wagen benutzten, steht außer Frage, und auch, daß es bei einem Mann von Brinkmanns Statur mindestens zwei Täter gewesen sein müssen, bezweifelt niemand.

Bereits drei Tage nach dem Leichenfund stellen die Mitarbeiter von Ulrich Aschweiler ein Ereignis-Wegstrecken-Diagramm auf, aus dem sich ablesen läßt, wann sich die Täter an welchem Ort aufgehalten haben. Natürlich weist dieses Diagramm große Lücken auf. Vermerkt ist neben Zeit und Ort der Entführung und neben Zeit und Ort des Leichenfunds wann und wo Brinkmanns Euroscheckkarte zum Einsatz kam.

Udo Brinkmanns Entführer sind am 4. und 5. September kreuz und quer durchs Ruhrgebiet und dessen Umgebung gefahren mit dem Ziel, sich Bargeld zu beschaffen. Der erste Geldautomat, an dem sie um 11.40 Uhr 400 DM abheben, befindet sich in einer Volksbankfiliale in Remscheid. Nur wenige Minuten Weges davon entfernt, bei der Deutschen Bank, werden noch einmal 600 Mark gezogen. Damit ist das Limit der Karte erreicht. Trotzdem unternehmen sie einen weiteren Abhebeversuch um 16.02 Uhr bei einem Geldautomaten der Hauptpost in Essen und um 16.21 Uhr bei einem Automaten der Verkehrsbank auf dem Essener Hauptbahnhof – beide Orte sind nur zwischen 100 und 200 Meter von der Tiefgarage in der Lindenallee entfernt. Geld erhalten die Täter nicht.

Einen letzten Versuch an diesem Tag unternehmen sie in Gelsenkirchen. Bei einer dortigen Filiale der Dresdner Bank in der Nähe des Hauptbahnhofs wird wieder kein Geld ausgespuckt. Dafür wird einer der Täter von einer im Bankomaten verborgenen Kamera frontal fotografiert. Die Essener Kripo bekommt ein scharfes Foto, das sich hervorragend für Fahndungszwecke eignet.

Am kommenden Tag, dem Donnerstag, setzen die Täter ihren Raubzug fort. Um 1.26 Uhr heben sie 1000 Mark beim Postbankautomaten in der Hauptpost von Essen ab. Dann machen sie sich auf den Weg nach Süden. Wohl weil sie am Vortag dort so erfolgreich waren, ist die Deutsche-Bank-Filiale in Remscheid ihr Ziel. Auf der Fahrt dorthin tanken sie an einer Autobahntankstelle um 2.25 Uhr. Sie erwerben außerdem drei Päckchen Zigaretten verschiedener Sorte, wie aus dem Rechnungsduplikat der Kasse hervorgeht. Die getankte Menge und die Art des Kraftstoffs erlauben den Ermittlern Rückschlüsse darauf, daß die Täter entweder eine Limousine der Oberklasse oder einen Kleinlaster benutzt haben.

In Remscheid gibt es kein Geld. Im Gegenteil, die Euroscheckkarte wird eingezogen. Obendrein wird der eine Täter noch einmal aufgenommen, allerdings nicht von einer im Geldautomaten eingebauten Kamera, sondern von der Videokamera, die den Vorraum mit den Kontoauszugdruckern und Geldautomaten überwacht. 2 198,40 DM und die 110 Mark aus Brinkmanns Portemonnaie haben die Täter insgesamt erbeutet. Für diese Summe mußte der Familienvater sterben.

Aus dem Ereignis-Wegstrecken-Diagramm und dem sich darin widerspiegelndem Täterverhalten folgern die Ermittler, daß die Täter vermutlich keine oder nur geringe Kenntnisse des deutschen Geldsystems haben, also beispielsweise die Limits von Geldkarten nicht kennen und daher möglicherweise aus dem Ausland stammen.

Der Mann, der zweimal aufgenommen wurde, ist sehr dick, hat einen Bierbauch und Bartstoppeln im Gesicht, trägt Jeans, ein kariertes Oberhemd und eine Lederjacke, die aussieht, als könne er sie nicht mehr schließen. Vermutlich ist er zwischen 35 und 40 Jahre alt. Sein Haar wirkt dunkel auf den Schwarzweißaufnahmen und etwas wirr, als sei er gerade aufgestanden.

Nach ihm wird eine bundesweite Personenfahndung ausgelöst. Zur Sachfahndung ausgeschrieben sind die Besitztümer von Udo Brinkmann, die bei der Leiche nicht gefunden wurden. Dabei handelt es sich um eine wertvolle Taucheruhr, um ein ebenfalls nicht gerade billiges Lederportemonnaie einschließlich Inhalt und um einen Schlüsselbund mit 5 Sicherheitsschlüsseln und dem Eiffelturm als Anhänger.

Zu klären haben die Kriminalisten unter anderem die Frage, ob Brinkmann gezielt oder zufällig als Opfer ausgesucht wurde und ob es für die Entführung und den Tod auch andere Motive außer der Bereicherungsabsicht geben kann. Hierzu werden intensive Umfeldermittlungen durchgeführt. Immerhin kann die Tat auch ein Racheakt sein, und der Diebstahl des Geldes war sozusagen nur ein Nebeneffekt. Womöglich sollte Brinkmann nur mehrere Tage entführt und gequält und dann wieder freigelassen werden – warum auch immer.

Es finden sich keine Anhaltspunkte für eine solche These. Udo Brinkmann hatte, wie jeder Mensch, nicht nur Freunde, aber er hatte keine ihm gegenüber ausgesprochen feindselig eingestellten oder von tiefem Haß gegen ihn erfüllten Bekannten oder Geschäftspartner, die zu einer tödlichen Rache motiviert und obendrein auch noch fähig wären.

Geklärt werden muß auch, woher die Gullydeckel und die nagelneue verchromte Stahlkette stammten, mit denen Brinkmanns Leiche im Rhein-Herne-Kanal versenkt worden war, wobei er nur bis zu einem Betonvorsprung versank. Die Kette lockerte sich aufgrund der Strömung und des Schiffsverkehrs dann so weit, daß Brinkmanns Kopf über der Wasseroberfläche auftauchte.

Solche Stahlketten werden in jedem Baumarkt gehandelt. Anders sieht es naturgemäß mit Gullydeckeln aus. Und tatsächlich treffen auch Hinweise über deren Herkunft ein, aber erst im November.

Da alle Ermittlungsansätze ergebnislos blieben, entschieden

der zuständige Staatsanwalt und der MoKo-Chef Aschweiler, die Öffentlichkeitsfahndung zu verstärken und auf das gesamte Bundesgebiet auszudehnen. Für diese überregionale Fahndung nutzten sie auch die MDR-Sendung »Kripo live«, während sie im regionalen Bereich den WDR und die Printmedien einbezogen. So kam es, daß sich Mitte November die Hinweise wegen gestohlener Gullydeckel häuften.

Die Herkunft von drei der fünf Deckel konnte geklärt werden. Die Täter hatten sie in Altenessen Nord einfach aus der Straße gehoben. Niemand hatte sie dabei beobachtet, aber verschiedene Anwohner hatten später das Fehlen der Gullydeckel bemerkt und daraufhin die Abwasserbetriebe informiert. Längst deckten wieder neue Deckel die Schmutzwassersammler ab.

Auch mit dieser Spur ließ sich nur wenig anfangen. So konzentrierten sich alle Hoffnungen auf die Bilder aus den Überwachungskameras. Wer ist der Mann auf den Fotos? Die Frage blieb bis ins Jahr 1997 hinein ohne Antwort. Daß niemand den auf dem Frontalbild so deutlich zu sehenden dicken Mann erkannte, verstärkte den Verdacht, es müsse sich um ausländische Täter handeln, die nach der Tat in ihr Heimatland zurückgekehrt sind.

Bis zum Februar 1997 mußten die Ermittler aus Essen warten, dann klärte sich ihr Fall auf eine unspektakuläre Weise, ja, fast von allein. Der fotografierte Täter hielt den Druck seines Gewissens nicht mehr aus und vertraute sich seiner neuen Freundin an. Diese ging zur Polizei. Am 12. Februar 1997 offenbarte sie während einer förmlichen Zeugenvernehmung die Namen beider Täter: Ferdinand Hacker und Ruslan Boldyrew.

Sie werden festgenommen. Überrascht sind die Ermittler von Hackers Aussehen. Der Mann gleicht seiner Frontalaufnahme aus der Überwachungskamera kaum: Er trägt nämlich einen langen, verwilderten Bart, außerdem hat er abgespeckt.

Die mehrtägige Verhandlung gegen die beiden Männer findet im Dezember 1997 vor dem Landgericht Essen statt. In Auswertung der Beweisaufnahme kommen die Richter hinsichtlich des tatsächlichen Tathergang zu folgender Überzeugung:

Am Morgen des 4. September 1996 entfernte Hacker seinen Bart vollständig, holte mit dem gemieteten VW-Transporter seinen Komplizen Boldyrew von Essen-Kupferdreh ab und fuhr mit ihm in die Innenstadt. In der von ihnen als Ort des Überfalls auserkorenen Tiefgarage in der Lindenallee stellten sie das Fahrzeug im 1. Untergeschoß hinter einer Mauer ab und begaben sich zu der vorher ausgewählten Stelle, von der aus sie die Einfahrt beobachten konnten. Kurz nach 9.00 Uhr befuhr Udo Brinkmann mit seinem Mercedes die Tiefgarage. Wegen dieses Wagens und auch, weil ihr späteres Opfer im mittleren Alter und kräftig zu sein schien, beschlossen Hacker und Boldyrew, genau diesen Mann zu überfallen, also bezog jeder seinen Posten. Hacker zwängte sich in die Lücke zwischen Transporter und Wand, Boldyrew begab sich auf der gegenüberliegenden Seite in eine ähnliche Position zwischen einem geparkten Kraftfahrzeug und einer Mauer. Nachdem Udo Brinkmann den Mercedes auf seinem Stammparkplatz abgestellt hatte, mußte er auf dem Weg zur Treppe an den beiden Tätern vorbei; eine Alternative hatte er nicht. Als er die Stelle erreichte, stürzten sich die Angeklagten mit den Elektroschockern in der Hand auf ihn und gaben mehrere Stromströße ab. Wider Erwarten ging Brinkmann nicht zu Boden. Im Gegenteil, er wehrte sich mit ganzer Kraft gegen den Angriff, schrie aber nicht um Hilfe. Gegen zwei Männer konnte

Brinkmann nichts ausrichten. Während des Handgemenges stürzte er rücklings nieder und schlug mit dem Hinterkopf auf den Boden. Der Sturz bewirkte bei ihm eine vorübergehende starke Benommenheit, die von den Tätern ausgenutzt wurde: Sie ergriffen den stark blutenden Brinkmann an Armen und Beinen, trugen ihn die wenigen Meter zum Transporter und warfen ihn auf die Ladefläche, auf der sich noch mehrere Müllsäcke mit Tapetenresten und ein Stoffbeutel befanden, der von Mira Groszek stammte. Sie schlossen die Hecktüren und fuhren so schnell wie möglich aus der Tiefgarage. Hacker lenkte den Wagen zum Hauptbahnhof, wo er die Unterführung unter den Gleisen befuhr. Über Kruppstraße, Bismarckplatz und Bismarckstraße ging es dann zu Alfredstraße und nach Süden.

In der Norbertstraße beim Gruga-Messegelände hielten die Angeklagten zum ersten Mal an. Sie stiegen aus ihrem Fahrzeug und warfen einen Blick auf die Ladefläche. Udo Brinkmann hatte sich mittlerweile erholt. Als sie dies feststellen, griff Hacker sofort nach dem Stoffbeutel und stülpte ihn dem Opfer über den Kopf. Mit dem Abklebeband aus den Tapezierresten fesselten sie Brinkmann an Händen und Füßen. Sie durchsuchten ihn, nahmen die Camel-Brieftasche an sich und setzten dann ihre Fahrt fort. Wieder auf der Alfredstraße beschlossen sie, keine Geldabhebungen in Essen vorzunehmen, sondern in einer anderen Stadt. Hacker schlug Remscheid vor, womit Boldyrew einverstanden war. So konnten sie ihren Weg auf der Bundesstraße 224 vorerst fortsetzen.

Beim Heissiwald hielten die Täter zum zweiten Mal an. Diesmal war ihr Ziel, von ihrem Opfer die PIN der ec-Karte zu erpressen, die sich in der Geldbörse befunden hatte. In seiner Todesangst war Brinkmann sofort bereit, die Nummer preiszugeben. Er bat Hacker und Boldyrew flehentlich, ihm die Fußfesseln zu lösen. Dieser Bitte entsprachen sie.

Daß die Euroscheckkarte irgendwann eingezogen werden würde, weil die Angehörigen das Konto sperren ließen, war beiden Tätern klar. Sie rechneten damit, daß sie bis spätestens Sonntag, dem 8. September, über Geld verfügen könnten. Nach dem Einzug der Karte in einen Geldausgabeautomaten wollten sie Brinkmann in der Nähe eines Krankenhauses freilassen.

Im Gegensatz zur Annahme der Kripo war ihnen das Kartenlimit durchaus bekannt. Sie wußten, daß sie täglich bis tausend Mark abheben konnte, und unternahmen die mehrfachen Versuche nur in der Hoffnung, die Informationsübermittlung von einer Bank zur nächsten würde vielleicht längere Zeit in Anspruch nehmen, was ein Irrtum war. Bis einschließlich Sonntag wären also maximal 5 000 Mark möglich gewesen, das heißt, 2 500 Mark für jeden. Hier wird die ganze Unüberlegtheit und Absurdität dieses Verbrechens deutlich. Die Kosten, die der Mietwagen verursacht hatte, beliefen sich bereits auf knapp 1 100 Mark, dazu kamen noch die Elektroschockgeräte für jeweils fast 150 Mark sowie Kosten für Nahrungsmittel, Getränke und Zigaretten während der Entführung, Spritkosten, später außerdem die Kette aus dem Baumarkt usw. Da Hacker und Boldyrew nicht einmal die geplanten 5 000 DM ergattern konnten, haben sie für ihr kriminelles Unternehmen erheblich draufgezahlt. Wenn man dann noch berücksichtigt, daß sie das nicht erbeutete Geld im Vorfeld bereits mehrfach ausgegeben haben, muß man ihnen wohl eine groteske Einfalt unterstellen.

Mit der Fahrt nach Süden begann jene Tour, die von der Kriminalpolizei in ihrem Ereignis-Wegstrecken-Diagramm rekonstruiert worden ist. Zuerst ging es nach Remscheid. Die weiteren Stationen sind bekannt.

In der Beweisaufnahme stellt sich heraus, daß sich Hacker und Boldyrew sehr wohl bewußt waren, bei Abhebungen am Geldautomaten Gefahr zu laufen, fotografiert zu werden. Deshalb hatte sich Hacker im Vorfeld ja den Bart abrasiert, also sein Aussehen verändert. Ruslan Boldyrew hat nicht ein einziges Mal versucht, mit Brinkmanns Karte Geld abzuheben, er blieb immer im Wagen. Sein Vorwand: Er verwies auf seine mangelnden Sprachkenntnisse – ganz so naiv war er also doch nicht.

Einige Lücken im Ereignis-Wegstrecken-Diagramm konnten während der Gerichtsverhandlung geschlossen werden. So fuhren die Täter am Mittwoch kurz vor Mitternacht zur neuen Wohnung von Ferdinand Hacker, um eine Matratze und eine Decke für ihren Gefangenen zu holen. Sie versorgten Brinkmann auch mit Getränken, Nahrungsmitteln und Zigaretten und erlaubten ihm, während ihrer Touren an einsamen Orten seine Notdurft zu verrichten. Damit er trinken und rauchen konnte, hatte Hacker mit einem Tapeziermesser, das irgendwo auf der Ladefläche herumlag, einen Schlitz in den Stoffbeutel geschnitten. Abnehmen durfte Brinkmann den Beutel nie, schließlich soll er seine Entführer nicht zu Gesicht bekommen.

Nach dem gescheiterten Abhebeversuch am frühen Donnerstagmorgen in Remscheid lenkt Hacker den Wagen erst einmal nach Mühlheim, um bei der Autovermietung Buntes abermals eine Vorauszahlung zu leisten, und zwar über 220 DM. Die beiden Männer überlegen, wie sie sich trotz der eingezogenen Karte noch ein paar Tage von Brinkmanns Konto bedienen können. Obwohl sie nur wenige Worte mit ihrem Opfer gewechselt haben, wissen sie von seiner Praxis in Essens City. Da sie erwarten, eventuell in der Praxis Geld oder sogar Kreditkarten vorzufinden, lassen sie Brinkmann noch nicht frei.

In Mühlheim treffen sie gegen 5.00 Uhr ein. Da es noch zu früh und die Mietwagenfirma daher geschlossen ist, gehen sie in eine Eckkneipe, die zu dieser Zeit noch oder bereits wieder geöffnet hat. Dort frühstücken sie. Sie bringen auch für Udo Brinkmann zwei belegte Brötchen mit. Ihre Getränke hat er zwar angenommen, und auch ein paar Zigaretten hat er geraucht (mit vor den Bauch gefesselten Händen natürlich), doch die Nahrungsaufnahme verweigert er. Außer einem Brötchen mit Salami hat er seit der Entführung in der Tiefgarage nichts gegessen. Hacker und Boldyrew finden, daß er nun unbedingt essen müsse. Notfalls wollen sie ihn mit sanfter Gewalt zur Nahrungsaufnahme zwingen.

Es ist Donnerstag, der 5. September, 6.30 Uhr. In einer halben Stunde wird der Autoverleih Buntes seine Pforten öffnen. Hacker und Boldyrew machen die Hecktüren des Transporters auf. Sie tippen den auf der Matratzen unter der Decke liegenden Brinkmann an, weil sie glauben, er schliefe. Udo Brinkmann rührt sich nicht. Er ist tot.

Beide Täter, die ja ihre erste Straftat begangen haben, sind schockiert. Nun haben sie eine Leiche am Hals. In ihrer Panik fahren sie erst einmal einige Zeit durch Mühlheim und können kaum einen klaren Gedanken fassen. Irgendwann überlegen sie doch, was sie nun tun sollen. Sie beschließen, erst einmal wie geplant für die Verlängerung des Mietwagens Vorschuß zu leisten. Nachdem das erledigt ist, fahren sie wieder los. Hacker lenkt den Wagen schnurstracks von Mühlheim in die Essener City, eine irrationale Entscheidung, denn die Nähe des Überfallortes beantwortet ihnen ihre Fragen auch nicht. Nach und nach gewinnt dann wieder ein halbwegs kühles Nachdenken die Oberhand. Fest steht: Die Leiche muß entsorgt werden.

Das soll auf keinen Fall in Essen geschehen. Nun ist Essen

eine Großstadt, und eine im Norden versteckte Leiche läßt nicht unbedingt auf Täter aus dem Süden der Stadt schließen, aber offenbar wollten beide Täter das Opfer nicht in dem Ort wissen, in dem sie leben. Die Vorstellung muß ihnen Unbehagen bereitet haben, also lenkt Ferdinand Hacker den Transporter auf der Gladbecker Straße zum Autobahnkreuz Essen Nord. Nördlich von diesem Knotenpunkt befinden sich sowohl der Rhein-Herne-Kanal als auch die Emscher. Als den Angeklagten dieser Umstand zu Bewußtsein kommt, fällt ihnen auch ein Weg ein, die Leiche verschwinden zu lassen, und zwar, wie sie hoffen, auf Nimmerwiedersehen.

Beim Autobahnkreuz fährt Hacker zwar auf den Emscherschnellweg, verläßt ihn aber schon bei der nächsten Abfahrt Altenessen wieder. Er biegt von der Karlstraße in eine Seitenstraße und hält an. Gemeinsam überlegen Boldyrew und Hacker, wie beziehungsweise womit man einen Toten so beschweren könne, daß er aus dem Kanal nie wieder auftaucht. Als Boldyrews Blick auf einen Gully fällt, findet er auch die Antwort. Da der VW-Transporter keine Aufschrift der Vermietung aufweist, legen sie sich als Ausrede zurecht, von den Abwasserbetrieben zu sein und die Gullydeckel für eine Runderneuerung einzusammeln. So geschieht es dann. Fünf Gullydeckel von verschiedenen Stellen nehmen den Weg auf die Ladefläche. Fragen stellt von den Anwohnern und den Passanten niemand.

In einem Baumarkt erwerben Hacker und Boldyrew noch die etwa zwei Meter lange Kette, dann kehren sie auf den Emscherschnellweg zurück und fahren nach Nordosten, das heißt, erst einmal nach Gelsenkirchen. Ursprünglich wollten sie ihren Weg noch fortsetzen, aber bei der Brücke über die Münsterstraße kommen Hacker der Ruhr-Zoo und das nördlich von ihm befindliche Kanalufer in den Sinn. Bei der Abfahrt Gelsenkirchen-Bismarck verläßt er daher die Autobahn. Mittlerweile ist es Mittag geworden. Hacker stellt den VW-Transporter auf dem Parkplatz vor dem Ruhr-Zoo ab, dann checken die beiden Täter das Kanalufer. Unter der Münsterstraßenbrücke finden sie den idealen Ort, Brinkmann für immer im Wasser verschwinden zu lassen.

Hacker und Boldyrew warten bis zur Dämmerung, schlagen also viele Stunden in Gelsenkirchen tot und trinken dabei ein paar Gläser Bier. Am Abend dann fahren sie mit dem Transporter so weit wie möglich an den Kanal. Sie nehmen dem Toten die Uhr und auch den Schlüsselbund ab, angeblich um eine Identifizierung zu verhindern; daß sie womöglich planen, doch noch in die Praxis des Physiotherapeuten einzusteigen und dort nach Geld oder Wertgegenständen zu suchen, konnte nicht bewiesen werden. Hacker und Boldyrew tragen Brinkmanns sterbliche Überreste den Rest des Weges bis an die Böschung, schleppen die Gullydeckel hinterher, befestigen sie mittels der Kette an Brinkmanns Beinen und lassen ihr Opfer dann ins Wasser gleiten. So schnell wie möglich kehren sie nach Essen zurück. Sie trennen sich, und Ferdinand Hacker behält den Transporter noch bis Montagmorgen, wie es mit der Firma Buntes vereinbart ist. Er reinigt das Fahrzeug gründlich, verwischt alle Spuren und liefert den Wagen pünktlich ab. Er entrichtet dafür noch einmal 250 Mark. Das Unternehmen der beiden Ganoven endet mit einem finanziellen Fiasko.

An der wirtschaftlichen Situation von Hacker und Boldyrew ändert sich in den Wochen und Monaten bis zu ihrer Verhaftung nichts. Beide gehen weiterhin stempeln und kommen mehr schlecht als recht über die Runden. Neben den Sorgen um das Einkommen ist nun aber auch die Angst vor Entdeckung ihr täglicher Begleiter. Besonders Ferdinand Hacker leidet unter dem, was sie getan hatten. Wenn er gar nicht damit rechnet, schießt ihm die Tat in den Sinn. Er sieht wieder den Leichnam auf der Ladefläche vor sich, sieht dessen bleiche Haut, erinnert sich an das Gefühl, das die Berührung des Toten ausgelöst hat, und hört die Geräusche, die das Versenken ihres Opfers im Kanal verursachte. Ferdinand Hacker, der stolz darauf war, fast immer traumlos zu schlafen, beginnt zu träumen. Die Trauminhalte sind negativ. Häufig träumt er sogar von dem Physiotherapeuten, der in von der Tat völlig losgelösten Traumsituationen auftritt, etwa in Schul-, Prüfungs- oder anderen von Versagensangst bestimmten Träumen. Sowohl die Erinnerungen als auch diese Träume lösen bei Hacker heftige körperliche Reaktionen und Beklemmungen aus, Schweißausbrüche und Herzschmerzen. Ferdinand Hacker hat immer gern dem Alkohol zugesprochen. Nun trinkt er täglich und beginnt manchmal schon am Vormittag. Schließlich, er hat seit ein paar Wochen eine neue Freundin, hält er es nicht mehr aus. Er muß jemandem sein Herz ausschütten, sonst wird er irgendwann zusammenbrechen, also vertraut er sich der Freundin an.

Ruslan Boldyrew fällt es leichter, mit der Tat und mit seiner Schuld fertigzuwerden. Am 17. Oktober wird er Vater. Die Freude ist zwar nicht ungetrübt, aber das Kind ermöglicht ihm, sich abzulenken und das Verbrechen besser zu verdrängen. Dieses Verdrängen gelingt aber nur bis zu einem gewissen Grade.

Es sind alltägliche Dinge und Handlungen, von denen die Erinnerung an Brinkmanns Tod ausgelöst wird. Das kann der Gang zu einem Geldautomaten sein oder der Anblick einer Kuh im Fernsehen, eine harmlose Bemerkung seiner Lebensgefährtin Jacqueline oder ein Läuten an der Wohnungstür zu einer ungewöhnlich frühen oder späten Stunde. Amtlich wirkende Post löst erst einmal einen Schreck und Händezittern aus, und manchmal, auf der Straße oder bei einem Bier in der Kneipe, fühlt sich Boldyrew beobachtet. Nach wie vor kurvt er gern mit seinem Moped durch die Gegend. Nach Velbert fährt er nicht mehr.

Den Schlüsselbund, den er Udo Brinkmann abgenommen hat, wirft Boldyrew bereits am Tag nach der Tat in den Müll. Die Taucheruhr hat er behalten und später einem Verwandten zu Weihnachten geschenkt. Dort wurde sie beschlagnahmt, und einige Monate nach Abschluß des Gerichtsverfahrens der Witwe übergeben.

Nachdem Ferdinand Hacker und Ruslan Boldyrew Udo Brinkmanns Leichnam im Rhein-Herne-Kanal versenkt hatten, trennten sich ihre Wege. Die in der Velberter Eckkneipe geschlossene Freundschaft war zerbrochen. Erst im Gerichtssaal sind sich die beiden Kompagnons wiederbegegnet. Ruslan Boldyrew jedoch hatte seinen Komplizen Hacker in den Monaten nach dem 5. September 1996 hin und wieder gesehen: Bartlos und mit vorgestrecktem Bierbauch auf einem Fahndungsfoto aus der Überwachungskamera. Das hat ihm mehrere schlaflose Nächte beschert, aber je mehr Zeit verging, desto mehr schwand auch seine Angst, bis er sich schließlich sicher glaubte.

Das Gericht hatte während der Beweisaufnahme auch die Frage zu untersuchen, ob die Angeklagten den Tod ihres Entführungsopfers billigend in Kauf nahmen. Udo Brinkmann hat etliche Stunden mit einer Kopfverletzung und in Angst und Schrecken verbringen müssen. Er war die ganze Zeit gefesselt, über seinen Kopf hatte man einen Stoffbeutel gestülpt. All diese Faktoren waren Grund für starke Panik, für extremen Streß. Unter diesen Umständen hätte auch ein körperlich gesunder

Mensch gesundheitliche Schäden davontragen können und wäre vielleicht ebenfalls gestorben. Daher sahen die Richter die Tatsache, daß die Täter von Brinkmanns Herzkrankheit nichts wissen konnten, nicht als Strafmilderungsgrund an. Nach ihrer Auffassung hätten Hacker und Boldyrew mit Udo Brinkmanns Tod rechnen können.

Das Gericht verurteilte beide Täter wegen erpresserischen Menschenraubs mit Todesfolge. Boldyrew mußte für elf Jahre, Hacker für zehn Jahre hinter Gitter.

Das verschwundene Zeugenpaar

Der Fall Anneliese Winter

Anneliese Winter wollte immer hundert Jahre alt werden. Im späten Frühling des Jahres 2000 hat sie noch etwas mehr als sieben Jahre vor sich, um dieses Ziel zu erreichen. Im August würde die rüstige alte Dame ihren 93. Geburtstag feiern. Daß ihr außer vielleicht ihrer Gesundheit etwas oder jemand einen Strich durch die Rechnung machen wird, kann sie sich nicht vorstellen.

Frau Winter wohnt in einer ehemaligen Stadtrandsiedlung von A. Vor Jahren noch mußte man nur einige hundert Meter die Straßen weiter Richtung Osten laufen, und schon befand man sich in einem anderen Ort. Schon damals war die Grenze zwischen der Großstadt und dem Vorort nicht zu erkennen, gingen Stadt und Vorstadt ineinander über. Vor einiger Zeit wurde der Vorort nach A. eingemeindet. Trotzdem hat das Viertel, in dem Anneliese Winter lebt, Vorstadtcharme. Das liegt wohl vor allem daran, daß die Bebauung nicht so hoch ist wie in der Innenstadt. Zwei- bis dreigeschossige Bauten aus der Zeit der Wende vom 19. zum 20. Jahrhundert prägen die Gegend, und die Gewerbebetriebe sind vor allem handwerklicher Natur.

Das Haus, in dem Anneliese Winter seit mehr als 50 Jahren wohnt, stammt aus der Gründerzeit. Sie ist Mieterin einer kleinen Mansardenwohnung, die nur aus einem Wohnraum, einer Kammer, einer Küche und einem winzigen Badezimmer besteht. Trotzdem haben Anneliese und ihr vor Jahren verstorbener Mann Hans das Kunststück fertiggebracht, auf diesem engen Raum harmonisch miteinander zu leben.

Hans Winter war ihr dritter Mann. Es hat nie eine Scheidung gegeben, die Ehegatten sind alle gestorben. Annelieses erster Mann ist im Krieg geblieben, der zweite erlag in den 60er Jahren einer schweren Krankheit, der letzte, Hans also, starb an Altersschwäche. Jede dieser drei Ehen blieb kinderlos.

Anneliese Winter lebt daheim sehr bescheiden. Sie schläft in der Küche zwischen dem alten Küchenschrank und dem Fenster. Schuhe, Werkzeuge, Hausrat und Dauerkonserven verstaut sie in der Kammer. Das Wohnzimmer ist gemütlich eingerichtet, aber alle Möbel sind schon älteren Datums. Neu ist allein das Fernsehgerät.

Der einfache Lebensstil der alten Frau bedeutet aber nicht, daß sie ein Kind von Traurigkeit wäre oder ein geiziger Mensch. Im Gegenteil. Die Rentnerin leistet sich jedes Jahr einen Urlaub innerhalb Deutschlands. Kurz nach der Wende stieß sie in der Zeitung auf die Anzeige eines Reisebüros, das speziell für Senioren Ferienfahrten anbietet. Mit diesem Veranstalter fährt sie seither. Im Vorjahr ist sie am Bodensee gewesen. Dort hat es ihr so gut gefallen, daß sie auch im August des Jahres 2000 wieder dorthin fahren möchte. Die Reise, die sich Anneliese Winter quasi zum Geburtstag schenkt, ist längst gebucht.

Die Frau, die zwei Weltkriege, die Hungerjahre in den 20ern und den Faschismus miterlebte, hat ihr ganzes Leben lang bis zur Rente fleißig gearbeitet. Sie ist zuletzt Näherin in einer Fabrik für Täschnerwaren gewesen, und die Tage, die sie wegen Krankheit fehlte, kann man an einer Hand abzählen. Auf ihrer letzten Arbeitsstelle hat sie sich mit Magda Bohn angefreundet, einer etwa gleichaltrigen Kollegin. Ungefähr zur gleichen Zeit sind die beiden Freundinnen dann auch in Rente gegangen. Später hielten sie noch lange Kontakt, der mal enger, mal etwas lockerer war. Nach dem Tod von Hans Winter wurde die

Beziehung wieder lebendiger. Schließlich wurde die Idee eines Kaffeekränzchens geboren. Magda Bohn brachte noch zwei Frauen aus ihrem Freundeskreis dazu, und so trafen sich die vier alten Damen einmal wöchentlich in einem »Café Central« oder auch im »Sportlerheim«, der Gaststätte in einer Kleingartenanlage, um über Gott und die Welt, die Rente und die Preise zu debattieren.

Doch 1999 kappte Anneliese Winter alle Fäden zu den drei anderen. Sie war zur Geburtstagsfeier einer der Frauen nicht eingeladen worden. Man hatte sie einfach vergessen, was bei dem hohen Alter der Beteiligten wohl verzeihlich ist. Doch die auch geistig noch sehr rege Anneliese konnte es nicht verzeihen. Sie war so verletzt, daß sie an den Kaffeekränzchen nie wieder teilnahm.

Mit dieser Reaktion manövrierte sich Frau Winter allerdings nicht ins soziale Aus, denn sie hat noch andere Menschen, die sie besuchen oder mit denen sie sich treffen kann. Sie kümmerte sich besonders um den Sohn ihrer Schwester, den sie wie ein eigenes Kind liebte. Häufig besuchte sie ihre Schwester, nur um den Neffen zu sehen, und auch der Neffe kam sehr oft zu seiner Tante. Obwohl er mit seiner Frau etwas weiter von A. entfernt aufs Land gezogen, kümmert er sich auch im Sommer 2000 noch um Anneliese. Mittlerweile ist er fast fünfzig und hat selber einen Sohn, Karsten. Karsten lebt in A., und mindestens einmal im Monat besucht er seine Großtante am Stadtrand. Dann erledigt er ihre Bankgeschäfte, was vor allem bedeutet, daß er Anneliese Winter zur Sparkassenfiliale begleitet, wo sie das Geld abhebt, das sie für den folgenden Monat benötigt. Es ist nicht viel. Obwohl Anneliese Winters Rente nicht üppig ausfällt, hat sie doch ein anständiges Sümmchen gespart.

Anneliese Winters Schwester, die vier Jahre jünger war, ist 1994 gestorben. Und auch deren Mann ist 2000 schon lange tot.

Frau Winter bewältigt ihren Alltag noch sehr gut; im Grunde genommen könnte sie auch noch allein zur Bank gehen, aber sie fühlt sich sicherer in Begleitung des Großneffen. Das Leben der Seniorin ist streng ritualisiert. Vielleicht ist diese Regelmäßigkeit das Geheimnis ihres hohen Alters. Modische Anti-Aging-Programme hat sie jedenfalls nicht gebraucht, sie weiß nicht einmal, was das ist. Geraucht hat sie nie, und auch mit dem Alkohol ist sie vorsichtig umgegangen. Wenn sie aus ihrem Fenster schaut, kann Anneliese Winter in einen Park blicken. Die Frauen und Männer, die Alten und die Jungen, die sich dort beim Joggen abrackern, nötigen ihr nur ein Kopfschütteln ab. Was den Sport betrifft, hält sie es mit Winston Churchill: Sport ist Mord. Aber sie wäscht sich jeden Morgen kalt ab, von Kopf bis Fuß. Und dann macht sie schon auch ein paar Kniebeugen.

Es ist Mittwoch, der 12. Juni 2000. Wie an jedem Tag verläßt Anneliese Winter gegen 16.00 Uhr ihre Wohnung, um Besorgungen zu machen. Zu den Wegen, die sie – außer bei extremer Witterung – täglich erledigt, gehört mal ein Besuch auf dem Friedhof, um die Gräber ihrer verstorbenen Männer zu pflegen, mal der Einkauf in der nicht allzu weit entfernten Kaufhalle, sehr selten auch mal ein Arztbesuch oder ein Behördengang. An diesem Nachmittag will Frau Winter einkaufen gehen. Anneliese Winter ist sehr korrekt, ja penibel in allen Lebensdingen, so auch beim Geld. Sorgfältig schaut sie in den Küchenschränken und im Kühlschrank nach, was sie braucht, und notiert es auf einen Einkaufszettel. Dann nimmt sie ihre braune Handtasche, in der sie einen Einkaufsbeutel aus Nylon, ihre Geldbörse und das Schlüsselbund mit sich zu führen pflegt, und begibt sich auf ihren Weg.

Wenn Frau Winkler aus der Haustür tritt, fällt ihr Blick auf den Zugang zum Park, den die alte Dame von ihrem Mansardenfenster so gut einsehen kann, daß sie manchmal gar keinen Fernseher braucht, weil sie nicht nur die Jogger, sondern auch die Liebespaare beobachtet. Der Zugang wird links und rechts von Betrieben gesäumt: Eine Autolackiererei, eine Sattlerei, ein Schlossermeister haben hier ihre Domizile. Anneliese Winter hält sich nach links. Sie kommt an einem Plattenbau vorbei, der früher Montagearbeiter beherbergte und nun ein Hotel ist, das den in dieser Umgebung etwas deplaziert wirkenden Namen »L'age d'or« (Goldenes Zeitalter) trägt. Von dieser Stelle aus kann sie bereits die kleine Kirche sehen, die ebenfalls dazu beiträgt, daß ihr Viertel an manchen Stellen beinahe dörflich wirkt. Die Kirche ist vor einiger Zeit saniert worden. Auch Frau Winter wohnt in einem mittlerweile sanierten Haus. Im übrigen aber haben Hausbesitzer und Bauherren in dieser Gegend noch viel zu tun. Zwischen den sorgfältig hergerichteten Gebäuden fallen die verkommenen Häuser besonders auf. Manche stehen sogar leer, die Fensterscheiben sind zerschlagen, und aus ihrem Inneren dringt ein modriger Geruch.

Etwa auf Höhe der Kirche biegt Anneliese Winter in einen jener Hohlwege, die man hier in Sachsen Schluppe oder auch Schlippe nennt. Immer wieder nötigt ihr das riesige Graffiti auf dem Schaltkasten neben dem Weg ein Kopfschütteln ab; sie mag diese Schmierereien nicht. Narrenhände beschmieren Tisch und Wände, so heißt es doch. Die farbenfrohe Botschaft der jugendlichen Narren versteht sie nicht.

Zwischen der Straße, in der Anneliese Winter wohnt, und der

Ferdinand-Lassalle-Straße verändert das alte Stadtrandviertel gerade sein Gesicht. Hier errichtet ein Investor eine neue Wohnsiedlung, bestehend aus Ein- und Mehrfamilienhäusern. Die neuen Häuser sind weiß gestrichen, und an einem sonnigen Tag wie diesem muß Anneliese Winter die Augen zusammenkneifen, so grell ist dieses Weiß.

Die alte Frau durchquert langsam das im Aufbau befindliche Wohngebiet auf noch unbefestigten Wegen. Auf diese Weise erreicht sie die Kaufhalle in der Ferdinand-Lassalle-Straße – eine Ausfallstraße – von der Rückfront her. Die Kaufhalle heißt jetzt Supermarkt, aber für Anneliese und die meisten, zumindest für die älteren Leute aus der Nachbarschaft, ist sie die Kaufhalle geblieben. Die Waren sind preiswert und trotzdem von überwiegend guter Qualität. Neben dem Supermarkt befindet sich ein mobiler China-Imbiß, der wie üblich von Vietnamesen betrieben wird. Anneliese Winter nickt dem Vietnamesen zu, der gerade in dem Imbiß arbeitet, denn sie ist eine freundliche, aufgeschlossene, eine kontaktfreudige Frau. Der Imbißverkäufer lächelt. Frau Winter setzt ihren Weg fort.

Der Eingangsbereich zur Kaufhalle ist auch ein Platz, an dem sich Menschen treffen, die ihren Lebensmittelpunkt gerade verlieren oder ihn schon verloren haben, es ist ein Ort der Gestrauchelten und Gestrandeten. Menschen, deren letzter, trügerischer Halt oftmals der Alkohol ist, finden sich hier zu lockeren Grüppchen zusammen. Tagsüber erwerben sie das billige Bier aus der Kaufhalle und wohl auch die eine oder andere Flaschen Fusel dazu, nach Verkaufsschluß halten sie sich an den Imbiß. Von acht Uhr bis Mitternacht haben sie so die Möglichkeit, sich nachhaltig zu betrinken. Wohin sie dann gehen, ist ihr Geheimnis. Und manchmal liegt auch im dunkeln, woher sie kommen.

Immer, wenn Anneliese Winter hierher kommt, wechselt sie ein paar Worte oder Sätze mit den Leute, die auf etwas zu warten scheinen. Manchmal gibt sie den abgestürzten, verkommenen, vereinsamten und kranken Frauen und Männern auch ein wenig Geld oder etwas zu essen. Sie ist als mitfühlende Seele beliebt bei den Schattengestalten der Gesellschaft. Einer, der immer auf sie wartet, ist Kurtchen.

Kurtchen ist auch schon Rentner, mit seinen siebenundsechzig Jahren aus Anneliese Winters Sicht aber fast ein junger Mann. Hinter ihm liegt ein wenig glückliches Leben. Er ist nicht gesund, hat es mit der Leber, dem Herzen, den Nieren. Natürlich kommt das vom Alkohol. Anneliese Winter hält aber nichts davon, einem Mann wie Kurtchen Vorträge gegen die Sucht zu halten. Im Gegenteil, mitunter bringt sie ihm eine Büchse Bier mit aus der Halle oder – was ja eigentlich auch vernünftiger ist – eine Knack- oder Bockwurst. Und wenn sie ihm mal nichts kauft, dann kann er fast sicher sein, wenigstens das Markstück aus dem Einkaufswagen zu erhalten und ein paar freundliche Worte sowieso.

Am 12. Juni ist alles wie immer. Kurtchen ist nicht da, aber ein paar der anderen. Anneliese Winter redet mit ihnen. Nach dem Schwätzchen begibt sie sich in die Kaufhalle und erledigt ihre Einkäufe. Sie benötigt nicht viel. Alles, was sie braucht, hat in der Handtasche Platz. Der Nylonbeutel, der ihr als Reserve dient, wird wieder einmal gar nicht benötigt. Nach dem Einkauf macht sich die alte Dame auf den Rückweg. Dort, wo die neue Siedlung entsteht, wird sie von ein paar Bauarbeitern bemerkt. Es ist ungefähr 17.30 Uhr. Dann wird sie noch einmal gesehen. In dem namenlosen Hohlweg, der Schluppe oder Schlippe. Von einem Pärchen und kurz nach 18.00 Uhr: am Boden liegend, zerschlagen, blutüberströmt und sterbend.

Die ersten Polizisten vom nächstgelegenen Revier sind schon sieben Minuten später am Ort, denn das Pärchen hat in der Nachbarschaft Alarm geschlagen und gebeten, man möge sofort die Polizei verständigen. Der Mann und die Frau haben dann aber nicht das Eintreffen der Beamten abgewartet, sondern ihren Weg fortgesetzt.

Was zuerst die Schutzpolizisten, dann die wenig später eintreffenden Kriminalisten und auch die Rettungskräfte der Feuerwehr in dem Durchgang zu sehen bekommen, verdient nur eine Bezeichnung: grauenhaft. Die alte Frau ist so entstellt, vermutlich würde sie nicht einmal ein naher Angehöriger erkennen können. Ihre Verletzungen sind schwer. Was außerdem auffällt: Der Rock der Frau ist hochgeschoben, der Unterkörper unbekleidet. Die Fundsituation weist auf ein unvorstellbares Sexualverbrechen hin, denn trotz der Entstellungen kann man durchaus sehen, daß es sich um ein betagtes Opfer handelt.

Erst einmal muß die alte Frau umgehend in ein Krankenhaus gebracht werden. Die herbeigerufenen Kriminaltechniker beginnen mit der Spurensuche, Kriminal- und Schutzpolizisten schwärmen aus. Sie ziehen in der Umgebung Erkundigungen ein, und da sie das Opfer anhand seiner Kleidung beschreiben können, werden sie schnell fündig. Anneliese Winter, die immerhin seit über 50 Jahren in dieser Straße lebt und außerdem durch einen leicht gebeugten Gang auffiel, war in dem ganzen Viertel zumindest vom Sehen bekannt. Ein Zeuge verweist schließlich auf das Haus, in dem eine Frau wie die beschriebene Person wohnt. In dem Haus selbst erhalten die Ermittler den Hinweis auf die Wohnung unterm Dach. Da bei der schwer verletzten Frau keine Schlüssel gefunden wurden, beschaffen sie sich die Wohnungsschlüssel vom Hausbesitzer, der selbst eine Wohnung in seinem Haus bezogen hat. Dann betreten zwei Ermittler und ein Kriminaltechniker Anneliese Winters Reich.

Das erste Ziel der kriminaltechnischen Untersuchungen in der Wohnung besteht darin, Spurenträger ausfindig zu machen, die mit höchster Wahrscheinlichkeit nur vom Opfer berührt worden sind. Dafür kommen am ehesten persönliche Unterlagen in Frage. So findet sich etwa der Personalausweis von Anneliese Winter, der mehrere Fingerabdrücke aufweist. Auf ihrer Grundlage kann die Frau, die im Krankenhaus mit dem Tode ringt, als Anneliese Winter identifiziert werden.

Am späten Abend des Tattages verstirbt die alte Dame. Die Getötete ist 92 Jahre alt.

Die beiden Ermittler, die dem Kriminaltechniker in die Wohnung gefolgt sind, verschaffen sich einen allgemeinen Eindruck vom Zuhause des Opfers. Alle Räumen wirken penibel aufgeräumt: Anneliese Winter hat in ihrer kleinen Wohnung pedantisch auf Ordnung geachtet. Auf den ersten Blick sieht es nicht danach aus, als hätte jemand etwas entwendet, aber in der Polizeiarbeit gilt als wichtige Devise: Vieles ist nicht, was es anfangs zu sein scheint. So läßt sich zu diesem Zeitpunkt nur sagen: Sollte es einen Diebstahl aus der Wohnung geben, dann hat der Täter zielgerichtet etwas entwendet, von dem er wußte, wo es sich befindet oder befinden muß, dann stammt er also aus dem persönlichen Umfeld des Opfers. Oder er gehört zu jenen Profis, die genau wissen, wo ältere Menschen ihre Wertsachen aufbewahren, ein Umstand, der bekanntlich oft von Trickdieben ausgenutzt wird.

In der Wohnung werden auch Unterlagen sichergestellt, die Aufschluß geben über das Geflecht von Beziehungen, in denen sich Anneliese Winter bewegte. Das sind nicht nur persönliche Beziehungen zu Lebenspartnern, Verwandten oder Freunden, bei bestimmten Personen können es auch geschäftliche Beziehungen sein oder – wie in diesem Falle – Verbindungen zu Rentnerorganisationen, Ärzten, Ämtern usw.

In der sächsischen Stadt A. ist das Dezernat Leben und Gesundheit der Polizeidirektion für Delikte wie das an Frau Winter verübte zuständig. Bereits während sie noch auf der Intensivstation im Krankenhaus liegt, gehen der Dezernatsleiter und seine engsten Mitarbeiter davon aus, daß hier ein Tötungsversuch vorliegt. In A. gibt es keine ständige Mordkommission. Sie wird immer nur zeitweise für die Erfüllung der speziellen Aufgaben einer MoKo gebildet. So ist es auch in diesem Fall. Noch am Abend des 12. Juni beschließt die Dezernatsleitung, eine Mordkommission unter Leitung des Kriminalhauptkommissars Martin Junker zu bilden. Ihr werden die Ermittlungen im Fall Winter übertragen.

Hauptkommissar Junker begibt sich nach der Beratung zum Tatort, dessen Untersuchung sich dem Ende nähert. Die Dämmerung hat eingesetzt. Zur Ausbeute der Kriminaltechniker gehören neben einer Menge Unrat (gebrauchte Papiertaschentücher, verbeulte Bierbüchsen, die Hülle eines Schokoriegels und dergleichen) auch eine Brille und der Trageriemen einer braunen Handtasche. Die Brille ist ein älteres Modell mit Bügeln aus Plastik. Einer dieser Bügel ist gebrochen, das linke Brillenglas weist einen Riß auf, der es von oben nach unten teilt.

Die Asservate werden ins Labor geschafft und die Absperrbänder entfernt. Jeder kann den Durchgang nun wieder benutzen. Martin Junker begibt sich zur Mansardenwohnung. Auch dort ist die Spurensuche weitgehend beendet.

Bei der ersten Auswertung gesicherter Unterlagen, die noch in der Nacht im Dezernat vorgenommen wird, stößt man auf den Neffen und den Großneffen des Opfers. Auch hat eine erste informatorische Befragung in der Nachbarschaft einigen Aufschluß über die Gewohnheiten des Opfers erbracht. So geht man bereits zu diesem Zeitpunkt davon aus, daß sich Frau Winter entweder auf dem Weg zur Kaufhalle in der Ferdinand-Lassalle-Straße befand, viel wahrscheinlicher jedoch auf dem Rückweg nach Hause. Exakt 173 Meter hätte sie noch zurücklegen müssen, um das schützende Haus zu erreichen.

Mittlerweile ist es eine Tatsache, daß man wegen eines vollendeten Tötungsverbrechens ermittelt. Anneliese Winter verstarb um 23.26 Uhr. Die Todesursachenermittlung durch die Obduzenten der Rechtsmedizin steht für den nächsten Tag an. A. verfügt über ein eigenes und im übrigen renommiertes Rechtsmedizinisches Institut.

Die Autopsie nimmt ein Oberarzt dieses Instituts vor. Vor der Eröffnung des Leichnams untersucht er das Äußere der Toten. Augenfällig sind die Kopfverletzungen. Sie werden vom Obduzenten in seinem Gutachten ausführlich beschrieben. Der Oberarzt stellt aber noch anderes fest, nämlich Hämatome an den Brüsten der alten Frau. Diese Hämatome können eindeutig darauf zurückgeführt werden, daß jemand ihr mit großer Brutalität an die Brüste gegriffen hat. Im Zusammenhang mit der Fundsituation verdichtet dieser Befund den Verdacht, daß tatsächlich ein Sexualdelikt vorliegt. Spuren von Sperma finden sich jedoch nicht.

Dafür machen aber die Spezialisten auf der Haut des Opfers einen möglicherweise entscheidenden Fund. Sie entdecken biologische Anhaftungen, die sich für eine genetische Untersuchung eignen. Im Laufe dieser Untersuchung stellt sich heraus, daß diese Anhaftungen – vermutlich von Schweiß – männliche DNA enthalten; auch ohne Vergleich mit genetischem Material von Anneliese Winter ist klar, daß sie nicht von ihr stammen können.

Bei der DNA-Analyse wird das Erbmaterial eines Menschen untersucht, das sich in jedem Zellkern des Körpers befindet. Man spricht auch häufig vom genetischen Fingerabdruck, weil die DNA bei jedem Menschen einmalig ist – eben wie die Abdrücke der Finger. So lassen sich mit dieser Methode sowohl Opfer als auch Täter von Verbrechen zweifelsfrei identifizieren (natürlich auch Opfer anderer Ereignisse, zum Beispiel eines schweren Unfalls, oder unbekannte Tote, die eines natürlichen Todes gestorben sind). Um eine DNA-Analyse durchführen zu können, genügt eine Körperzelle; sie muß nur einen Kern enthalten. Dabei ist es heute schon möglich, sogar unvollständige DNA zu bestimmen.

Das an der Haut von Anneliese Winter gesicherte Erbgut muß allerdings nicht unbedingt vom Täter stammen. Als man die alte Frau fand, lebte sie noch. Mehrere männliche Personen kümmerten sich in den folgenden Stunden um sie: der Notarzt, die Rettungssanitäter, medizinisches Personal im Krankenhaus. All diese Personen werden zu einem DNA-Test gebeten. Ihnen wird eine Vergleichsprobe von der Mundschleimhaut entnommen. Das Erbgut der Proben wird dann analysiert.

Bis die Ergebnisse dieser DNA-Analyse vorliegen, gehen ein paar Tage ins Land. Schon am Abend des 13. Juli 2000 bekommt Hauptkommissar Junker fernmündlich einen ersten und damit vorläufigen Bericht aus der Pathologie. Als Todesursache nennt der Obduzent ihm mehrfache, schwere stumpfe Gewalt gegen den Kopf mit erheblicher Hirnkompression durch austretendes Blut. Der Druck lastete auf diversen lebenswichtigen Hirnregionen, die schließlich versagten.

An diesem Tag wurden der Neffe und dessen Sohn von den

Ermittlern eingehend befragt. Bei diesen Zeugenvernehmungen schilderten beide, insbesondere aber der Großneffe Karsten die Lebensgewohnheiten des Opfers. Auch in der Nachbarschaft gehen die informatorischen Befragungen weiter. Die Ergebnisse lassen sich in diesen Sätzen aus der Ermittlungsakte zusammenfassen: »Die Geschädigte hatte jeden Tag den gleichen Ablauf, so daß sie gegen 16.00 Uhr aus ihrem Wohngrundstück herausgegangen ist und einige Wege erledigt hat. Sie ist zum Friedhof an der Annenstraße gegangen oder im Bereich der Kaufhalle Ferdinand-Lassalle-Straße aufhältig gewesen. Dort hatte sie Kontakt zu Personen, mit denen sie sich traf beziehungsweise unterhielt. Zwischen 17.30 und 18.00 Uhr ist sie zu ihrem Wohngrundstück zurückgekehrt.«

Es ist eines der Hauptanliegen der Kriminalisten, die letzten Minuten im Leben der Anneliese Winter möglichst genau zu rekonstruieren. Zu diesem Zweck werden alle ihre Wege exakt nachgestaltet und dabei wird auch einkalkuliert, daß die alte Frau etwas langsamer zu Fuß ist als die weitaus jüngeren Ermittler. An jeder Station, die sie passiert haben muß, werden alle Zeugen befragt, die etwas gesehen haben könnten. So wird ganz schnell klar, daß Frau Winter am Nachmittag des 12. Juli mit Sicherheit einkaufen war. Bauarbeiter der neuen Siedlung haben sie ebenso gesehen wie der Vietnamese in dem China-Imbiß und einige Mitarbeiterinnen des Supermarktes. An dem Tag, da man an, vor und in der Kaufhalle Befragungen durchführt, ist auch Kurtchen da. Er führt die Kriminalisten zu weiteren Personen aus dem Milieu vor der Kaufhalle, die Angaben machen können, weil sie Frau Winter sahen oder sogar mit ihr redeten.

Relativ genau lassen sich auch die Zeiten bestimmen, also die Fragen beantworten: Wann hat sich Frau Winter wo aufgehalten?

Die Brille mit dem gesprungenen linken Glas und der abgerissene braune Schulterriemen, den man ebenfalls am Tatort fand, werden sowohl dem Neffen als auch Karsten vorgelegt. Beide erklären, daß diese Brille zweifelsfrei ihrer Tante beziehungsweise Großtante gehöre. Auch identifizieren sie den Tragriemen als Stück der Handtasche von Anneliese Winter. Ihre Größe wird von den Zeugen mit ca. 25 x 35 cm beschrieben. Oben hat sie einen Schnappverschluß und einen Henkel, damit sie auch in der Hand getragen werden kann.

Es stellt sich nun die Frage: Wo ist die Tasche?

Erneut wird der Tatort abgesucht, diesmal aber weiträumiger. Wie beim ersten Mal gehen die Mitarbeiterinnen und Mitarbeiter des Kriminaltechnischen Instituts nach der Rastermethode vor, das heißt, das abzusuchende Gelände wird in Planquadrate eingeteilt, diese werden dann systematisch Raster für Raster nach Fundstücken durchkämmt. Noch mehr Abfall und Unrat kommt ans Tageslicht. Eine Handtasche kann nicht gefunden werden.

Dieser Umstand legt nahe, daß es sich bei dem Verbrechen in dem Durchgangsweg nicht allein um eine Sexualstraftat gehandelt hat, sondern auch um einen Raub.

Ein großes Problem bei den Ermittlungen im Fall Winter war der Tatort. Das Verbrechen geschah am Nachmittag. Trotzdem gibt es keine Zeugen, bis auf jenes ominöse Pärchen, das Anneliese Winter fand und die Polizei verständigen ließ. Ob dieses Pärchen etwas zur Aufklärung der Straftat beitragen kann, ist nicht sicher. Trotzdem sucht die Kripo es fieberhaft.

Schon kurz nach Tod der alten Dame werden in dem Viertel, in dem sie lebte, Handzettel verteilt, auf denen um Zeugenaussagen gebeten wird. Auf diesem Wege, aber auch durch die

Medien wird das Pärchen gebeten, sich zu melden. Nichts tut sich. Weder das Paar noch andere Leute kommen mit sachdienlichen Hinweisen zur Polizei.

Nach und nach treffen die Ergebnisse der kriminaltechnischen einschließlich der biologischen Untersuchungen ein. Die Daktyloskopen haben herausgefunden, daß die Fingerabdrücke in der Wohnung von Anneliese Winter nur »von der Berechtigten selbst« oder von Personen aus ihrem Umkreis stammen, »die ebenfalls als berechtigt anzusehen sind«: der Neffe, dessen Sohn Karsten und eine Nachbarin, deren Fingerspuren sich an der Eingangstür fanden, weil diese einmal etwas von Frau Winter leihen wollte und dabei wohl das Türbrett berührt hat. Obwohl der Schlüsselbund von Anneliese Winter mit Haus- und Türschlüssel in die Hand des Mörders geraten sein muß, hat er sie offenbar nicht benutzt, um in die Wohnung einzudringen.

Auch die DNA-Testergebnisse sind eingetoffen. Alle Helfer, die mit Haut und Kleidung des Opfers in Berührung gekommen sind, können als Verursacher der biologischen Anhaftungen ausgeschlossen werden. Sie stammen also mit höchster Wahrscheinlichkeit vom Täter und führen zu ihm, sobald es eine Vergleichsspur gibt.

Es ist der 24. Juni, ein Samstag. Alle nur denkbaren rechtsmedizinischen Untersuchungen, für die ein Leichnam zur Verfügung stehen muß, sind abgeschlossen. Anneliese Winter wird auf dem Friedhof an der Annenstraße an der Seite ihres dritten Ehemannes Hans beigesetzt. Zur Beerdigung erscheinen Neffe und Nichte, deren Sohn Karsten, Hausbewohner und auch die drei Frauen vom Kaffeekränzchen. Sie haben von der Tat aus der Zeitung erfahren und sind schockiert.

Ein Kriminalbeamter der Mordkommission, der bei der Trauerfeier anwesend ist, geht anschließend auf die Frauen zu, stellt sich vor und erkundigt sich, wer sie seien. So stößt man auf die ehemaligen Freundinnen und erhält eine weitere Facette des Charakters von Anneliese Winter: Stolz und seelische Empfindlichkeit.

Am 25. Juni wird schließlich über den Fall Anneliese Winter ausführlich in der Sendung »Kripo live« berichtet. Hauptkommissar Junker wird eingehend interviewt. Ihm ist der Fernsehauftritt sichtlich unangenehm, aber im Interesse seiner Ermittlungen ist er bereit dazu. »Die Öffentlichkeit soll ja informiert werden und uns auch helfen, aber am Fall soll man Anteil nehmen, nicht an mir«, sagt Junker später.

Von Junker wird noch einmal eindringlich an das Zeugenpärchen appelliert, sich unbedingt bei der Polizei zu melden. Ganz ausdrücklich sagt Martin Junker, man suche beide nur, damit sie eine Zeugenaussage machen. Das entspricht auch vollkommen der Wahrheit. Niemals haben die Ermittler der Mordkommission »Anneliese Winter« daran gedacht, daß ein Pärchen – ein Mann und eine Frau – als Täter des Sexualverbrechens in Betracht kämen. So etwas lag außerhalb des Vorstellungsvermögens selbst der erfahrensten Kriminalisten.

Tage vergehen. Das Pärchen meldet sich nicht. Dafür ruft am Freitag, dem 30. Juni, früh um 7.30 Uhr eine Frau bei dem Polizeirevier von B. an.

Das Städtchen B. befindet sich etwa fünfzehn Kilometer vom östlichen Stadtrand der Metropole A. entfernt. Man erreicht es von A. aus entweder mit einer Regionalbahn, deren Züge allerdings nur stündlich verkehren, oder mit der Straßenbahn und dem Bus. (Natürlich kann man auch das Auto oder das Fahrrad benutzen. Der kürzeste Weg von der Innenstadt nach B. führt durch die Ferdinand-Lassalle-Straße.) Nur eine Straßenbahnlinie kommt für eine solche Fahrt in Frage. Die Linie 23 fährt vom Hauptbahnhof A. fast bis zum östlichen Stadtrand. Sie passiert dabei auch die Ferdinand-Lassalle-Straße von deren Anfang bis zum Ende.

Diesen Weg legt die Anruferin, die in A. arbeitet, jeden Tag zurück. Sie besteigt zwei Stationen nach dem Hauptbahnhof die Linie 23 und fährt bis zur Endstation. Dort steigt sie in den Bus um, der sie nach B. bringt. So war es auch an dem Tag, als Anneliese Winter getötet wurde.

Von dem Fall hat die Frau in der Zeitung gelesen. Die Fahndung in »Kripo live« sah sie erst in der Wiederholung am Vormittag. Sie glaubte schon bei der Lektüre, daß sie möglicherweise eine wichtige Beobachtung gemacht haben könnte, war aber unsicher. Nach der Fernsehsendung ist sie sich sicherer. Zweifel habe sie natürlich noch, sagt sie dem Polizisten, mit dem sie spricht, aber es werde doch nach einem Pärchen gesucht? Das bestätigt der Beamte. Die Anruferin meint, ein solches Pärchen gesehen zu haben. Sofort wird der Mann am anderen Ende der Leitung hellhörig. Er bittet sie, auf das Revier zu kommen. Das ist der Frau nicht möglich, schließlich wird sie auf der Arbeit erwartet. Der Polizist notiert Namen, Adresse und Arbeitsstelle. Er bedankt sich und sagt, daß man sich bei ihr melden werde. Die Frau heißt Monika Franke.

Auf der Arbeit wird Frau Franke dann tatsächlich bereits erwartet: von Kriminalhauptkommissar Martin Junker.

Monika Franke arbeitet als Diätschwester in einem privaten Krankenhaus, das sich speziell mit der ambulanten und stationären Behandlung von Diabetespatienten befaßt. In Absprache mit der Oberschwester wird sie vom Dienst beurlaubt und von Junker in die Polizeidirektion gebracht, um als Zeugin vernommen zu werden.

Als Monika Franke am 12. Juni 2000 um 17.52 Uhr nach einem wie immer anstrengenden Arbeitstag eine Tram der Linie 23 bestieg, konnte sie nicht damit rechnen, einmal zur wichtigsten Zeugin in einem Mordfall zu werden. Der durchgehende Wagen der Niederflurstraßenbahn war voll, etliche Stationen mußte Frau Franke stehen. Doch je mehr sich die Bahn von der Innenstadt entfernte, desto größer wurde die Zahl der Aussteigenden, während die der Einsteigenden stark zurückging. Nach zirka fünfzehnminütiger Fahrt bekam Frau Franke endlich einen Sitzplatz. Einige Stationen weiter mußten nur noch wenige Fahrgäste stehen.

Bereits an der Haltestelle Annenstraße/Ferdinand-Lasalle-Straße, wo Monika Franke auf die Tram wartete, war ihr das seltsame Paar aufgefallen. Insbesondere die Frau erregte ihre Aufmerksamkeit, und zwar vor allem wegen ihrer Kleidung. Sie trug einen ungeheuer weiten Pullover von einer nicht identifizierbaren dunklen Farbe, der irgendwie verwaschen wirkte, einen langen, rot-grün gestreiften Faltenrock, der bis zur Wade reichte, weiße Söckchen und jene Sandalen, die man Jesuslatschen nennt. Die kommt nicht nur vom Lande, hat Monika Franke bei diesem Anblick gedacht, die kommt auch aus einem anderen Jahrzehnt. Auffallend war auch der unförmige Körperbau der jungen Frau, die von der Zeugin auf 30 bis 35 Jahre geschätzt wird. »Sie sah wie eine dieser Seetonnen aus«, erklärt Monika Franke, die jedes Jahr an der Ostsee Urlaub macht und wegen ihrer Kinder schon mehrfach das Schiffahrtsmuseum in Rostock besuchen mußte, »oben sind sie spitz, dann werden sie ganz dick, und unten sind sie wieder spitz.«

Wegen ihres Aussehens und auch wegen der unbeholfenen Art zu gehen, hat Monika Franke die unbekannte Frau für schwanger gehalten.

Zum Äußeren des Mannes fällt der Zeugin nicht so viel ein, weil er konventioneller gekleidet war. Ein gelbes Polohemd habe er getragen, gibt sie zu Protokoll, eine dunkelblaue Hose, keine Jeans, und Sandalen an den bloßen Füßen. Auch er sei dick gewesen, habe einen Bierbauch vor sich hergetragen. Sein Alter schätzt Monika auf 35 bis 40 Jahre. Groß seien beide nicht gewesen: Sie vielleicht um die 165 cm, er bis zu fünf Zentimeter größer. Beide hätten ihr dunkles Haar kurzgeschnitten getragen.

Wirkten die zwei bereits vom Äußeren seltsam, so war ihr Verhalten um so auffälliger. Kaum hatte sich die Straßenbahn in Bewegung gesetzt, begann der Mann aufgeregt durch den Wagen zu laufen, während die Frau ihm folgte wie ein Hündchen. Beide hielten eine Bierbüchse in der Hand, er hatte eine angerauchte Zigarette hinter sein rechtes Ohr geschoben und hüpfte geradezu von Sitz zu Sitz. Laut verkündete er immer wieder: »Meine schwangere Frau braucht einen Platz!«

Die Tram hatte die Mittelspur verlassen, als sich endlich jemand bequemte, seinen Sitz zu räumen. Dorthin setzte sich die Frau, während der Mann neben ihr stehenblieb und laut auf sie einsprach. Monika Franke hatte allerdings den Eindruck, eigentlich sei seine Rede für das Publikum im Fahrgastraum bestimmt. Des langen und breiten erklärte er den überhaupt nicht interessierten Leuten, daß er früher in Torgau gewohnt habe, einer schönen Stadt an der Elbe mit einem Schloß – »und wo sich Russen und Amis begegnet sind«, betonte er immer wieder, ohne zu sagen, bei welcher Gelegenheit. Auf diese Begegnung war er so stolz, als habe er selbst sie bewirkt.

Von Torgau sei er aber vor einiger Zeit nach A. gezogen, erzählte der Mann. In A. gefalle es ihm besser. Außerdem habe er hier Arbeit. Und dann fügte er hinzu, wer wissen wolle, warum er an der Station Annenstraße in die Tram gestiegen sei, dem könne er nur sagen: Er habe einen alten Kumpel besuchen wollen, den er aus Torgau kenne, der aber sei nicht zu Hause gewesen. »Um uns einen ansaufen«, rief er und schaute triumphierend in die Runde. Dann war die Endhaltestelle erreicht. Alle Fahrgäste stiegen aus. Monika Franke ging die wenigen Meter zum Busterminal. Als sie sich noch einmal umdrehte, sah sie das Pärchen in eine Nebenstraße biegen.

»Irgendwie«, meint Frau Franke, »waren beide nicht« – sie sucht nach den passenden Worten – »schienen beide nicht ganz dicht zu sein.«

Hauptkommissar Junker möchte das nicht kommentieren. Er läßt Frau Franke zum Zeichner der Polizeidirektion bringen, damit dieser Phantombilder von dem seltsamen Paar anfertigt. Seine Mitarbeiter beauftragt er, bei den Verkehrsbetrieben die Fahrtzeiten der Tram 23 zu überprüfen. Sie kommen zu folgendem Resultat:

Die Straßenbahn fährt vom Hauptbahnhof 17.47 Uhr ab. Fünf Minuten später erreicht sie bei fahrplangemäßer Fahrt die Haltstelle Nordkrankenhaus, an der Monika Franke zugestiegen ist. Die Zeit, als das Paar an der Haltestelle Annenstraße/Ferdinand-Lasalle-Straße die Tram bestieg, gab die Diätschwester mit 18.25 bis 18.30 Uhr an. Tatsächlich soll die Bahn diese Station 18.26 Uhr bedienen, das heißt: 26 Minuten, nachdem ein aufgeregtes Paar einem Anwohner von der verletzten Frau Winter berichtete.

Die auf die Annenstraße folgende Haltestelle heißt Diakonissenhaus. Dieser Einrichtung der katholischen Kirche gegenüber befindet sich der Supermarkt, in dem Anneliese Winter am Tattag eingekauft hat.

Nach den Angaben der Zeugin Franke fertigt der Polizeizeichner zwei sehr ausdrucksstarke Phantombilder an. Diese werden dem Anwohner des Tatortes vorgelegt, der die Polizei verständigt hatte. Er ist hundertprozentig überzeugt: Das sind der Mann und die Frau, die ihm die schreckliche Nachricht überbrachten und dann ihres Weges zogen.

Noch am selben Tag beginnt die Mordkommission aufwendige Ermittlungen. Dabei spielt keine Rolle, daß ein Wochenende bevorsteht. Die Ermittlungen werden, soweit möglich, auch am Samstag und Sonntag durchgeführt. Die zentrale Frage lautet jetzt etwas präziser: Um welche Personen handelt es sich bei dem auf den Phantomzeichnungen dargestellten Paar?

Aber es gilt noch etwas anderes zu untersuchen, nämlich die sogenannte Abgangsrichtung des Mannes aus Torgau und seiner Begleiterin. Mit den ausgezeichneten Phantombildern ausgerüstet, machen sich ein paar Ermittler auf den Weg. Das heißt, sie beginnen beim Tatort und gehen so, wie das Pärchen zur Haltestelle Annenstraße gegangen sein muß. Dabei kommen sie auch an einer Tankstelle vorbei. Dem Pächter und seinen Angestellten werden die Zeichnungen präsentiert.

Am späten Nachmittag und am Abend des 12. Juni hatten zwei weibliche Angestellte Dienst an der Kasse und im Shop. Sie erkennen die beiden Abgebildeten wieder. Auch ihnen ist aufgefallen, daß der Mann aufgekratzt wirkte und fast ohne Unterlaß auf seine Begleiterin einredete. An den Inhalt des (höchst einseitigen) Gesprächs können sich die beiden Frauen nicht erinnern, überraschenderweise aber daran, was die beiden kauften, nämlich zwei Büchsen Bier und drei Schachteln Zigaretten. Die Ware hatte ein Wert von etwa 20 Mark.

An dieser Tankstelle erwartet die Kriminalbeamten noch eine Überraschung. Auf der Suche nach dem Pärchen sollen nämlich an etlichen Stellen von A. die Phantombilder ausgehängt werden: in allen Straßenbahnen, am Hauptbahnhof und in seiner Nähe und überall in der weiträumigen Umgebung des Tatortes. Auch dem Pächter werden zwei Plakate zum Aushängen übergeben. Er und die beiden weiblichen Angestellten sollen einen Blick darauf werfen, denn vielleicht fällt ihnen ja noch etwas weiteres zu dieser Sache ein. Und tatsächlich greift der Pächter unter den Ladentisch und zieht eine dunkelbraune Handtasche hervor. Die Tasche mißt etwa 25 x 35 cm, und ihr fehlt der Schulterriemen. Das ist deutlich an den Stellen zu erkennen, wo der Riemen einst befestigt gewesen sein muß.

Man habe diese Tasche hinter einer Trennwand gefunden, sagt der Pächter. Irgendwann nach dem 12. Juni. Die Ermittler lassen sich den Fundort zeigen. Es handelt sich um eine aus Holzlatten errichtete, nach zwei Seiten offene Wand, die dazu dient, die Mülltonnen vor Blicken ein wenig abzuschirmen. Hinter dieser Wand befindet sich Buschwerk, dann ein Zaun, der das Tankstellengelände zum Nachbargrundstück abschließt. In diesem Buschwerk war die Tasche von dem Pächter entdeckt worden; weil mitunter Tankstellenbenutzer es mit der Sauberkeit nicht so genau nehmen und Unrat nicht in die Tonnen, sondern einfach über die Wand werfen, schaut er dort regelmäßig nach. Die dabei entdeckte und sichergestellte Damenhandtasche enthält einen geblümten Nylonbeutel, einen Schlüsselbund und eine Geldbörse. Die Geldbörse ist leer. Sie wird später vom Großneffen Karsten zweifelsfrei als Eigentum der Frau Winter erkannt. Zum ersten Mal schwant den Kriminalisten, daß es sich bei dem unbekannten Paar nicht nur um Tatzeugen handeln könnte.

Als die Fahndungsposter tagelang keinen einzigen nützlichen Hinweis erbringen, »sondern nur Schrott«, wie Kriminalhauptkommissar Junker es ausdrückt, wird die Plakataktion räumlich ausgeweitet auf weitere Stadtquartiere, auf die Regionalbahn, auf andere Linien von Straßenbahn und Stadtbus, auf die Umlandbusse, auf weitere Bahnhöfe. Mit großem Aufwand versuchen die Beamten der MoKo zu ermitteln, wer im zurückliegenden Jahr von Torgau nach A. gezogen ist. Am 9. Juli strahlt die regionale TV-Station erneut eine Fernsehfahndung aus. Die Phantomzeichnungen und die Personenbeschreibungen werden veröffentlicht. Hauptkommissar Junker ist der festen Überzeugung, daß man mit all diesen Maßnahmen dem Pärchen auf die Spur kommen wird. Noch immer werden die beiden in erster Linie als Zeugen gesucht.

Als die Fernsehserie »Dallas« ihre größten Erfolge feierte, war Jan-Remus Putrams ein Kind, das wegen seines ungewöhnlichen Namens mitunter von anderen Kindern aufgezogen wurde. Das änderte sich in der Schulzeit. Ein Pfiffikus erkannte, daß sich der Vorname Jan-Remus mit J. R. abkürzen ließ. Fortan wurde Putrams nur J. R. genannt; natürlich englisch ausgesprochen wie der Name des bösen Ölmagnaten in der Erfolgsserie. Auch wenn deren Ruhm im Jahre 2000 verblaßt ist, Putrams ist für Freunde und auch für einige seiner Kollegen J. R. geblieben. Unter gewissen Umständen ist ihm das Jan-Remus mittlerweile peinlich, denn mit einem sächsischen Akzent ausgesprochenes Englisch klingt lächerlich.

Jan-Remus Putrams ist Autohändler. Seine Firma befindet sich in einem Gewerbegebiet an der Südgrenze von A. Schon als Schüler hat sich Putrams gern für andere Menschen engagiert, half leistungsschwächeren Schülern oder erledigte Einkäufe für alte Leute aus der Nachbarschaft. Den Wunsch, für den Schutz anderer Menschen einzutreten, soziale Verantwortung zu übernehmen, hat er auch als Berufstätiger noch. Längere Zeit hat er nach einer Möglichkeit gesucht, sich für die Interessen anderer einzusetzen. 1997 fand er schließlich eine Aufgabe als ehrenamtlicher Betreuer. In dieser Funktion kümmert er sich um erwachsene Menschen, die ihre Angelegenheiten nicht mehr allein regeln können, weil sie körperlich, geistig oder seelisch krank sind. Putrams macht das gern, und er tut es nicht, um sich zu bereichern.

Am 12. September 1990 hat der Bundestag das Gesetz zur Reform des Rechts der Vormundschaft und Pflegschaft für Volljährige verabschiedet, das kurz Betreuungsgesetz genannt wird und die Rechte aller Menschen stärkt, »die aufgrund einer psychischen Krankheit oder einer körperlichen, geistigen oder seelischen Behinderung ihre Angelegenheiten ganz oder teilweise nicht besorgen können ... Seit Inkrafttreten des Betreuungsgesetzes kann niemand mehr entmündigt werden. An die Stelle der Vormundschaft über Volljährige sowie der Gebrechlichkeitspflegschaft ist die Betreuung getreten. Das Wesen der Betreuung besteht darin, daß für eine volljährige Person ein Betreuer bestellt wird, der in einem genau festgelegten Umfang für sie handelt.«

Den Beschluß über eine Betreuung fällt das Vormundschaftsgericht, das auch den Betreuer bestellt. Angestrebt wird die Betreuung durch eine Einzelperson, sie kann aber auch durch mehrere Personen erfolgen.

Ein solcher ehrenamtlicher Betreuer ist auch Jan-Remus Putrams. Seit mehreren Jahren kümmert er sich um jene Belange seiner Schützlinge, von denen sie sich überfordert fühlen oder denen sie objektiv nicht gewachsen sind, auch wenn sie manchmal anderer Meinung sind. Im Sommer 2000 hat J. R. zwei Männer unter seinen Fittichen. Einer heißt Dirk Sternberg.

Sternberg gehört erst seit einem halben Jahr zu Putrams' Klientel. Nachdem er aus der Haft entlassen worden war, kehrte der 40-jährige Mann erst einmal nach Oschatz zurück, wo er gelebt und eine Straftat begangen hatte. Obwohl sich die Behörden und auch ein Verein der Freien Hilfe um ihn bemühten, fand sich in Oschatz keine Arbeit, die den Fähigkeiten von Dirk entsprach. Deshalb suchte man auch in größeren Städten. Eine Behindertenwerkstatt in A. war schließlich bereit, Sternberg anzustellen. In dieser Werkstatt, in der Parkbänke ausgebessert werden, konnte er als Tischler arbeiten, denn in der Haft hatte er an einer entsprechenden Ausbildung teilgenommen, sie aber nicht zu Ende geführt.

Dirk Sternberg ist ein Mensch, den man im Bürokratendeutsch als psychisch auffällig bezeichnet. In seinem ersten Strafverfahren wurde ihm eine mittelgradige Intelligenzminderung bescheinigt. Eine mittelgradige Intelligenzminderung wird im psychologischen Fachjargon auch Imbezillität genannt und ist durch ein eingeschränktes Abstraktionsvermögen, durch eine sehr einfache Sprache und durch ein niedriges Intelligenzalter gekennzeichnet. Das Intelligenzalter bei Imbezillität liegt zwischen 6 und 9 Jahren; Dirk Sternberg ist also bei entsprechenden psychologischen Tests nur fähig, geistige Leistungen fehlerfrei zu erbringen, die dieser Altersstufe zugeordnet werden. Außerdem sind mittelgradig intelligenzgeminderte Menschen nicht zu selbständiger Lebensbewältigung fähig.

Die Intelligenzminderung bei Sternberg ist einerseits durch eine vorgeburtliche hirnorganische Störung bedingt, andererseits auch durch das Milieu, in dem der Junge aufwuchs. Präziser ausgedrückt: Dirk kam mit einer Schädigung zur Welt. Diese hätte bei entsprechender Förderung zwar nicht behoben, in ihren Folgen aber zumindest gemildert werden können. Eine solche Förderung gab es aber nicht, weil sich einerseits niemand darum kümmerte, andererseits, weil Dirks Eltern, die selbst nur über eine minimale Intelligenz verfügen, die Störung gar nicht bemerkten.

Sternberg wuchs in einem Dorf am Rande des Erzgebirges auf. Als der Erstgeborene seinen Eltern und der Schule die ersten Schwierigkeiten machte, begann seine Karriere als Heimkind. Dirk war aggressiv, weil er sich anders nicht ausdrücken konnte. Er war aggressiv, weil niemand ihn ernstnahm und seine Bedürfnisse nach Zuwendung und Geborgenheit befriedigte. Und er wurde immer aggressiver, weil man ihn für dumm hielt, ihm nichts zutraute, ihn links liegen ließ.

Noch schlimmer als die Aufenthalte in diversen Kinderheimen war der Umstand, daß er ab und zu in sein Elternhaus zurück durfte – oder besser: mußte. Mutter und Vater nahmen ihn für einen mal längeren, mal kürzeren Zeitraum wieder auf, um ihn dann erneut tief in ein schwarzes Loch fallen zu lassen, das heißt, es ging zurück ins Heim. Dieses Hin und Her mußte der Junge mehrmals über sich ergehen lassen.

Seinen einzigen Trost fand der 14-Jährige schließlich in der Sexualität und den sie begleitenden Vorstellungen. Er befriedigte sich geradezu obsessiv selbst, und seine Phantasien wurden immer gewalttätiger. Man hatte ihm Gewalt angetan. Diese Gewalt war zwar keine körperliche, aber die seelische Gewalt schmerzte nicht minder. Dirk Sternberg träumte davon, seine Gewalterfahrungen in umgekehrten Rollen auszuleben, das heißt, er wollte die Rolle des Gewalttäters übernehmen und einer anderen, einer weiblichen Person, die Opferrolle zuweisen.

Diese Person sollte älter sein als er; mindestens so alt wie seine Mutter.

In der Öffentlichkeit ist ein falsches Bild von Sexualstraftätern weit verbreitet. Immer wieder ist in diesem Zusammenhang von Triebtätern zu hören und zu lesen. Jeder Täter, der eine sexualisierte Form von Gewalt ausübt, wird sofort als Triebtäter bezeichnet. Das ist falsch.

Es gibt nur wenige Triebtäter, also Verbrecher, die bei der Begehung ihrer Verbrechen vom Trieb gesteuert werden beziehungsweise bei der Tat ausschließlich ihren Sexualtrieb befriedigen. Weil das so ist, finden sich bei einer großen Zahl von als sexuell motiviert erscheinenden Übergriffen keine Spermaspuren. Es geht hierbei nämlich nicht vorrangig um den Geschlechtsverkehr, sondern um das Ausüben von Gewalt. Daß diese Gewalt auch gegen die Genitalien ausgeübt wird, hat vor allem damit zu tun, daß dies als besonders demütigend empfunden wird.

Viele sexuelle Aggressionshandlungen werden begangen, weil die Täter ihre eigene, in der Kindheit ohnmächtig erfahrenen Gewalterlebnisse immer wieder in rollenverkehrter Form durchspielen müssen. Werden sie nicht geheilt, dann währen diese Spiele ein Leben lang.

Dirk Sternberg lebt seine Phantasien und Träume viele, viele Jahre nicht aus. Aber er ist ein haltloser Mensch. Er läßt sich treiben, faßt nirgendwo Fuß. Seine intellektuellen Fähigkeiten machen es ihm allerdings auch schwer, einen Beruf zu ergreifen. Selbst als Ungelernten mag man ihn nicht anstellen. Manchmal findet er aber einen Job. Dann ist er halbwegs glücklich.

Sternberg braucht nämlich Arbeit. Er benötigt das Gefühl, sich nützlich machen zu können und von anderen gebraucht zu werden. Wenn er seine Arbeit verliert, weiß er nichts mit sich anzufangen. Hauptkommissar Junker wird ihn später so beschreiben: »Er brauchte drei Dinge: eine Arbeit, eine Wohnung und einen Fernseher. Wenn eines dieser Dinge fehlte, stellte er die unmöglichsten Sachen an.«

»Einmal war sein Fernsehgerät kaputt«, fügt sein Betreuer Putrams hinzu. »Er hätte mich anrufen können, und dann hätte man über das Sozialamt einen gebrauchten, aber funktionstüchtigen Apparat beschaffen können. Das hat ihn aber bereits überfordert. Er hätte nur zur Telefonzelle an der Ecke gehen müssen. Was macht er? Er geht zum Bahnhof, setzt sich in den nächstbesten Zug und fährt nach Hamburg. Drei Wochen hat er dort unter Säufern und Obdachlosen gelebt, dann habe ich einen Tip bekommen und konnte ihn zurückholen. So ist er. Beim geringsten Problem oder Konflikt folgt prompt eine Überreaktion.«

Seinen letzten Heimaufenthalt in der DDR mußte der als schwererziehbar geltende Junge in einem Kinderheim in Torgau verbringen, das im Volksmund »das Kinder-KZ« genannt wurde. Nach der Entlassung begann er eine Lehre in einem Industriebetrieb dieser Stadt. Auch seine künftige Frau lernte er dort in einer Disko kennen. Sie stammte aus Oschatz. Nachdem Dirk wegen eines lächerlichen Konflikts mit dem Lehrausbilder die Lehre geschmissen hatte, zog er zu ihr und stürzte sich Hals über Kopf in die Ehe mit dieser jüngeren Frau, die so unreif war wie er.

Es gab in seinem Leben nur eine vertraute Person, zu der Dirk eine stärkere emotionale Beziehung unterhielt: Eine seiner Schwestern. Sie ist zwei Jahre jünger als er und hat nie bei den leiblichen, sondern bei Pflegeeltern gelebt, deshalb konnte sie sich normaler entwickeln. Obwohl Dirk älter ist, hörte er nur auf sie. Sie kümmerte sich um ihn, der Hilfe und Führung bitter nötig hatte, soweit es ihr möglich war.

Als die Schwester im Herbst des Jahres 1997 heiratet und nach Westdeutschland zieht, beginnt Dirk Sternbergs Weg in die erste Katastrophe.

An einem Freitag im zeitigen Frühjahr des Jahres 1998 zieht es Sternberg in einen kleinen Park. Er ist wieder einmal ohne Arbeit und hat auch keine Anstellung in Aussicht, da er im Arbeitsamt als vollkommen normaler Arbeitssuchender geführt und daher nicht von speziell für Behinderte geschulten Kräften betreut wird. In dem Park, das hat er oft beobachtet, gehen am Nachmittag gern jene Frauen spazieren, die das Arbeitsleben schon hinter sich haben. Manche von ihnen sind allein.

Dirks Beziehung zu älteren Frauen ist durchaus zwiespältig. Einerseits wünscht er sich, von ihnen geführt und bemuttert zu werden, andererseits haßt er sie und will ihnen – in sexualisierter Form – Gewalt antun, um sich für die seelische Gewalt und für die Vernachlässigung durch eine andere ältere Frau, die Mutter, zu rächen.

Sternberg spricht eine Frau im Park an. »Wollen wir miteinander bumsen?« fragte er sie. Die Frau reagiert mit Empörung. Dirk läuft davon. Er ist in Rage. Seine Schwester hat ihn im Stich gelassen, und nun ist er erneut abgewiesen worden, so wie er immer abgewiesen wurde, zeitlebens. Das kann er nicht ertragen.

Die nächste Frau fragt er nichts mehr. Er fällt gleich über sie her und vergewaltigt die 65-Jährige.

Bei der Mordkommission in der Polizeidirektion von A. ist die Stimmung auf einem Tiefpunkt angelangt. Trotz der weiten Verbreitung des Fahndungsplakats und der Fernsehfahndung gibt es keine Hinweise auf das Pärchen. Die Suche nach einem Mann, der von Torgau nach A. umgezogen ist, wurde auf drei Jahre erweitert. Doch alle, die man findet, scheiden als Täter aus. Auf Dirk Sternberg, der erst über die Zwischenstation Oschatz nach A. kam, stoßen die Ermittler nicht.

Nach der Vergewaltigung der 65-Jährigen wird Sternberg zu zwei Jahren Freiheitsentzug verurteilt. Im Knast fällt er nur positiv auf. Er wird von Autoritäten geführt, und er tut alles so, wie sie es wollen. Manche der Justizwachtmeister haben sogar das Gefühl, er kopiere sie bis in die Sprechweise hinein. Sternberg ist bei ihnen sehr beliebt. Die Strafe wird nach zwei Dritteln der zu verbüßenden Zeit zur Bewährung ausgesetzt.

Seine Ehefrau hat sich vor Empörung von ihm abgewandt, die Ehe ist auf ihr Betreiben geschieden worden. Ihm fehlt dieser kleine Halt, denn mehr ist sie ihm nie gewesen. Nun hat er aber einen gerichtlich bestellten Betreuer. Zu dem Betreuer in Oschatz hat er Vertrauen. Als Sternberg dann in A. eine Arbeit und eine Wohnung beschafft wird und er im Februar 2000 umzieht, muß er sich mit dem neuen Betreuer Jan-Remus Putrams abfinden. Mit dem wird Sternberg nicht so schnell warm, denn Putrams stellt manchmal Forderungen und setzt sie auch durch, so zum Beispiel pünktliches Aufstehen.

Neben Eskapaden wie der überstürzten und sinnlosen Flucht nach Hamburg gibt es noch anderes, was Putrams Sorgen macht. Schon kurz nach seiner Rückkehr aus der Hansestadt schließt sich Sternberg den Leuten an, für die der Hauptbahnhof von A. den Lebensraum bildet. Dirk Sternberg hat einen starken Hang zu bestimmten Randgruppen der Gesellschaft, zu Trinkern und Obdachlosen. Auch er ist dem Alkohol nicht abgeneigt, allerdings kann man ihn nicht als Alkoholiker bezeichnen. In der Gefahr, die Wohnung zu verlieren, lebt er allerdings nur deshalb nicht, weil sich Putrams um die pünktlichen Mietzahlungen kümmert. Wäre das nicht so, Sternberg würde wohl auf der Straße leben wie viele seiner Freunde aus dem Bahnhofsmilieu.

Am Mittwoch, dem 2. August 2000, ist es ein Streit in eben diesem Milieu, der Putrams veranlaßt, seinen Schützling zur Polizei zu begleiten. Einer der Trinker hat Dirk Sternberg vor einigen Wochen beleidigt. Was er im Alkoholrausch gesagt hat, ist längst vergessen, aber Sternberg verlor die Beherrschung und machte sich sofort auf den Weg zum Bundesgrenzschutz. Dort zeigte er den alten Säufer wegen Diebstahls an.

Sehr aufwendig wurde nicht ermittelt. Die Tatsachen lagen ja auch auf dem Tisch. Und nun ist Sternberg selbst dran: Wegen Vortäuschens einer Straftat.

Die Untersuchung dieser geringfügigen Sache führt der Bundesgrenzschutz selbst durch. Jan-Remus Putrams erscheint auf der Bahnhofswache um 10.00 Uhr morgens. Die Vernehmung währt nur zwanzig Minuten. Dirk Sternberg räumt ein, gelogen zu haben. Anstandslos unterzeichnet er das Protokoll. Dirk ist in Eile. Auf der Arbeitsstelle hat er behauptet, er müsse einen ganzen Tag zur Polizei, aber in Wirklichkeit erwarten ihn zwei seiner Kumpel, die mit ihm an diesem warmen Augusttag an einen See fahren wollen.

Nachdem alles erledigt ist, verabschiedet sich Sternberg hastig von seinem Betreuer. Jan-Remus Putrams hingegen laßt sich Zeit. Er erwartet einen wichtigen Kunden erst für 13.00 Uhr. Beim Verlassen der Wache fällt sein Blick auf ein Fahndungsplakat. »Das ist ja mein Klient!« durchfährt es ihn. Damit sind die Weichen für die Aufklärung des Falles Anneliese Winter gestellt.

Nachdem Putrams den Mann auf dem Fahndungsplakat als Dirk Sternberg identifiziert und gegenüber Hauptkommissar Junker auch auf dessen Vorstrafe hingewiesen hat, wird Sternberg keineswegs sofort vorgeladen oder gar festgenommen. Erst einmal wird zielgerichtet zu dem Mann ermittelt. Hauptkommissar Junker fordert die Ermittlungsakten aus Oschatz an. Seine geschiedene Frau wird vernommen, an seinem Arbeitsplatz ziehen die Kriminalisten Erkundigungen ein. Dazu gehören auch Fragen nach seinem Verhalten dem anderen Geschlecht gegenüber.

In der Behindertenwerkstatt ist niemandem an Sternberg ein ungewöhnliches Verhalten aufgefallen. Im Gegenteil, Dirk ist freundlich zu den meist jüngeren Frauen, hat mit ihnen gescherzt und ihnen sogar Komplimente gemacht. Er hat also Interesse an diesen Frauen bekundet. Auch am Tattag war der 41-Jährige mit einer vermutlich jüngeren Frau unterwegs.

Nach mehrtägigen Ermittlungen können sich die Mitarbeiter der MoKo bereits ein detailliertes Bild von Dirk Sternberg machen. Sie kennen seine Lebensgewohnheiten und hören sich auch im Bahnhofsmilieu um. Nachdem sie ein paar obdachlosen Alkoholkranken das Phantombild von Sternbergs Begleiterin gezeigt haben, erfahren sie, daß die Frau sich ab und zu am Bahnhof sehen läßt und auch mit Dirk Sternberg herumgezogen ist. Ihr Name und ihre Anschrift sind unter den Namen- und Adressenlosen aber unbekannt.

Am Dienstag, dem 8. August 2000, wird Dirk Sternberg zu seiner ersten Vernehmung in die Polizeidirektion vorgeladen, wo er in Begleitung seines Betreuers fast pünktlich erscheint. Er wird, wie es die Strafprozeßordnung vorschreibt, über sein Aussageverweigerungsrecht belehrt und dann mit den gegen ihn erhobenen Tatvorwürfen konfrontiert. Sternberg ist außer sich. »Mit alten Frauen habe ich nichts mehr am Hut«, ruft er. »Ich habe eine Freundin in der Werkstatt. Mit dieser Sache habe ich nichts zu tun!«

Wenn das so sei, sagt Martin Junker beruhigend, dann habe er, Sternberg, sicher nichts gegen eine DNA-Analyse. Sternberg zuckt die Schultern, es weiß gar nicht, was das ist. Junker erklärt es ihm in groben Zügen. Nachdem sein Betreuer ihn darin bestärkt hat, stimmt Dirk der Entnahme einer Speichelprobe zu. Da es in der Polizeiakte nur ein schlechtes und unaktuelles Foto gibt, macht Junker noch eine Polaroidaufnahme von Sternberg. Dann darf er nach Hause gehen.

Ein paar Tage verstreichen. Am Samstag, dem 12. August, besteigt der Kriminalkommissar Fischer seinen Van. Fischer arbeitet zwar auch in der Polizeidirektion von A., ist aber für die Rauschgiftkriminalität zuständig. Er hat vor einigen Jahren vor den Toren der Stadt ein Haus gebaut, und jeden Sonnabend fährt er mit seiner Frau und den drei Kindern ins Einkaufszentrum »Sachsenperle«. Dort machen sie ihre Besorgungen für die nächste Woche.

Am Eingang zu dem Einkaufszentrum fällt dem Kommissar eine Frau auf, die für ihr Alter ausgesprochen altmodisch gekleidet ist. Fischer schätzt sie auf Mitte dreißig, aber sie trägt Sachen, die heutzutage keine Frau mehr anzieht. Sie hat eine unförmige Figur und einen seltsam schleppenden Gang. Diese Frau geht vor dem Einkaufszentrum auf und ab, eine Bierbüchse in der Hand. Offenbar wartet sie auf jemanden.

Weil er sich schließlich an das Fahndungsplakat der Mordkommission erinnert, spricht Kommissar Fischer sie an. Er weist sich aus und läßt sich die Personalien geben. Die junge Frau, die überhaupt nicht zu verstehen scheint, was los ist,

ist ganz offen. Sie zeigt sogar mit einem gewissen Stolz ihren Personalausweis. Fischer notiert die Angaben. Die Frau heißt Ramona Blank. Nein, sagt sie noch, als er sie danach fragt, sie warte hier auf nichts bestimmtes, sondern nur so.

Das, so stellt sich später heraus, stimmt auch. Mit dieser Art des Wartens auf nichts und niemanden verbringt Ramona Blank manchmal einen ganzen Tag.

Auch zu Ramona ziehen die Kriminalbeamten nun Erkundigungen ein. Die junge Frau – sie ist 34 Jahre alt – steht wie Sternberg unter der Kuratel eines Betreuers, der sie mit einem einzigen Satz beschreibt: »Unsere Ramona ist ein armes, lebensuntüchtiges Würstchen.«

Die Vernehmung der jungen Frau bestätigt es. Ramona Blank versteht überhaupt nichts. Der 12. Juni liegt für sie so weit zurück, sie hat bereits Mühe, sich daran zu erinnern, daß es einen solchen Tag überhaupt gegeben hat. Ihre Intelligenzminderung schwankt wohl schon zwischen mittel- und hochgradig. »Ihr gegenüber war Sternberg der Überlegene«, sagt Martin Junker später bei unserem Gespräch.

Nach einem zähen Beginn kommt Hauptkommissar Junker in der Vernehmung auf Sternberg zu sprechen.

»Kennen Sie einen Dirk?« fragt Junker. Ramona bestätigt, einen Dirk zu kennen. »Ist das Dirk?« fragt Junker und legt das Polaroid vor. Das sei Dirk, sagt Ramona.

Junker versucht nun noch einmal, die Frau behutsam an den 12. Juni heranzuführen. Es hat keinen Zweck. Sie kann sich an nichts erinnern. Oder sie bringt Erinnerungen durcheinander und berichtet von Ereignissen, die sich gestern, vor drei Monaten oder vor drei Jahren zugetragen haben können. Selbst die Beschreibung des Opfers löst bei ihr wenig aus. Sie kann schon sagen, daß da mal eine Frau blutend irgendwo herumgelegen hat und daß dies etwas mit Dirk Sternberg zu tun hatte. Wann das war und wo, weiß sie nicht.

Im Grunde benötigt man die Aussage von Ramona Blank nur, um die ermittelten Fakten in der Mordsache Winter noch zu untersetzen. Die Erbgutuntersuchung hat nämlich soeben den Beweis erbracht, daß das an Anneliese Winters Haut haftende fremde, zellkernhaltige Material zweifelsfrei von Sternberg stammt. Dirk Sternberg wird am 17. August festgenommen und mehrere Stunden verhört. Während dieser Beschuldigtenvernehmung legt er ein Geständnis ab. Dann wird er einem Richter vorgeführt, der sofort Haftbefehl erläßt.

Alle Zeugen haben bestätigt, daß der Polizei das Pärchen ins Netz gegangen ist, nach dem sie mehr als einen Monat gesucht hat: der Nachbar vom Tatort, die beiden Angestellten der Tankstelle, Monika Franke. Es gibt keinen Zweifel, daß Ramona Blank ihren Bekannten Dirk Sternberg am Tattag begleitet hat und auch am Tatort gewesen sein muß. Kriminalhauptkommissar Martin Junker möchte auch ihre Version vom Tathergang erfahren und entschließt sich zu einem gewagten Schritt. In der Annahme, daß Ramona sich endlich zu erinnern beginnt, wenn man sie mit dem Tatort und seiner Umgebung konfrontiert, soll ein Lokaltermin angesetzt werden. Dabei soll die ganze Zeit eine Videokamera laufen, die nicht nur die Aussagen der Frau, sondern vor allem auch ihr Verhalten aufzeichnet.

»Das war eine heikle Sache«, erzählt Martin Junker. »Wenn wir auch nur einen Fehler gemacht hätten, wäre die Videoaufzeichnung von der Verteidigung in der Luft zerrissen worden. Wenn wir zum Beispiel suggestive Fragen gestellt oder auch nur den leisesten Anhaltspunkt für eine ungewollte Manipulation der Zeugin geliefert hätten, wäre das Video als Beweismittel vor Gericht gescheitert. Wir konnten der Ramona Blank also nur das eine oder andere zeigen. Das meiste mußte von ihr kommen. Sie mußte uns ohne unser Zutun ein Wissen präsentieren, daß nur der Täter und sie als seine Begleiterin haben konnten. Und was soll ich sagen? Es kam so!« Noch Monate danach wirkt der Hauptkommissar erleichtert, wenn er davon spricht. »Zum Beispiel führte sie uns zur Tankstelle und zeigte uns, ohne daß wir eine Frage stellten, wo sie die Handtasche auf Sternbergs Geheiß entsorgt hatte.«

Aus den Aussagen Ramonas bei diesem Lokaltermin und aus dem Geständnis von Dirk Sternberg ließ sich relativ exakt rekonstruieren, was an jenem 12. Juni 2000 geschehen war.

An diesem Tag mußte Dirk Sternberg bis 15.30 Uhr in der Behindertenwerkstatt Parkbänke reparieren, dann hatte er Feierabend. Weil er wie so oft nichts mit sich anzufangen wußte, fuhr er zum Hauptbahnhof. Dort traf er ein paar seiner Freunde aus dem Bahnhofsmilieu, und wieder einmal entzündete sich an einer Nichtigkeit ein handfester Krach. Sternberg wich der Auseinandersetzung aus, war aber geladen. Auf dem Weg aus der Bahnhofshalle kam ihm Ramona Blank entgegen. Sie wechselten ein paar Worte. Dirk schimpfte auf die »Assis«. Ramona, die immer die Meinung ihres jeweiligen Gegenüber vertritt, schimpfte mit. Dirk Sternberg hatte kein Ziel, Ramona hatte auch keins. Sternberg schlug vor, einfach in die nächstbeste Straßenbahn zu steigen, bis zur Endhaltestelle zu fahren und »dann mal zu gucken, ob keiner guckt«. Ramona hielt das für einen großartigen Vorschlag.

Die nächstbeste Tram war ein Zug der Linie 13 (die bis zur Annenstraße dieselbe Trasse wie die 23 benutzt), und in diesem Fall war das wirklich eine Unglückzahl.

Dirk und Ramona fuhren bis zur Annenstraße. Dort stiegen

sie aus. Dirk hatte Bierdurst, Ramona auch. Sie sahen den Supermarkt. Dort wollten sie was zu trinken kaufen.

Als Anneliese Winter den Supermarkt verließ, fiel sie Dirk sofort auf. Er sah die Handtasche und dachte an deren Inhalt. Vor allem aber sah er die alte, gebückt gehende Frau. Der Krach mit den Tippelbrüdern fiel ihm wieder ein. Wut kochte hoch. Er nahm Ramona bei der Hand und folgte Frau Winter. Allen Blicken entzogen sprach er sie in dem Durchgang schließlich an. »Willst du mit mir bumsen?«

Natürlich wollte Anneliese Winter nicht. Da sie nicht auf den Mund gefallen war, bekam Sternberg einiges zu hören. Das fachte nur seine Wut an, also warf er die alte Dame zu Boden. Er riß ihr Strumpfhose und Schlüpfer vom Leib, schlug ihren Rock hoch, warf sich auf sie. Die Frau gab nur erstickte Geräusche von sich. Sternberg genoß die Angst in ihren Augen. Er genoß ihr Wimmern. Dann schlug er dreimal ihren Kopf auf den Boden, erhob sich, trat gegen den Kopf, ergriff die Handtasche, forderte Ramona auf, ihm zu folgen, und ging. Auf dem Weg zu den Neubauten durchsuchte er schnell die Tasche, öffnete das Portemonnaie, entnahm 20 oder 30 Mark (genau weiß er es nicht) und gab die Tasche dann Ramona, die sie unter ihren weiten Pullover stopfen sollte. Besonders klug dünkte ihn, sich als Auffindungszeugen zu tarnen und den Nachbarn zu informieren. Das Pärchen setzte danach seinen Weg fort und erwarb im Tankstellenshop von dem gestohlenem Geld Zigaretten und Bier, denn schließlich hatte man immer noch Durst. Ramona warf die Tasche hinter die Bretterwand bei den Mülltonnen. Zurück auf der Ferdinand-Lasalle-Straße, wartete man wieder auf die nächstbeste Straßenbahn. Diesmal war es eine stadtauswärts fahrenden 23, die man bestieg. Was in der Tram geschah, ist bekannt.

Der Prozeß gegen Dirk Sternberg fand vom 3. bis 7. Mai 2001 vor dem Landgericht in A. statt. Die Schwurgerichtskammer verurteilte ihn wegen Totschlags, sexueller Nötigung mit Todesfolge und Raubes mit Todesfolge zu einer Freiheitsstrafe von 10 Jahren und 6 Monaten.

Und Ramona? Ramona Blank war an der Tat nicht beteiligt. Sie stand nur dabei und begriff nicht, was Dirk Sternberg gerade tat. Sie sah natürlich, daß die Frau am Boden lag und blutete, sie hat auch das Wimmern gehört, aber sie war intellektuell nicht in der Lage, die Situation zu verstehen und das Geschehen einzuordnen. Davon abgesehen wagte sie auch nicht, etwas gegen Dirk zu unternehmen, obwohl sie sich unbehaglich fühlte und Angst hatte. Doch daß neben ihr eine Straftat geschah, daß zu ihren Füßen ein Mensch getötet wurde, war ihr entgangen. Von Maßnahmen der Strafverfolgung, etwa wegen Beihilfe oder unterlassener Hilfeleistung, wurde in ihrem Fall abgesehen.

Ein Familienvater

Der Fall Mareike Moldenhauer

Der Juli des Jahres 1995 entspricht den Erwartungen, die man an einen Sommermonat stellt. Auch am dritten Juliwochenende zeigt sich kein Wölkchen am Himmel, und es ist so heiß, daß die geringste Bewegung einen Schweißausbruch erzeugt. Wer kann, verläßt die staubige Industriestadt K. und fährt ins Grüne an einen der Seen, die sich in der Umgebung befinden.

K., im südlichen Sachsen-Anhalt nahe der Landesgrenze zu Sachsen gelegen, ist groß geworden mit der Braunkohle. So gab es in einem Umkreis von dreißig Kilometern sage und schreibe vier Tagebaue, die aber im Jahre 1995 bis auf einen ausgekohlt sind. Eine gemeinnützige Beschäftigungsfirma für ehemalige Kumpel hat vor einiger Zeit damit begonnen, zwei der riesigen Krater und die sie umgebenden Abraumhalden in Landschaft zu verwandeln. Die Tagebaue werden nach und nach geflutet, und es haben sich bereits ansehnliche Seen gebildet.

Der Friedenssee jedoch, etwa fünfzehn Kilometer von K. entfernt, ist natürlichen Ursprungs. Er besteht aus drei miteinander verbundenen Kesseln und wird von einem Mischwald umgeben, der aber teilweise gerodet worden ist, um in den 60er und 70er Jahren Bungalowsiedlungen für die Bergarbeiter und andere Menschen aus der Region anzulegen. Grundstücke am Friedenssee waren damals begehrt, und sie sind es über die Jahre bis heute geblieben.

Walter Brings und seine Frau Karola haben ihr kleines Anwesen im Fliederweg im Jahre 1979 gepachtet. Von dem Grundstück bis zum See muß man nur einen Fußweg von drei Minuten zurücklegen, und schon hat man die Liegewiese am Ufer erreicht.

Am Sonntag, dem 16. Juli 1995, erwarten Walter und Karola Brings ihren Schwiegersohn Reginald Moldenhauer und die beiden Enkeltöchter Mareike und Miriam als Gäste. Ihr ältester Enkel Johannes hält sich bereits auf dem Grundstück auf. Johannes ist der Cousin der zwölfjährigen Mareike und der zehnjährigen Miriam. Er ist 25 Jahre alt und studiert in Halle an der Saale Physik.

Gegen 13.30 Uhr treffen Moldenhauers auf dem Grundstück ein. Nur Antje Modenhauer fehlt, die Mutter der beiden Mädchen. Daß sie an diesem Familientreffen nicht teilnimmt, hat seinen Grund. Antje Moldenhauer, von Beruf Krankenschwester, lebt seit geraumer Zeit in Berlin bei einem Freund, der ihr neuer Lebensgefährte werden soll.

Dennoch gibt man sich ungezwungen und versucht, die Abwesenheit von Antje zu überspielen. Insbesondere zu den beiden Mädchen sind alle ausnehmend nett. Cousin Johannes spielt mit ihnen trotz der enormen Temperaturen Tischtennis. Dann, ausgepumpt und erschöpft, setzt er sich mit den Mädchen in die Hollywoodschaukel und betrachtet ein Fotoalbum. Mareike und Miriam amüsieren sich köstlich über die »albernen Klamotten«, die man früher getragen hat. Eng an den 25-Jährigen geschmiegt, blättern sie Seite um Seite auf. Es ist 15.15 Uhr. Karola Brings deckt den Kaffeetisch.

Mareike Moldenhauers Großeltern haben ihr Grundstück und Bungalow in der Blumensiedlung am Südufer des Sees. Ob die Siedlung so heißt, weil alle Wege die Namen von Blumen tragen, oder ob alle Wege diese Namen tragen, weil die Kolonie bereits als Blumensiedlung gegründet worden ist, weiß niemand mehr genau. Es existieren noch zwei weitere dieser Ansiedlungen, beide am westlichen Seeoval gelegen: die Wildsiedlung am Westufer, die Waldsiedlung im Nordwesten. Außer den Siedlungen gibt es weitere verstreute Gehöfte um den See verteilt sowie einen kleinen Zeltplatz, den Camper aus nahezu allen Teilen der früheren DDR gern aufsuchen und der einen ausgezeichneten Ruf hat.

Es ist ungefähr 16.00 Uhr, als sich der Diplomingenieur Rainer Winkler auf sein Fahrrad schwingt, um eine Runde um den See zu radeln. Winkler und seine Familie nennen ein Stück Erde in der Wildsiedlung ihr eigen. Von dort aus will er den See umfahren. Wegen der Hitze wird er ein gemütliches Tempo einlegen.

Ebenfalls gegen 16.00 Uhr, das Kaffeetrinken ist gerade beendet, kommt weiterer Besuch zu den Brings. Es sind die Nachbarn Ulrich und Martha Romanowski und deren Enkelsohn Piet, der wie Miriam Moldenhauer zehn Jahre alt ist. Walter Brings und Ulrich Romanowski sind nicht nur Grundstücksnachbarn, sie haben auch zu DDR-Zeiten zusammen in der Verwaltung des Braunkohlenkombinats gearbeitet. Während Romanowski jedoch vor einiger Zeit seine Arbeit verlor, ist Brings als Buchhalter in der RECULT GmbH beschäftigt, die sich mit der Rekultivierung alter Tagebaue befaßt.

Ulrich und Martha Romanowski kennen auch Walters Schwiegersohn Reginald Moldenhauer sehr gut, schließlich haben sie ihn daheim in K. aufwachsen sehen. Auch sie wissen, daß sich Reginalds immerhin bereits zweite Ehe seit einiger Zeit in der Krise befindet und seine Frau deshalb nicht an den Friedenssee mitgekommen ist. »Der Reginald hat aber auch immer ein Pech mit den Frauen«, hat Martha Romanowski noch am Vorabend zu Karola gesagt.

Mareike langweilt sich bei den Erwachsenen, die ihre typischen Erwachsenengespräche zu führen beginnen. Sie schlägt den jüngeren Kindern Miriam und Piet vor, hinunter zum See zu gehen und dort zu baden. Miriam und der Nachbarsenkel sind begeistert. Sie fragen um Erlaubnis. Niemand hat etwas dagegen.

Viele Leute halten sich an diesem 16. Juli 1995 in den Siedlungen auf, einige suchen Erfrischung beim Baden. Auf dem Wasser sind Anrainer in ihren Booten unterwegs. Es gibt behäbige Spaziergänger und sogar »Verrückte« wie Rainer Winkler, die bei solchen Temperaturen noch Fahrrad fahren. Kein Mensch rechnet damit, daß an einem solchen sommerlichen Sonntagnachmittag irgend etwas passieren könnte, das das Leben etlicher Beteiligter erschüttern oder gar zerstören wird. Nicht hier und nicht zu dieser Zeit. Es geschieht dennoch.

Etwa um 16.00 Uhr also begeben sich Mareike und Miriam Moldenhauer sowie ihr kleiner Kamerad Piet durch den Flieder- und den Gladiolenweg zur Köhlenhüttenstraße. Sie überqueren die Liegewiese und sind nach weiteren zehn bis zwölf Metern am Wasser. Die Mädchen tragen Badeanzüge, T-Shirts und Sandalen. Piet hat eine Badehose und ebenfalls ein Shirt an, aber keine Schuhe. Es ist hier üblich, barfuß zu laufen; Kinder tun es und Erwachsene auch.

Ebenfalls gegen 16.00 Uhr kleidet sich Veronika Hausmann zum Schwimmen um. Sie ist vor etwa einer Stunde auf ihrem Grundstück eingetroffen und noch allein, denn ihr Mann hat in der Stadt zu tun und wird erst gegen Abend erwartet. Nachdem sie Grillfleisch, Getränke und Brot in der kleinen Küche verstaut und überall nach dem Rechten geschaut hat, möchte die junge Frau ein Bad nehmen.

Das Ehepaar Brieger besitzt ein Anwesen, das zwar postalisch zur Wildsiedlung gehört, aber nicht nur für sich steht, sondern auch noch durch den Campingplatz von der Datschenkolonie getrennt ist. Das Wochenendhäuschen von Olaf und Eva-Maria Brieger befindet sich am Nordufer. Das Paar und sein 14-jähriger Sohn Martin sind seit Freitagnachmittag am See. Es gibt ein paar Rituale für ihren Aufenthalt: Um 13.00 Uhr wird gegessen, dann wird Mittagsschlaf gehalten und anschließend gibt es Kaffee. Eva-Maria hat am Sonntag, dem 16. Juli, einen Erdbeerkuchen gebacken. Kurz nach 16.00 Uhr ist das Mahl beendet. Ehepaar Brieger und Sohn Martin bereiten sich auf einen Spaziergang vor, der dazu dient, »im Magen Luft zu machen für das Abendbrot« – so wird es Olaf Brieger später dem Polizeihauptmeister Schlünz zu Protokoll geben.

Es ist 16.20 Uhr. Mareike Moldenhauer hat rasch die Lust verloren, mit den beiden »Kleinkindern« Miriam und Piet zu spielen. Auch auf das Baden hat sie plötzlich »keinen Bock« mehr. Niemand weiß, was sie veranlaßte, ihre Schwester und den Nachbarsenkel am Wasser zurückzulassen und sich auf den Weg das südliche Ufer entlang nach Osten zu machen. Sie hat gesagt, daß sie einfach spazierengehen wolle. Vielleicht ist das so. Womöglich wollte sie auch nur einige Zeit allein sein. Mareike Moldenhauer wird diese Frage nicht beantworten. Sie geht los und spricht mit keinem Menschen mehr. Nie wieder.

Es ist 16.25 Uhr. Der Diplomingenieur Rainer Winkler radelt gemächlich ostwärts. Das Ehepaar Brieger und Sohn Martin beginnen ihren Spaziergang. Veronika Hausmann schwimmt zum See hinaus. Mareike Moldenhauer nähert sich einer großen Wiese, auf der drei Jungen mit einer Wurfscheibe spielen.

Eine erhebliche Strecke südwärts davon und tief im Wald rüstet der Zahnarzt Dr. Rudolf Gaffrick zum Aufbruch und lenkt seinen Mercedes von seinem Grundstück. Seine beiden halbwüchsigen Töchter wollen den Abend und die Nacht in K. verbringen, weil eine ihre Freundinnen eine Geburtstagsparty gibt. Dr. Gaffrick will die Mädchen zur Bushaltestelle bringen, dann sollen sie allein nach K. weiterfahren. Der Bus fährt 16.45 Uhr. Von seinem Anwesen zur Haltestelle braucht Gaffrick mit dem Auto acht Minuten. Um 16.28 Uhr setzt er sich in Bewegung. 16.29 Uhr sieht er ein Mädchen auf dem Weg, der parallel zur Straße verläuft. Das Mädchen trägt einen Badeanzug, darüber ein T-Shirt. Seine Füße sind mit Sandalen bekleidet. Auf der Wiese ist niemand.

16.30 Uhr steigt Veronika Hausmann an einem Steg aus dem Wasser. Sie fühlt sich angenehm erfrischt. Ein Mädchen geht auf dem Uferweg an ihr vorbei. Es ist allein. Veronika Hausmann kennt es vom Sehen. Seine Großeltern verbringen ihre Freizeit oft in der Blumensiedlung. Den Namen des Mädchens, das ein T-Shirt trägt, einen Badeanzug und Sandalen, kennt Frau Hausmann nicht.

Das Mädchen verläßt das Blickfeld der Veronika Hausmann. Der Diplomingenieur Rainer Winkler nähert sich dem Steg, bei dem die Frau den See verließ. Sie ist längst auf dem Weg zu ihrem Grundstück. Winkler sieht sie nicht mehr, und auch sie nimmt den Mann auf dem Rad nicht wahr.

Ebenfalls am Südufer, aber einige Wegminuten vom Ufer entfernt und direkt an der Köhlerhüttenstraße, hat die 72-jährige

Hilde Gebhardt ihr Grundstück. Sie erwarb es Ende der 70er Jahre gemeinsam mit ihrem Mann. Seitdem er verstorben ist, nutzt sie es allein. Manchmal kommen allerdings ihr Sohn, ihre Schwiegertochter und der Enkel für einen Tag zu Besuch. So ist es auch an diesem Sonntag.

Kurz nach dem Mittagessen hat sich Horst Gebhardt von K. aus mit dem Wagen auf den Weg gemacht, um auf dem Anwesen seiner Mutter zu grillen. Seine Frau und sein Sohn Uwe sowie dessen Schulfreund Maximilian begleiteten ihn. Gebhardt ist Fleischer von Beruf, also hat er besonders große und saftige Steaks mitgebracht. Da sie eingefroren waren, tauen sie nun allmählich in der kleinen Küche des Bungalows wieder auf, während sich Gebhardt eine Sportsendung im Fernsehen ansieht, seine Frau Gemüse putzt und seine Mutter die Zeitung liest. Sein Sohn Uwe und Maximilian sind vor etwa einer Stunde von einem gleichaltrigen Freund aus der Siedlung abgeholt worden. Sie haben die Frisbyscheibe mitgenommen, und Horst Gebhardt nimmt an, daß sie irgendwo am See mit ihr spielen.

Es ist 16.30 Uhr. Mareikes Cousin hat sich vor fünf, sechs Minuten von seinen Großeltern, deren Nachbarn und seinem Onkel Reginald verabschiedet. Er muß am Montag sehr früh an einem Seminar teilnehmen und sich vorbereiten, deshalb macht er sich zu dieser Stunde auf den Weg. Johannes Schmitz fährt mit seinem Kleinwagen am Südufer des Sees entlang, benutzt also die Köhlerhüttenstraße und ist allein. Mareike, so sagt er später, will er nicht gesehen haben.

Etwa zur gleichen Zeit holt sich Horst Gebhardt ein Bier aus dem Eimer mit kaltem Wasser, der auf der Terrasse des mütterlichen Bungalows im Schatten steht. Seine Frau ruft ihm nach, er möge auch ihr eins mitbringen. Gehbardt öffnet beide Flaschen in der Küche. Als er ins Wohnzimmer zurückgeht wirft er einen kurzen Blick aus dem Fenster, aber er kann seinen Sohn und dessen Freunde nicht sehen.

Olaf, Eva-Maria und Martin Brieger erreichen das Südufer des Sees. Sie überqueren die große Wiese, auf der vor einigen Minuten noch drei Halbwüchsige Frisby spielten. Aus einem Waldstück, keine fünfzig Meter von ihnen entfernt, dringen Geräusche, eine Mischung aus Lachen und Schreien. Ein Mann beugt sich über jemanden, der am Boden liegt, und drückt diese Person nieder. Plötzlich duckt sich der Mann und ist nicht mehr zu sehen. Auch Geräusche dringen nicht mehr zu den Spaziergängern.

Martin Brieger, der vorausgeht, hat von alldem nichts mitbekommen. Olaf und Eva-Maria halten für ein Liebespaar, was sie da eben flüchtig wahrgenommen haben. Aus einem seltsamen Gefühl schaut Olaf Brieger jedoch auf die Uhr.

Es ist 16.40 Uhr. Das Sterben des zwölfjährigen Mädchens Mareike hat begonnen. Es wird eine Woche dauern, genauer: eine Woche und einen Tag.

Eine Viertelstunde vor fünf sind Miriam und Piet zum Anwesen der Brings zurückgekehrt. Nachdem Mareikes Cousin Johannes abgefahren ist, halten sich dort nach wie vor auf: Walter und Karola Brings, Reginald Moldenhauer und die Nachbarn Ulrich und Martha Romanowski.

Miriam erzählt, daß Mareike allein spazierengegangen sei und man sich ohne die große Schwester gelangweilt habe, deshalb sei man schon wieder da. Obwohl niemand damit rechnet, daß an dem Friedenssee irgend etwas Außergewöhnliches oder gar Schreckliches passieren kann, macht sich doch eine gewisse Unruhe unter den Anwesenden breit. Bisher hat der See seinem Namen alle Ehre gemacht: Es geht friedlich zu an seinen Ufern. Allerdings ist mit dem Gewässer nicht zu spaßen. Immerhin erreicht es in seiner Mitte eine Wassertiefe von zwölf Metern. Irgendwann soll schon einmal jemand ertrunken sein. Das liegt aber mindestens dreißig Jahre zurück.

Es gibt eine Wasserrettungsstation, die bisher alle als selbstverständlich hingenommen haben. Erst am späten Nachmittag des 16. Juli 1995 wird den Leuten, die sich im Garten der Familie Brings aufhalten, bewußt, daß es Gründe für die Existenz einer solchen Rettungsstelle gibt. Daß ein See vorhersehbare und unvorhersehbare Gefahren birgt. Daß auch einer guten Schwimmerin wie Mareike etwas zustoßen kann.

Es ist 17.00 Uhr. Reginald Moldenhauer, Schwiegervater Walter Brings und Nachbar Ulrich Romanowski machen sich auf den Weg, um nach Mareike zu suchen. Die drei Männer folgen zunächst dem Uferpfad in östliche Richtung, denn dorthin hat sich Mareike nach Angaben von Schwester und Spielkamerad begeben. Sie finden das Mädchen nicht, stellen aber zu ihrem größten Erstaunen fest, daß an diesem warmen Sonntagnachmittag wenig los ist am und um den See.

Ungefähr eine halbe Stunde später treffen die Suchenden an der Wasserrettungsstelle wieder zusammen. Mittlerweile sind sie aufs höchste beunruhigt und in Sorge. Mareike ist eigentlich sehr zuverlässig. Es mag sein, daß sie von der drohenden Trennung der Eltern verwirrt ist, aber niemand kann sich vorstellen, daß sie deswegen ausreißt. An diesem Sommertag, noch dazu an einem Wochenende, wo niemand in dieser idyllischen Umgebung an etwas Böses dachte, verbreitet sich quasi von einer Minute auf die andere heftige Angst.

Die Wasserretter besteigen zwei Boote und fahren auf den See hinaus. Ihr Einsatzleiter ruft die Feuerwehr. Um 18.19 Uhr treffen die ersten Einsatzkräfte der Freiwilligen Feuerwehr aus K. ein. Zwei der Männer sind ausgebildete Taucher.

Auch ein Streifenwagen der Polizei erscheint am See. Mit Lautsprecherdurchsagen wird nach dem Mädchen gesucht.

Die Nachricht vom Verschwinden eines Kindes hat sich wie ein Lauffeuer durch alle Siedlungen verbreitet. Vor allem Frauen und Männer aus der Blumensiedlung, die Mareike zumindest vom Sehen kennen oder gar mit Familie Brings befreundet sind, beteiligen sich an der nun beginnenden großen Suchaktion. Sowohl der See als auch ein breiter Uferstreifen werden mit einer gewissen Systematik durchforstet – man muß es so ausdrücken, denn der größte Teil der Suchenden sind keine Profis. Ihr Bemühen bleibt erfolglos.

Bis zu dem abseits der Siedlungen gelegenen Grundstück von Olaf und Eva-Maria Brieger hat sich die Nachricht von dem Verschwinden Mareikes nicht herumgesprochen. Bei einbrechender Dämmerung hat Olaf Brieger den Grill »angeworfen«, während seine Frau auf der seeseitigen Terrasse den Tisch deckt und Unmengen von Windlichtern anzündet. Der Sohn Martin präpariert unterdessen das Angelzeug. Er und sein Vater wollen in der Nacht auf Raubfisch gehen. Dafür bereitet Martin die Blinker vor.

Es ist etwa 22.30 Uhr, als der Junge das Angelzeug hinunter zum See trägt und in dem dort an einem Steg befestigten Ruderboot verstaut. Olaf Brieger füllt indessen die großen weißen Porzellanteller mit Grillfleisch und Bratwürsten, Eva-Maria schneidet Brot. Martin kehrt aufgeregt vom Ufer zurück.

»Da ist was los«, ruft er atemlos. »Auf dem See! Ist wohl wer ertrunken. Die suchen wen!«

Das nächste Gehöft liegt in Richtung Waldsiedlung, etwa hundert Meter vom Grundstück der Briegers entfernt. Die Familie Anton verbringt dort mit drei Hunden und fünf Katzen den Sommer. Friedhelm Anton ist früher bei der Kreisdienststelle für Staatssicherheit in K. beschäftigt gewesen, seine Frau Ursula arbeitete seinerzeit bei der Sparkasse der DDR. Nun sind beide Rentner.

Die Menschen, die am Friedenssee einen großen Teil ihrer Freizeit verleben, halten Friedhelm Anton seine Vergangenheit nicht vor. Sie alle haben in der DDR gelebt und wissen, »wie es damals eben so war«. Friedhelm gehört zu ihnen. Der einzige Mann von weiter her, der jemals versucht hat, am Friedenssee Fuß zu fassen, wurde fortgeekelt. Hier bleibt man unter sich.

Und weil das so ist, gehört Friedhelm Anton noch immer zu den bestinformierten Männern rund um den See.

Olaf Brieger schickt seinen Sohn zu Friedhelm. Es ist etwa 23.00 Uhr, als Martin zurückkehrt. Seine Nachricht: Ein zwölfjähriges Mädchen aus der Blumensiedlung ist verschwunden.

Olaf und Eva-Maria Brieger erinnern sich an ihre Beobachtung vom Nachmittag. Sie erinnern sich, daß sie um 16.40 Uhr in einem Waldstück siebzig, achtzig Meter vom Südufer entfernt ein Liebespaar mehr geahnt als gesehen haben.

Brieger holt seinen Wagen aus der Garage und fährt sofort zur Blumensiedlung. Dort trifft er 23.20 Uhr ein. Er setzt den Einsatzleiter der Freiwilligen Feuerwehr von seiner Beobachtung in Kenntnis. Über ein Sprechfunkgerät informiert der Einsatzleiter seine Leute. Auch Feuerwehrmann Klimmt bekommt die Nachricht. Er hält sich zu dieser Zeit am Südufer auf. Es ist 23.25 Uhr.

Um 23.30 Uhr findet Klimmt im von Brieger beschriebenen Wäldchen ein auf dem Boden liegendes Mädchen. Das Mädchen trägt einen Badeanzug und ein T-Shirt. Am linken Fuß steckt eine Sandale. Der rechte Fuß ist nackt. Die Sandale liegt ein paar Zentimeter vom Körper des Mädchens entfernt.

Das Mädchen bewegt sich nicht. Im starken Lichtstrahl der Spezialtaschenlampe sieht Klimmt das Blut, das aus Mund und Ohren rinnt. Er sieht auch, daß das Kind noch schwach atmet. Sofort ruft er den Einsatzleiter. Gegen 23.40 Uhr ist schon der Notarzt da. Das Mädchen ist Mareike Moldenhauer.

Mareike hat schwerste Schädel- und Hirnverletzungen, die durch äußerst brutale Gewaltanwendung gegen ihren Kopf entstanden sein müssen. Der Schädel ist mehrfach gebrochen. Der Notarzt fordert einen Hubschrauber an. Mareike muß sofort in ein für die Versorgung derartiger Verletzungen eingerichtetes Krankenhaus. Ein Haus, das diese Leistungen bietet, ist die Unfallklinik in D., der Stadt, in der auch die oberste Verwaltungsbehörde der Region ihren Sitz hat, das Regierungspräsidium.

Der Rettungshubschrauber erreicht 0.12 Uhr seinen Einsatzort und nimmt wenig später die bewußtlose Mareike an Bord. Der Notarzt der Feuerwehr hat damit seine Arbeit nicht beendet. Er muß auch Reginald versorgen, Mareikes Vater. Dieser steht unter Schock und quält sich mit Selbstvorwürfen. Reginald Moldenhauer bekommt Medikamente, muß aber vorerst nicht ins Krankenhaus.

Alle reden ihm gut zu. Sie sagen, daß er keine Mitschuld trage. Er habe nicht befürchten müssen, ein unverantwortliches Risiko einzugehen, als er seine Töchter und den Spielkameraden Piet allein zum See gehen ließ. Der Friedenssee und seine Umgebung seien sicher. Alle ließen ihre größeren Kinder unbeaufsichtigt an den See. Es sei ja auch noch nie etwas passiert.

Die Menschen, die Reginald Moldenhauer zu beruhigen versuchen, sind ebenfalls schockiert, und sie wollen sich nicht vorstellen, daß ihren eigenen Kindern Schlimmes hätte widerfahren können. Das Gefühl von Sicherheit, das bislang alle am Friedenssee hatten, gibt es nicht mehr. Statt seiner herrscht Angst. In den folgenden Tagen, Wochen und Monaten werden Kinder sehr streng beaufsichtigt. Manche der Pächter meiden sogar die Siedlung. Es wird lange dauern, bis der Normalzustand zurückkehrt.

In der Stadt K. gibt es eine Polizeistation mit einem Kriminalkommissariat. Die Polizeistation und das Kommissariat sind auch für das Gebiet um den Friedenssee zuständig. Bei schweren Verbrechen allerdings übernehmen die Kriminalisten aus D. die Ermittlungen.

Was D. zu bieten hat, läßt sich an fünf Fingern aufzählen. Es gibt ein Theater, ein bißchen Industrie und sehr viel Verwaltung. Neben dem Regierungspräsidium beherbergt D. auch die Polizeidirektion. Diese ist in polizeilichen Angelegenheiten zuständig für den Regierungsbezirk. Alle Tötungsdelikte und Todesfälle mit unklarer Ursache, alle schweren Körperverletzungen, denen möglicherweise eine Tötungsabsicht zugrunde liegt, alle zweifelhaften Suizide und ärztlichen »Kunstfehler« mit schweren Folgen für den Patienten werden für das gesamte Territorium vom Fachkommissariat römisch Eins bearbeitet. Leiter des FK I ist der Erste Kriminalhauptkommissar Wesolek.

Winfried Wesolek gehört zu jenen Kriminalisten, die man respektvoll »Alte Hasen« nennt. Seit 1969 ist er Kriminalpolizist. Ein Jahr später heiratete der junge Kriminalmeister, und diese Ehe besteht bis heute. »In meiner Mordkommisssion«, sagt er stolz und spielt damit auf ein bestimmtes, weitverbreitetes Problem an, »ist noch keine Ehe kaputtgegangen.« Das ist beinahe das erste, was er mir von sich und seiner Arbeit erzählt, als ich mit ihm ins Gespräch komme. Bei vielen Kriminalisten habe ich erlebt, welchen hohen Stellenwert die Familie für sie besitzt und wie sehr sie eine Familie brauchen, die Verständnis für ihre dauernde Einsatzbereitschaft hat.

Hauptkommissar Wesolek leitet das FK I seit vielen Jahren. In der DDR hatten ihn seine Vorgesetzten zum Studium an die Fachschule für Kriminalistik nach Aschersleben delegiert. Wie viele dort ausgebildete ostdeutsche Kriminalbeamte bedauert auch Winfried Wesolek, daß es in der Bundesrepublik eine solche fachspezifische Studienrichtung nicht mehr gibt.

Im Jahre 1977 erhielt Winfried Wesolek dann sein Abschlußzeugnis und wurde zur Bezirksbehörde der Deutschen Volkspolizei versetzt. Wesolek wurde »kleiner Sachbearbeiter«, wie er es ausdrückt, bei der Morduntersuchungskommission (MUK). Bei »Mord und Totschlag« ist er seit 1977 geblieben. Aus dem »kleinen Sachbearbeiter« wurde der Chef.

Bei meinem Gespräch mit dem Ersten Kriminalhauptkommissar Wesolek ist auch der Kriminalist Robert Vieth dabei. An den Ermittlungen zu dem Verbrechen an Mareike Moldenhauer und an seiner Aufklärung war er maßgeblich beteiligt.

Während wir uns unterhalten, räumt Kommissariatsleiter Wesolek mit so manchem Klischee auf. So schaut er gern Krimis im Fernsehen an, und zwar zur Unterhaltung, nicht aus irgendwelchen fachlichen Gründen (aber mit fachlich fundierter Kritik): »Neulich in einem Krimi fand ein Verhör im Auto statt. Der Beschuldigte legte ein Geständnis ab – während er fuhr! Am Ende wird der Bösewicht vom Kommissar, der auf dem Beifahrersitz saß und schwitzte, natürlich verhaftet. Na ja«, Wesolek lacht, »für ein Geständnis am Steuer kriegt man wohl keinen Haftbefehl.«

Und auch zu seiner ersten, allgemein für unvergeßlich gehaltenen Leiche hat er nur etwas zu sagen, das dem Klischee widerspricht: »Ich dachte ja auch, als ich zur Morduntersuchungskommission kam: Winfried, deine erste Leiche wirst du bestimmt nie vergessen. Was soll ich sagen? Ich kann mich absolut nicht erinnern. Ist ja auch schon 24 Jahre her.«

In der Nacht vom Sonntag, dem 16. Juli, zu Montag, dem 17. Juli 1995 sind zwei Polizisten vom Kriminaldauerdienst aus K. am See. Sie rufen den diensthabenden Kollegen von der Polizeidirektion in D. an, der wiederum verständigt einen Mitarbeiter des FK I, der sich in Bereitschaft befindet. Das ist an diesem Sonntag der Kriminaloberkommissar Heinz Möller.

Als Möller am Tatort eintrifft, ist Mareike Moldenhauer bereits ins Krankenhaus geflogen worden. Kriminaloberkommissar Möller ist nicht allein, sondern er wird von zwei Kriminaltechnikern begleitet. Die Männer machen sich sofort über den Tatort her. Sie untersuchen das Wäldchen und seine Umgebung gründlich, finden aber keine Spuren, die zum Täter führen. Wenn es überhaupt verwertbare Spuren gegeben haben sollte, sind sie von den Suchkräften vernichtet worden.

Von Möller werden die ersten Zeugen befragt. Zu ihnen zählen Mareikes Vater, Mareikes Großeltern, die Nachbarn sowie Olaf Brieger. Durch diese Befragungen macht sich der Kriminalist ein erstes Bild von der Tat und ihren Umständen. Wichtig ist vor allem, die Tatzeit einzugrenzen. Der entscheidende Hinweis ist dabei die Beobachtung von Olaf Brieger. Nach dessen Angaben zu urteilen könnte sich das Verbrechen gegen 16.40 Uhr zugetragen haben. Daß ein Verbrechen stattgefunden hat, daran gibt es keinen Zweifel. Mareike wies Verletzungen auf, die nicht von einem Unfall herrühren können. Jemand hat das Mädchen geschlagen oder getreten, als es am Boden lag. Dabei wurde Mareike so schwer verletzt, daß sie im Koma liegt und ihr die Ärzte im Krankenhaus von D. nur geringe Überlebenschancen einräumen.

Am Morgen des 17. Juli versammeln sich alle Beamten des Fachkommissariats I beim Chef. Winfried Wesolek befindet sich in einer schwierigen Lage. Fast alle seine Mitstreiter haben Familien mit Kindern, und es sind Sommerferien im Bundesland Sachsen-Anhalt. Das Wochenende 15./16. Juli war ein Wochenende mit einem Urlaubswechsel. Die Kollegen, die am Samstag aus dem Urlaub gekommen sind, sollten am Montag ihren Dienst antreten, und sie sind auch alle da. Oberkommissar Möller und einige andere Beamte dagegen sollten am Montag ihren Urlaub beginnen. Auch sie sind zur Beratung angetreten.

Winfried Wesolek beschließt, ihnen und vor allem auch ihren Angehörigen die verdienten Ferien nicht zu verderben. Er ist jedoch besorgt und besteht auf höchster Sorgfalt bei der Dienstübergabe. Informationsverluste darf er nicht riskieren. Möller wird von Robert Vieth abgelöst. Auch die Kriminaltechniker verabschieden sich in den Urlaub, nachdem sie ihre Unterlagen und Asservate an die nachrückenden Mitarbeiter übergeben haben.

Am Montag, dem 17. Juli 1995, beginnen am späten Vormittag die Ermittlungen in der Sache Moldenhauer mit höchstem Nachdruck.

Robert Vieth und mehrere Mitarbeiter des FK I begeben sich nach K., wo ihnen Schutz- und Kriminalpolizisten der Polizeistation zugeordnet werden. Die erste Maßnahme, die sie einleiten, sind Befragungen in allen Siedlungen am Friedenssee, die einzelstehenden Gehöfte selbstverständlich eingeschlossen. Ziel dieser Ermittlungshandlungen ist es, möglichst alle Personenbewegungen auf dem See und an seinen Ufern exakt zu erfassen und auf der Grundlage dieser Erfassung ein Weg-Zeit-Diagramm zu erarbeiten, aus dem hervorgeht, wann das Opfer und wann die Zeugen sich wo befanden. Das wird dann aber Aufgabe des Auswerters sein, dem alle Daten zugehen und der sie festhält, analysiert und in den Zusammenhang zu anderen Daten stellt, um Widersprüche zu erkennen. Er muß auch dafür Sorge tragen, daß nichts an Wissen verlorengeht. Der Auswerter vor allem muß den Überblick bewahren und aus der Fülle von Informationen diejenigen aufbereiten, die für die Ermittlungen entscheidend sein können, ohne die anderen aber zu vergessen.

Von den Pächtervereinen und von der Außenstelle des Einwohnermeldeamtes in K. erhalten die Leute um Oberkommissar Vieth eine Liste aller Personen, die ein Anwesen am Friedenssee ihr eigen nennen. Damit bekommen die Beamten aber nur ein Bruchteil der Namen von Leuten, die sich am See aufgehalten haben können, denn nicht erfaßt sind deren Angehörige. Darüber hinaus gab es natürlich Besucher und Tagesausflügler, und die Camper dürfen auch nicht vergessen werden. Ihre Namen bekommt Vieth von der Verwaltung des kleinen Campingplatzes, der sich zwischen Waldsiedlung und dem Gehöft des Friedhelm Anton erstreckt. Die Verwaltung besteht aus einem älteren Ehepaar, dem man die Exaktheit schon von weitem anmerkt; hier werden alle Bücher sorgfältig geführt. Am Abend des 17. Juli hält Robert Vieth mehrere Blätter in den Händen, die eng mit Namen beschrieben sind. Insgesamt 240 Parzellen befinden sich in den drei Siedlungen und auch außerhalb der Siedlungen rund um den Friedenssee.

Die Befragungen am See haben begonnen, ohne daß bereits

eine vollständige Liste aller Anwohner vorliegt. Insgesamt 35 Ermittler sind am Nachmittag des 17. Juli ausgeschwärmt, um sich mit Hausbesitzern, Pächtern und Zeltern zu unterhalten. Zuerst nehmen sie sich natürlich alle Grundstücke in Tatortnähe vor.

Allerdings stoßen sie bereits auf erste größere Schwierigkeiten. Der 17. Juli ist ein Montag, und viele Häuser stehen leer. Nur wer Urlaub hat, arbeitslos oder Rentner ist, kann es sich leisten, auch die Wochentage am Friedenssee zu verleben, alle übrigen Pächter jedoch, die einer Erwerbstätigkeit nachgehen und keinen Urlaub haben, halten sich die Woche über an ihren Hauptwohnsitzen auf: vor allem in K., doch zum Teil sogar in D. Es wird aufwendig werden, sie alle zu befragen.

Die Schwierigkeiten setzen sich auch auf anderen Gebieten fort. Wichtig für die Ermittler um Robert Vieth sind auch das Lebensumfeld und die Persönlichkeit des schwerverletzten Mädchens. In den Sommerferien können nur einige der Lehrer und Mitschüler angetroffen werden. Nach ihrer Befragung steht fest, daß Mareike ein eher zurückhaltendes, ja scheues Mädchen ist. Davon wird auch ihr Verhalten gegenüber Jungen gekennzeichnet.

Mareike hatte keinen festen Freund. Kurz vor dem Überfall auf sie hatte sie eine sehr lockere Beziehung zu einem Jungen aus ihrer Klasse, die aber mehr den Charakter einer Kinderfreundschaft hatte. Daß sich Mareike von ihrer Schwester und von Piet trennte, um heimlich einen Jungen zu treffen, ist wenig wahrscheinlich.

Mareike war nicht nur zurückhaltend, sie wird sogar als unauffällig beschrieben. In der Schule ist sie weder besonders beliebt, noch ließe sich das Gegenteil behaupten. Sie ist eine durchschnittliche Schülerin. Nur körperlich ist sie, wie allen auffällt, die mit ihr zu tun haben, schon ziemlich weit entwickelt. Für zwölfjährige Mädchen ist es allerdings auch nicht ungewöhnlich, daß sie mitunter schon wie 14 oder 15 wirken, während man die gleichaltrigen Jungen noch für Kinder hält.

Mareike liegt auch am Montag weiterhin bewußtlos auf der Intensivstation. Der Staatsanwalt veranlaßt, daß sie von einer Gerichtsärztin untersucht wird. Diese Untersuchung soll das Verletzungsbild festhalten und Rückschlüsse auf den Tathergang ermöglichen. Vorgenommen wird sie von Frau Dr. Oberländer vom Rechtsmedizinischen Institut der Universität Halle. Sie reist zu diesem Zweck nach D. Schon einen Tag später liegt ihr Gutachten in vorläufiger Form vor; in seiner endgültigen Fassung trifft es am Freitag, dem 21. Juli, ein.

Die Ärztin bestätigt, was Wesolek, Vieth und auch die übrigen Ermittler längst ahnen: Mareike ist Opfer einer Sexualstraftat geworden. Unter dem Badeanzug haben sich Spuren von organischem und anorganischem Material gefunden, das dem Laub und dem Erdreich vom Tatort entstammt und auf keine andere Weise an diese Körperstelle gelangt sein kann als durch die Hand eines Vergewaltigers. Daß eine Vergewaltigung versucht worden ist, ergibt sich aus Verletzungen im Genitalbereich. Vollendet wurden die Vergewaltigung allerdings nicht.

Für diese Tatsache kann es mehrere Gründe geben. So kann der Täter während der Tat zur Besinnung gekommen, es kann ihm nach dem anfänglichen rauschhaften Zustand bewußt geworden sein, was er tut. Das ist allerdings unwahrscheinlicher als die Version, man habe ihn gestört. Diese Störung kann beispielsweise durch die Zeugen Brieger verursacht worden sein. Deren Auftreten in Tatortnähe ernüchterte den Täter, der von Mareike abließ, zumindest seine Zudringlichkeiten aufgab.

Den Tötungsversuch unternahm er in diesem Fall nicht zum Lustgewinn, sondern um die wichtigste Zeugin seiner Tat zu beseitigen.

Der Täter weiß nicht, wie es um sie steht. Den ganzen 17. Juli verlebt er vermutlich in größter Sorge. Am 18. Juli nimmt sich dann die Presse des Falles an.

»Manchmal hilft die Presse uns sehr bei unserer Arbeit«, sagt Winfried Wesolek, »aber oftmals bringt sie uns durch falsche Berichte und Lügen auch in die Bredouille.«

Daß die Presse von dem Fall berichtet, ist zumindest anfangs ganz im Sinne der Ermittler. Sie haben die Nachrichten sogar initiiert, weil sie ganz konkrete Hoffnungen damit verbinden. So endet der erste Artikel in der »Anhaltinischen Rundschau« mit den Sätzen: »Die Polizei sucht Zeugen, die sich am Sonntag zwischen 16 Uhr und den späten Abendstunden am Friedenssee aufgehalten und das Mädchen möglicherweise gesehen haben. Hinweise zu Personen und Fahrzeugbewegungen nehmen die Kripo in D., aber auch jede andere Polizeidienststelle entgegen.« Auch eine Personenbeschreibung bringt der Artikel sowie eine sachliche Darstellung dessen, was am See geschehen ist. In den Boulevardblättern ist von Anfang an von einem Sex-Gangster die Rede.

Die Presse verbreitet auch, Mareike sei mit einem Stein niedergeschlagen worden – eine falsche Information. Es werden Zusammenhänge zu anderen Taten an Mädchen hergestellt, und einige Tage nach dem Verbrechen vom Friedenssee geistert schon das Gespenst eines Serientäters durch den Blätterwald.

Die Veröffentlichungen in der Presse und die Aufrufe an die Bevölkerung, sachdienliche Hinweise zu liefern, haben aber auch den von der Polizei gewünschten Effekt. Es melden sich

Zeugen bei der Polizeistation in K. und in der Polizeidirektion in D.

Zu diesen Zeugen gehört Veronika Hausmann. Sie berichtet am 19. Juli dem Kriminalbeamten, der ihre Aussage aufnimmt, daß sie am Nachmittag des 16. Juli im See schwimmen war und gegen 16.30 Uhr, nach Verlassen des Wassers, das Mädchen gesehen habe, über das die Polizei Erkundigungen einzieht. Nach der veröffentlichten Beschreibung zu urteilen, muß es sich um die Mareike aus der Blumensiedlung gehandelt haben. Mareike sei auf dem Sandweg, der den gesamten Friedenssee umläuft, in östlicher Richtung unterwegs gewesen. Etwas Auffälliges habe Veronika Hausmann an dem Kind nicht bemerkt, auch sei es allein gewesen.

Ebenfalls am 19. Juli meldet sich der Zahnarzt Dr. Rudolf Gaffrick bei der Polizei. Er sagt aus, daß er seine beiden Töchter zu der Haltestelle gebracht habe, die vom Linienbus nach K. bedient wird. Da dieser an Sonntagen nur stündlich fährt, habe er unbedingt den Bus um 16.45 Uhr erreichen wollen. Deshalb habe er auch immer wieder auf die Uhr geschaut und könne exakte Angaben zur Zeit machen. 16.28 Uhr habe er sein Gehöft verlassen. Eine Minute später habe er dann das Mädchen gesehen. Er habe die Köhlenhüttenstraße benutzt und sei auch an dem Grundstück von Frau Gebhardt vorbeigekommen, die gemeinsam mit ihren Angehörigen auf ihrem Anwesen gewesen sein müsse, denn ihr Auto und auch das ihres Sohnes hätten hinter dem Tor geparkt.

Das Mädchen sei auf dem Sandweg unterwegs gewesen, der in wenigen Metern Abstand parallel zur Straße verläuft. Es sei ohne Begleitung gewesen.

Fünf Minuten vor Abfahrt des Busses habe Zahnarzt Gaffrick die Töchter an der Haltestelle abgesetzt, dann sei er sofort zu seinem Anwesen zurückgefahren. Zwischen frühestens 16.45 und spätestens 16.50 Uhr müsse er wieder angekommen sein. Das Mädchen habe er nicht mehr gesehen.

Die Aussagen der beiden Zeugen bestätigen Robert Vieth und Winfried Wesolek in der Auffassung, der Überfall des Sexualtäters auf Mareike Moldenhauer müsse sich gegen 16.40 Uhr ereignet haben. Innerhalb nur weniger Minuten wurde Mareike so zugerichtet, daß sie wohl nie mehr aus dem Koma erwachen wird, wie die Ärzte inzwischen mitteilten. Die Ermittler mußten die Hoffnung aufgeben, Mareike könne selber mit ihren Aussagen zur Aufklärung des Verbrechens beitragen.

Was den Täter betrifft, hält sich Oberkommissar Vieth alle Optionen offen. Sowohl einen Durchreisenden erwägt er als auch einen Ortskundigen. Die Stelle, wo Mareike gefunden wurde, ist allerdings ein Platz, den ein Ortsunkundiger nicht auf Anhieb finden oder gar zuvor für ein Verbrechen auswählen würde. Auch bezüglich der Handlungsweise des Täters hat sich Kriminaloberkommissar Vieth nicht festgelegt: Er hält sowohl eine geplante als auch eine spontane Tat für möglich.

Nach den ersten hoffnungsvoll stimmenden Zeugenaussagen passiert erst einmal wenig. Die 35 Ermittler aus K. und D. nehmen Tag für Tag in den Siedlungen und Anwesen am Friedenssee ihre Befragungen vor. Viele Grundstücke müssen sie mehrmals aufsuchen, um jemanden anzutreffen, bei manchen stehen sie auch in den folgenden Tagen vor verschlossenen Türen. Das trifft auch für die Parzelle von Hilde Gebhardt zu, mit der die Beamten gern sprechen würden, weil Mareike nach Aussagen des Zahnarztes an diesem Grundstück vorbeigekommen ist.

Eines steht bald fest: Entgegen anfänglicher Erwartungen kommen die Kriminalisten zu dem Schluß, das es sowohl in der näheren als auch in der ferneren Umgebung des Tatortes kaum Begängnis gab, wie es im Kriminalistendeutsch heißt. Mit anderen Worten: Es war ungewöhnlich wenig los. Offenbar verhinderte die extreme Hitze, daß sich die Menschen von ihren Grundstücken fortbegaben, um einen Spaziergang zu machen oder auf den See hinauszurudern. Die einzigen Spaziergänger, die ermittelt werden konnten, waren die Eheleute Brieger mit ihrem Sohn.

Neuer Schwung kommt erst am 25. Juli in die Ermittlungen. Es meldet sich nämlich ein Ehepaar bei den Kriminalisten in D. und macht eine Aussage, die die Untersuchungsbeamten elektrisiert. Die Eheleute aus D. unterhalten ein Grundstück in der Wildsiedlung und sind am Sonntagnachmittag am Friedenssee unterwegs gewesen, am Montag dann aber für eine Woche in den Urlaub nach Mallorca geflogen, so daß sie nichts von den Geschehnissen mitbekommen haben. Erst als sie am Montagabend nach D. zurückkehrten, erfuhren sie aus der Presse davon.

Das Ehepaar sagt aus, bei seinem Spaziergang das Mädchen Mareike in Begleitung eines jungen Mannes gesehen zu haben. Dieser junge Mann sei vielleicht 18 Jahre alt gewesen, vielleicht auch etwas älter, aber nicht mehr als 21 Jahre. Der Mann sei mit dem Mädchen im Wald verschwunden, das Ehepaar habe seinen Weg fortgesetzt. Einige Zeit später hätten sie den Mann dann noch einmal gesehen. Nunmehr sei er allein gewesen und habe ein Auto bestiegen, das in einem Nebenweg der Köhlerhüttenstraße abgestellt worden war. Bei dem PKW habe es sich um einen roten 5er BMW gehandelt. Das Beobachtete habe sich etwa hundert Meter vom Ufer ereignet – also in Tatortnähe. Allerdings geben die Eheleute an, es müsse ungefähr 17.00 Uhr gewesen sein.

Das Paar beschreibt auch die Kleidung des Mannes. Obwohl die Zeitangabe allen bisherigen Zeugenaussagen widerspricht, wird ein Phantombild angefertigt, das nach Angaben von Veith und Wesolek sehr aussagekräftig war. Zwei Kriminalbeamte der Arbeitsgruppe »Friedenssee« des FK I befragen das Ehepaar nach dem Anfertigen des Phantombildes noch einmal eingehend und getrennt. Insbesondere die Zeitangabe liegt ihnen am Herzen.

Es stellt sich heraus, daß weder die Frau noch der Mann sicher sind, daß es tatsächlich 17.00 Uhr war. Beide geben übereinstimmend zu Protokoll, daß es durchaus auch früher gewesen sein kann, schließlich hätten sie ihrer Beobachtung keine Bedeutung beigemessen und darum auch nicht auf die Uhr geschaut.

Am Abend des 26. Juli beschließen die Ermittler und auch der das Verfahren leitende Oberstaatsanwalt Menninger, das Phantombild sofort an die Presse zu geben. Bei den Zeitungen, deren Redaktionsschluß noch bevorsteht, kann es am Tag darauf erscheinen. Die Ermittler stehen seit dem Montag unter großer Anspannung. Von diesem Tag an, dem 24. Juli, 14.30 Uhr suchen sie einen Mörder. Am 24. Juli erlag Mareike Moldenhauer ihren schweren Hirnverletzungen.

Bereits am Vormittag des 17. Juli war Mareikes Mutter von Berliner Polizisten an ihrem Arbeitsplatz in der Charité aufgesucht und über das Geschehene in Kenntnis gesetzt worden. Umgehend ging Antje Moldenhauer zu ihrem Chefarzt und bat um Urlaub, der ihr sofort gewährt wurde. Am Nachmittag des 17. Juli kam sie in D. an. Sie traf sich mit ihrem Noch-Ehemann, und beide fuhren ins Krankenhaus. Am Vorabend hatte der Vater nur einen kurzen Blick auf seine schwerverletzte Tochter werfen dürfen. Der Rettungsarzt wollte Reginald Moldenhauer den Anblick ersparen. Gesicht und Kopf seiner Tochter waren fürchterlich entstellt.

In der Klinik, unter den Verbänden, sieht Mareike dann zwar nicht mehr so schlimm aus, dennoch bietet das Ambiente der Intensivstation mit den lebenserhaltenden Apparaten, den Schläuchen und Kabeln eher Anlaß für neuerliche Verzweiflung. Von den Kriminalbeamten wird der Vater zwar als gefaßt beschrieben, aber vermutlich hat er nur seine Angst, seine Wut und seine tiefe Bewegtheit in sich hineingefressen, wie es Männer oft tun, weil man sie dazu erzogen hat, Gefühle nicht zu zeigen.

Frau Moldenhauer hingegen bekommt beim ersten Aufenthalt am Krankenbett – den es nur im übertragenen Sinne gibt, die Eltern dürfen durch eine Glasscheibe auf ihre Tochter schauen – einen Nervenzusammenbruch. Nur unter dem Einfluß von stark dämpfenden Medikamenten kann sie die nächsten Tage überstehen. Dann allerdings nehmen die Mutterpflichten für die jüngere Tochter sie in Anspruch, und sie lenkt sich mit der Versorgung von Miriam etwas ab von ihrem Schmerz. Doch dieser läßt sich nicht verdrängen, fällt immer wieder über sie her. Niemand kann begreifen, daß es Menschen gibt, die Kindern so etwas antun. Außerdem quälen sich vor allem der Vater und die Großeltern mit Selbstvorwürfen. Hätten sie Mareike nicht zurückhalten müssen? Hätte man die Kinder nicht zum See begleiten sollen?

Selbstzerknirschung und Schmerz wechseln sich mit dem Haß auf den Täter ab. Man versucht, sich die »Sex-Bestie« vorzustellen, ihr ein Gesicht zu geben, aber das gelingt nicht. Diese Gesichtslosigkeit des Verbrechers ist das Schlimmste; sie nämlich steigert die Vorstellung vom Täter immer mehr ins Unerträgliche. Man sieht immer wieder vor sich, wie etwas Riesiges, Dunkles sich über das Mädchen legt und es zerquetscht. Daran denken die Angehörigen am Tag, davon träumen sie des Nachts, wenn sie überhaupt einmal schlafen können.

Am 27. Juli 1995 bekommt der Mörder plötzlich ein Gesicht. Nicht nur in der regionalen Presse, sondern auch in Abonnenten- und Verkaufszeitungen von Thüringen, Brandenburg, Berlin und Mecklenburg-Vorpommern erscheint das Phantombild des jungen Mannes, den Spaziergänger in Begleitung Mareikes gesehen haben wollen. Nach diesem Mann und seinem Wagen, einem roten 5er BMW, fahndet die Polizei. Sie sucht ihn als wichtigen Zeugen. In den Medien wird er bereits als Tatverdächtiger hingestellt. Das widerspricht den Verlautbarungen der Pressestelle der Polizeidirektion, aber die Zeitungen halten sich nicht daran. Aus irgend einem unbekannten Grund haben alle, ausnahmslos alle den Gesuchten als potentiellen Täter dargestellt.

»Das hätte nicht passieren dürfen«, sagt Kriminalhauptkommissar Wesolek bei unserem Gespräch, und noch sechs Jahre später ist ihm der Ärger anzumerken. »Stellen Sie sich vor, jemand aus seinem Umfeld erkennt den Mann und verbreitet überall, es handle sich bei ihm um einen Kindermörder. Der Ruf dieses Menschen ist für lange Zeit nachhaltig beschädigt. Und wir haben ihn wirklich nur als Zeugen gesucht.«

»Obwohl wir natürlich im Hinterkopf hatten, daß er auch der Täter sein könnte«, fügt KOK Vieth hinzu. »Immerhin soll Mareike mit ihm mitgegangen sein.«

»Aber auch im Schlechten gibt es doch immer noch was Gutes«, meint Winfried Wesolek philosophisch. Nun lächelt er auch wieder. »Es meldeten sich nämlich nach der Veröffentlichung des Phantombildes weitere Zeugen, die den Mann gesehen haben wollen.«

»Womöglich ist ein Mann in diesem Alter auch tatsächlich zur fraglichen Zeit am See gewesen«, meint Robert Vieth. »Gemeldet hat er sich nicht. Mag sein, daß seine Absichten nicht lauter waren. Aber Mareike hat er nicht auf dem Gewissen.«

»Wir haben ihn nie gefunden«, sagt Winfried Wesolek.

Der Leichnam von Mareike Moldenhauer wird ins Rechtsmedizinische Institut nach Halle überführt. Die Autopsie nimmt am 27. Juli 1995 die Oberärztin Dr. Oberländer vor. Anwesend sind der Sektionsgehilfe Maxim Berger, ein Polizeifotograf sowie als Vertreter der Untersuchungsbehörden der Oberstaatsanwalt Menninger und der Kriminalbeamte Wesolek. Die Obduktion beginnt um 10.00 Uhr. Um 11.30 Uhr ist sie beendet. Frau Dr. Oberländer erhebt folgende Befunde: Bei der Inaugenscheinnahme des Leichnams protokolliert sie mehrere äußerliche Verletzungen. Dazu gehören eine Rißwunde an der linken Augenbraue und bläuliche Verfärbungen im Halsbereich. Diese Verletzungen sind bereits nach der Einlieferung ins Krankenhaus von den Ärzten der Notversorgung als auch von einem hinzugezogenen Spezialisten diagnostiziert sowie bei der ersten gerichtsärztlichen Untersuchung festgestellt worden. Auch die bekannten Verletzungen im Genitalbereich werden ins Sektionsprotokoll aufgenommen. Es wird festgestellt, daß Mareike Moldenhauer nicht vergewaltigt worden ist.

Sorgfältig präpariert die Prosektorin die Luftröhre mit dem Kehlkopf heraus und entfernt die Muskeln. Sie stellt Weichteilunterblutungen fest, die von ihr auf die Anwendung eines Drosselwerkzeugs oder auf einen sogenannten »Schwitzkasten« zurückgeführt werden. Mareike ist also gedrosselt oder gewürgt worden, allerdings nicht mit Händen, sondern mit einem Arm; typische Würgemale, wie sie Hände verursachen, fehlen.

Durch Abschnürung der Blutzufuhr kann das Hirn großflächig geschädigt werden. Folgen können ein jahrelanger komatöser Zustand sein, lebenslang psychische und neurologische Schädigungen, zum Beispiel Lähmungen, oder auch der Tod, der nicht sofort eintreten muß, sondern wie bei Mareike längere Zeit auf sich warten lassen kann. Allerdings war das Würgen oder Drosseln nicht todesursächlich.

Die Todesursache findet die Oberärztin nach dem Öffnen des Schädels. Durch die Hirnkompression infolge der gegen den Kopf ausgeübten schweren Gewalt ist an vielen Stellen des Gehirns Blut ausgetreten. Diese diffusen Prellungsblutungen fanden sich in allen Hirnbereichen und konnten daher nicht operativ beherrscht werden. Die Ärzte der Unfallklinik versuchten vielmehr, Mareike mit Medikamenten zu retten, welche die Blutgerinnsel auflösen sollten. Doch das Hirn des Mädchens und insbesondere seine Gefäße waren zu schwer geschädigt. Der Druck der heftig angeschwollenen Hirnbereiche konnte am Ende nicht mehr kompensiert werden. Am 24. Juli nahm dieser Druck enorm zu. Er lastete vor allem auf dem Atemzentrum, das schließlich versagte.

Mareike Moldenhauer ist erstickt. Sie erstickte nicht, weil man sie würgte oder drosselte, sie erstickte, weil ihre Zellen nicht mit Sauerstoff versorgt wurden, und dies ist das eigentliche Ersticken: Die biologische Oxidation, die den Körper mit Energie versorgt, kann nicht mehr stattfinden. Das bedeutet den Tod.

Oberstaatsanwalt Menninger übernimmt es, der Presse von der neuen Konstellation zu berichten. Aus der schweren Körperverletzung ist ein Tötungsdelikt geworden. Von der Ermittlungszuständigkeit ändert sich nichts, die Sache bleibt beim FK I.

Der Oberstaatsanwalt verschweigt bei seinem Auftritt vor der Presse einige Details der Tat, um zu verhindern, daß ein Wissen öffentlich wird, das neben den Ermittlungsbehörden nur der Täter hat und haben kann, sogenanntes Täterwissen. Sowohl von der Verletzung an der Augenbraue als auch von dem Laub unter Mareikes Badeanzug erfahren die Pressevertreter nichts. Menninger stellt aklar, daß Mareike nicht vergewaltigt wurde. Insbesondere die Abgesandten der bunten Blätter sind nun irrtiert: War es am Ende gar keine Sex-Bestie, kein Sex-Monster, kein Sex-Überfall?

Schon am Dienstag, dem 18. Juli, haben zwei Ermittler den Physikstudenten Johannes Schmitz, Mareikes Cousin, an seinem Wohnort aufgesucht. Daß er ins Blickfeld der Kripo gerückt ist, hat damit zu tun, daß er kurz vor der angenommenen Tatzeit das Grundstück seiner Großeltern verließ, um nach Halle zu fahren. Johannes Schmitz saß allein in dem Auto, mit dem er nach Halle fuhr, er hat also kein Alibi. Der Student könnte durchaus zur Tatzeit am Tatort gewesen sein. Daß er in Halle eine Freundin hat, spricht nicht gegen seine Täterschaft. Es gibt keine einschlägigen Vorstrafen, keine Auffälligkeiten.

»Wir haben ihn nach der Vernehmung trotz des fehlenden Alibis mit 99-prozentiger Sicherheit ausgeschlossen«, sagt Oberkommissar Vieth. »Seine Aussage klang glaubwürdig. Ein Prozent Zweifel blieb allerdings. Das fehlende Alibi führte dazu, daß er von unserer Liste möglicher Täter nicht getilgt wurde.«

Am Samstag, dem 22. Juli, haben die Einsatzkräfte von Kriminal- und Schutzpolizei über achtzig Leute in den Siedlungen am Friedenssee befragt. An diesem Tag gelingt es ihnen endlich auch, die Hausbesitzerin Gebhardt und ihren Sohn zu befragen. Nach wie vor ist das Interesse an ihnen groß, denn schließlich befindet sich das Anwesen nur fünfhundert Meter vom Tatort entfernt: Damit gehört es zu den Grundstücken, die dem Tatort am nächsten liegen.

Während der Woche haben sich weder Hilde Gebhardt noch ihr Sohn Horst auf dem Grundstück an der Köhlerhüttenstraße aufgehalten. Erst an diesem Samstagnachmittag sind sie wieder da.

Der Kommissar Christian Kollmorgen vom Kriminalkommissariat aus K., der sich mit ihnen unterhalten will, wird auf die Terrasse gebeten. Dort befindet sich ein zum Kaffee gedeckter Campingtisch, den vier Gartenstühle aus Plastik umgeben. Der Polizeibeamte erkundigt sich, wer noch anwesend sei, und erfährt, daß Gebhardts Frau Annemarie und der fünfzehnjährige Sohn zum See gegangen sind, um zu schwimmen. Von der Terrasse schaut man im übrigen auf eine große Wiese und dahinter auf den Wald; die Köhlerhüttenstraße kann man von hier nicht sehen.

Horst Gebhardt hat bereits in K. und aus der Presse von dem Verbrechen an Mareike Moldenhauer erfahren und wirkt entsetzt. Am Sonntag, dem 16. Juli, ist er nämlich auch auf dem mütterlichen Grundstück gewesen. Außer ihm hielt sich die Mutter dort auf, dann Horst Gebhardts Ehefrau, der Sohn Uwe und dessen gleichaltriger Freund Maximilian. Auch die Tatzeit will Gebhardt aus der Zeitung erfahren haben.

»Wenn ich mir vorstelle, daß wir hier bei Kaffee und Kuchen saßen, und nur ein paar hundert Meter weit geschieht so was!«

ruft Gebhardt aus und empört sich. Auf Kollmorgen macht sein Verhalten den Eindruck echter Betroffenheit. Der Mann reagiert so wie die vielen anderen Leute auch, die der Kommissar bereits befragt hat.

Dem Kriminalisten wird eine Tasse Kaffee angeboten, die er dankend annimmt. Horst Gebhardt berichtet:

Am Nachmittag des 16. Juli will er sich im Haus aufgehalten und eine Sportsendung gesehen haben; das könnten sowohl seine Frau als auch seine Mutter bestätigen. Sein Sohn, dessen Freund und noch ein dritter Junge aus der Blumensiedlung, der ebenfalls mit Uwe befreundet ist, hätten ab etwa 15.30 Uhr auf der großen Wiese am südöstlichen Seeufer Frisby gespielt. Ungefähr 16.30 Uhr seien sie aber zurückgekehrt. 16.55 Uhr habe man das Anwesen verlassen, um nach K. zu fahren. Den Wagen habe er selbst gelenkt, mitgefahren seien seine Frau, sein Sohn und Maximilian. Die Zeit wisse er zufällig so genau, weil er auf die Uhr am Armaturenbrett gesehen habe. Das mache er immer. Es sei eine Gewohnheit. Am Sonntag habe es sonst keinen besonderen Grund dafür gegeben.

Kommissar Christian Kollmorgen nimmt Horst Gebhardts Aussage auf. Er hat keinen Anlaß, an dessen Angaben zu zweifeln: Auch Gebhardt ist einer der vielen Familienväter, die sich des öfteren mit ihren Angehörigen am Friedenssee aufhalten und nun von der Polizei belästigt werden müssen, nur weil sie hier waren und nicht anderswo. Kollmorgen verzichtet darauf, Horst Gehbardts Alibi zu prüfen. Da der Täter nur ein Mann sein kann, verzichtet er auch auf eine Befragung von Gebhardts Mutter und seiner Ehefrau. Allerdings überreicht er Horst Gebhardt eine Vorladung. Am Mittwoch, dem 26. Juli 1995, um 10.00 Uhr soll sich Gebhardt bei der Kripo in D. zu einer förmlichen Zeugenvernehmung einfinden. Horst Gebhardt bestätigt dem Kriminalkommissar Kollmorgen, diesen Termin einhalten zu können.

Das Interesse der Ermittler aus D. gilt nun den Jugendlichen, die am See Frisby gespielt haben. Alle drei werden für Dienstag, den 25. Juli, auf das Kriminalkommissariat nach K. vorgeladen. Zuerst vernehmen Vieth und Kriminalobermeister Baggehl vom FK I Gebhardts Sohn Uwe, dann dessen Freund Maximilian.

Diese beiden Vernehmungen erbringen kein sensationelles Resultat. Die Jungen bestätigen, auf der Wiese bis zirka 16.30 Uhr mit der Frisbyscheibe gespielt zu haben. Vermutlich sei 16.30 Uhr aber fast schon zu weit gegriffen, eher 16.20 Uhr haben sie das Gelände verlassen. Ein Mädchen hätten sie nicht gesehen.

Während Uwe und Maximilian sich zum Grundstück von Hilde Gebhardt begaben, also zum Anwesen der Großmutter von Uwe, habe sich der Dritte im Bunde, Jonas, von ihnen getrennt. Er habe sich auf den Weg in westliche Richtung begeben, »wo er Mareike hätte treffen können«, sagt Robert Vieth bei unserem Gespräch. Dieser Jonas habe zum Frisbyspielen seine Turnschuhe ausgezogen und sei auch barfuß, die Schuhe geschultert, nach der Blumensiedlung aufgebrochen.

Die Zeugenvernehmung von Jonas Schultze aus K. beginnt um 13.30 Uhr. Durchgeführt wird sie ebenfalls von Vieth und Baggehl. Der Fünfzehnjährige wird belehrt. Dann geschieht etwas Merkwürdiges: Schon nach den ersten Fragen bricht er in Tränen aus.

Die Vernehmung dauert etwas mehr als eine Stunde. Trotz größter Anstrengungen bringen die Vernehmer nichts aus dem verschüchterten Jungen heraus. Angeblich hat er nichts gesehen, weiß er nichts. Daß er geweint hat, begründet er damit, noch nie etwas mit der Kripo zu tun gehabt zu haben. Tatsächlich wirkt er sehr verunsichert und ängstlich.

Auf der Liste der Tatverdächtigen stehen seit diesem Dienstag auch die drei jugendlichen Frisbyspieler. Jonas Schultze steht sehr weit oben. Sie bleiben, ebenso wie Mareikes Cousin Johannes Schmitz, auf dieser Liste – bis zum 8. August.

Robert Vieth war immer überzeugt, daß es einen anderen Täter geben muß. »Ganz ausschließen konnte ich die Jugendlichen und auch den Cousin aber nicht«, sagt er. »Sie befanden sich alle zur Tatzeit in Tatortnähe. Sie hatten kein Alibi außer dem, welches sie sich selber gaben. Und das ist kein Alibi!«

»Wir haben sogar einige Zeit den neuen Lebensgefährten der Mutter von Mareike als Täter in Betracht gezogen«, erklärt Winfried Wesolek. »Wir hatten zwei Wochen lang so wenig Anhaltspunkte, daß wir nach jedem Strohhalm griffen.«

»Und dann war ja auch noch dieser Druck von seiten der Öffentlichkeit da«, meint Vieth. »Natürlich wollten wir schnell den Täter fassen.«

»Schnell ja«, bestätigt Wesolek, »aber ohne zu pfuschen.«

Horst Gebhardts Vernehmung am 26. Juli bestätigt nur, was man bisher schon wußte, es wurde nur in die Form eines korrekten Protokolls gebracht. Um ein weniges erweitert er allerdings seine Angaben: So sagt er nun, er habe eigentlich am Abend des Tattages grillen wollen, aber dann festgestellt, daß das Fleisch noch nicht aufgetaut sei. Deshalb sei er schon so früh aufgebrochen. Er habe nicht so lange warten wollen, schließlich habe man versprochen, Maximilian, den besten Kumpel des Sohnes, vor 21.00 Uhr bei dessen Eltern abzuliefern; das Fleisch wäre aber nicht rechtzeitig weich geworden.

Und er habe einen Umweg genommen, sagt Gebhardt, weil er Maximilian unbedingt das Ostufer des Friedenssees zeigen wollte, das besonders schön sei. Deshalb sei er wohl auch an dem Wäldchen vorbeigefahren, in dem zu diesem Zeitpunkt die bewußtlose Mareike lag.

Gebhardt ist ein wenig kleinlaut. »Man konnte ja nicht wissen, was da passiert war«, sagt er, »sonst hätte man ja noch helfen können.«

Die entscheidende Wendung bringt der 31. Juli 1995. An diesem Tag ist das Ehepaar Kunze zur Zeugenvernehmung bestellt. Kunzes haben ein Grundstück gegenüber der Parzelle von Annemarie Gebhardt, also auf der anderen, seewärtigen Seite der Köhlerhüttenstraße. Ihr Grundstück ist relativ groß und reicht sehr nahe an den See heran. Dort, wo sie ihre Freizeit verbringen, haben sich der Sandweg, der den See umläuft, und die Köhlerhüttenstraße voneinander entfernt. Bis kurz vor das Anwesen der Kunzes verlaufen beide parallel. Nun liegen zwischen ihnen sechzig Meter. Diese sechzig Meter nimmt die Parzelle der Familie Kunze ein. Das Grundstück grenzt also im Norden an den Sandweg, im Süden an die Köhlerhüttenstraße und im Westen an den Pfad, auf dem sich Veronika Hausmann vom Steg zu ihrem Haus bewegt hat. Im Osten wiederum berührt das Kunze-Anwesen die große Wiese, auf der die drei Jungen Uwe, Maximilian und Jonas Frisby gespielt haben.

Frank Kunze hat den Rasen gewässert und dabei die drei Jungen gesehen. Seine Frau habe sich zu diesem Zeitpunkt im Haus aufgehalten. Genau könne er es nicht sagen, aber es muß 16.15 Uhr gewesen sein, als er die Jungen noch einmal sah. Etwa fünf bis zehn Minuten später seien sie dann fortgewesen.

Ab 16.30 Uhr habe Kunzes Frau den Wagen beladen; man

habe vorgehabt, etwa 17.00 Uhr nach K. zu fahren und den Abend dort zu verbringen, da man aus beruflichen Gründen am Montag sehr früh aus den Federn müsse. Ungefähr 16.40 Uhr habe Frank Kunze das Wässern des Rasens beendet und begonnen, den Schlauch einzurollen. Wenig später sei dann seine Frau mit einem Stück Kuchen gekommen, das übriggeblieben sei vom Kaffeetrinken und das sie nicht mit nach K. nehmen wollte. Herr Kunze habe dieses Stück dann verzehrt. Es sei 16.45 Uhr gewesen. Frank und Gabi Kunze hätten sehr nahe am Gartenzaun gestanden. Und da hätten sie Horst Gebhardt gesehen.

Gebhardt sei vom See gekommen und den schmalen Weg am der großen Wiese entlanggegangen. Das bedeutet, er ist vom Sandweg, der den See umläuft, gekommen, und sein Ziel war die Köhlerhüttenstraße beziehungsweise das Grundstück seiner Mutter. Nach etwa vierzig Metern erreichte Gebhardt die Höhe von Frank und Gabi, die ihn anriefen. Sie grüßten, obwohl Gebhardt dafür bekannt ist, Grüße nicht zu erwidern. An diesem Tag tat er es.

Die Befragung des Ehepaares Kunze ergibt zwar noch keinen dringenden Tatverdacht, aber es wird deutlich, daß Horst Gebhardt bei seiner Vernehmung gelogen hat. Er hat sich nicht die ganze Zeit im Haus der Mutter aufgehalten, um sich die Sportsendung anzuschauen. 16.45 Uhr sah ihn das Ehepaar am Zaun seines Anwesens; um vom Tatort zu diesem Zaun zu gelangen, benötigt man circa fünf Minuten.

Noch läßt man Gebhardt in Ruhe. Oberkommissar Vieth fordert gemeinsam mit dem Staatsanwalt erst einmal vom Bundeszentralregister Informationen an. Ins BZR werden alle Vorstrafen eingetragen, aber nach Ablauf der gesetzlichen Frist werden sie gelöscht.

Man wird fündig. Horst Gebhardt hat zwei Einträge. Er ist 1977 und 1981 von einem Bezirksgericht der DDR zu Haftstrafen verurteilt worden: Wegen mehrfacher Vergewaltigung.

Nunmehr ist Gebhardt der Tatverdächtige Nummer eins. Anfang August ist es den unermüdlichen Einsatzkräften am Friedenssee gelungen, 130 Personen zu befragen. Jetzt werden die Befragungen beendet. Die Polizei läßt Pächter und Camper fortan in Ruhe.

Es ist in einem solchen Fall niemals möglich, alle potentiellen Zeugen zu ermitteln und jedes Detail restlos aufzudecken. Diese Tatsache und das Vorgehen der Rechtsanwälte wird die Ursache dafür sein, daß die Eltern von Mareike noch jahrelang unter der Vorstellung leiden müssen, der Tod ihrer Tochter werde trotz begründeten Tatverdachts nie gesühnt. Bis ins Jahr 2000 werden sie warten müssen.

Man kann es nicht als Fehler bezeichnen. Niemand wußte von dem Fahrradfahrer Rainer Winkler. Niemand hat ermittelt, daß Winkler zur Tatzeit bei der großen Wiese eine Pause einlegte. Niemand hat ihn dort gesehen, außer Gebhardt.

Am 8. August 1995 fahren zwei Kriminalbeamte der Ermittlungsgruppe »Friedenssee« von D. nach K. Ihr Ziel ist die Arbeitsstelle von Horst Gebhardt. Gebhardt arbeitet als Schlachter im ehemaligen Fleischkombinat von K. Er zerlegt Rinder und Schweine in handliche Portionen. Das ist ein Beruf, der viel Körperkraft erfordert. Horst Gebhardt ist auch ein kräftiger Mann mit breiten Schultern. Klugheit und Bildung sind hingegen nicht seine Stärken. Mareikes mutmaßlicher Mörder verließ die Volksschule mit dem Abschluß der 8. Klasse, nachdem er mehrmals sitzengeblieben war. Dann erlernte er als 16-Jähriger den Beruf des Fleischers im VEB Fleischwarenkombinat.

Der Betrieb ist mittlerweile eine GmbH & Co. KG. Gebhardt ist nach wie vor hier beschäftigt. Seine Haftstrafen haben ihm beruflich nicht geschadet. Er ist nicht unbeliebt und gilt als fleißiger, wenn auch etwas wortkarger Mensch, der alles für seine Familie tut.

Die Kriminalisten, die ihn am Vormittag des 8. August ansprechen, fordern ihn auf, ihnen nach D. zu folgen. Sie sind sehr nachdrücklich, und Gebhardt geht freiwillig mit ihnen mit. Im strengen Sinne handelt es sich also nicht um eine Festnahme.

»Wenn er freiwillig nicht mitgekommen wäre«, sagt Winfried Wesolek, »hätten wir ihn allerdings festgenommen.«

Die Vernehmung von Gebhardt findet in der Polizeidirektion statt. Geleitet wird sie von Oberstaatsanwalt Menninger, ihm assistiert Kriminalobermeister Baggehl. Das Verhör beginnt als Zeugenvernehmung. Winfried Wesolek ist nach wie vor der Überzeugung, daß dies ein taktischer Fehler war.

Während seiner Vernehmung legt Horst Gebhardt ein Teilgeständnis ab. In der folgenden Beschuldigtenvernehmung offenbart er Täterwissen. So beschreibt er Mareikes Verletzung an der Augenbraue, von der nur der Mörder wissen kann. Gebhardt bekennt, daß er Mareike am Haus seiner Mutter vorbeigehen sah, während er eine Sportübertragung schaute. Dann seien »sie mit mir durchgegangen«. Ein paar Minuten habe er gezögert, sei dann dem Mädchen gefolgt. Als sie sich begegneten, war Mareike bereits auf dem Rückweg.

Gebhardt gibt an, das Mädchen für älter gehalten zu haben, als es tatsächlich war. Das ist glaubhaft. Horst Gebhardt ist nicht pädophil. Aber er träumt seit seiner Jugend davon, Gewalt gegen Frauen auszuüben. In seiner Ehe kann er diese Neigung nicht ausleben.

Ob es in Gebhardts Ehe überhaupt erfüllende Sexualität gab, wird das Geheimnis der Eheleute bleiben. Gebhardts Frau hat von Anfang an die Aussage verweigert. Sie schwieg bei der polizeilichen Vernehmung, sie schwieg vor Gericht.

Man kann daher nur mutmaßen. Gebhardts schwere Straftaten gegen Frauen, deren letzte aus dem Jahre 1981 nun schon vierzehn Jahre zurücklag und für die er gesühnt hat, haben möglicherweise beide verdrängt. Es gab ein unausgesprochenes Übereinkommen, diese Dinge nicht zu berühren. Sicher glaubte Frau Gebhardt auch, ihren Mann dadurch vor erneuten Taten zu bewahren, daß sie ihm über Jahre ihre Solidarität erwies.

In Wirklichkeit jedoch bohrte in Gebhardt immer der Wunsch, eine Frau mit brutaler Gewalt zu beherrschen. Da er in der Haft keine Therapie angeboten bekam, nach der Haftentlassung aber auch nie professionelle Hilfe suchte, hat nur die Furcht vor Strafe seine sexuellen Interessen in die tiefsten Schichten seiner Seele verbannt. Aber damit sind sie nicht verschwunden.

Vierzehn Jahre hat er seine Wünsche nach gewalttätig ausgeübter Sexualität unterdrücken können – jedenfalls behauptet er das. Am 16. Juli 1995 jedoch »setzte es bei mir aus.« Anders kann Gebhardt nicht beschreiben, was er fühlte und tat. Wahrscheinlich entzieht es sich aber ohnehin der Beschreibbarkeit. Es gab ein »Rappeln im Kopp«, und dann ging er los. Der immer brüchige Mechanismus der Verdrängung war außer Kraft gesetzt.

Was dann geschah, ist fürchterlich, aber schnell erzählt, weil es so rasch ging. Gebhardt nutzte die »geringe Begängnis« aus, stürzte sich auf das ihm entgegen kommende Mädchen, zerrte es ins Gebüsch und versuchte, es zum Geschlechtsverkehr zu zwingen. Währenddessen sprach er kein Wort. Mareike wehrte sich natürlich und schrie. Gleichzeitig nahm Horst Gebhardt die Spaziergänger Brieger war. Das führte dazu, daß er zu sich kam und ihm bewußt wurde, was er gerade tat. Gebhardt warf sich auf Mareike und versuchte auf diese Weise, ihre Schreie zu unterdrücken. Deshalb klangen sie in den Ohren von Olaf und Eva-Maria Brieger eher wie die unterdrückten Lustgeräusche eines Liebespaares.

Gebhardt begann nun Entdeckung und Strafe zu fürchten. Mareike war als Opfer zugleich die wichtigste Zeugin des begonnenen Verbrechens. Angezeigt und wieder vor Gericht gestellt zu werden, wollte Horst Gebhardt mit allen Mitteln verhindern, deshalb würgte er Mareike, bis sie das Bewußtsein verlor. Dann trat er ihr mehrfach mit dem bloßen Fuß gegen den Kopf und verursachte die schweren Schädel-Hirn-Verletzungen, die letztlich zum Tod des Mädchens führten. Den Tod herbeizuführen, war auch sein Ziel.

Gebhardts Teilgeständnis läßt seine früheren Angaben in einem neuen Licht erscheinen. Sein plötzlicher früher Aufbruch wegen der unaufgetauten Steaks sieht nun eher wie eine Flucht aus. Und der Umweg, den er angeblich gemacht hatte, um Maximilian das Ostufer zu zeigen, kann auch dadurch erklärt werden, daß Gebhardt nachsehen wollte, ob Mareikes lebloser Körper schon entdeckt worden war. Er hatte sich also bei der ersten Befragung bereits Erklärungen für sein Verhalten zurechtgelegt, die von der Tat ablenken sollten.

Bei seiner Vernehmung am 8. August 1995 hat Gebhardt allerdings andere Angaben gemacht. Bestimmte Hemmschwellen konnte er nicht überschreiten.

»Die Vernehmung eines Mörders, noch dazu eines Kindermörders ist etwas ganz anderes als die Vernehmung eines Einbrechers oder eines Diebes«, erklärt Winfried Wesolek. »Mord ist die am meisten geächtete Straftat. Die Straferwartung liegt bei lebenslangem Freiheitsentzug. Man muß dem Täter sehr viele Brücken bauen, wenn man ihm ein Geständnis ermöglichen will. Die Hemmschwelle, sich zu einem Mord zu bekennen, liegt enorm hoch. Da läßt man sich als Vernehmer schon mal dazu herbei, so zu tun, als wäre die Tat gar nicht so schlimm. Als könne man sie rundum verstehen. Man muß ein Vertrauensverhältnis herstellen.«

Unter dem Einfluß seines schlechten Gewissens und seiner Schuldgefühle hat Gebhardt denn auch einige der goldenen Brücken beschritten, die Menninger und Baggehl ihm errichteten. Allerdings hat er immer wieder behauptet, nicht zu wissen, warum er Mareike würgte. Er erklärt es wieder mit dem »Ausrasten«, dem »Rappeln im Kopp«, also mit einer Art Wahnsinn und nicht als Versuch, einen Verdeckungsmord zu begehen. Des weiteren schwört der Beschuldigte Stein und Bein, Mareike mit einem Knüppel auf den Kopf geschlagen zu haben. Davon wich er während der gesamten Vernehmung nicht ab, und später hat er nichts mehr gesagt. Es widerspricht aber dem Befund der Obduktion.

»In einer Zeitung oder auch in mehreren war insbesondere das Treten mit dem Fuß als besonders abscheulich gebrandmarkt worden«, erklärt sich Wesolek dieses Verhalten. »Deswegen konnte sich Gebhardt dazu nie bekennen. Das war ihm unmöglich.«

Am 8. August hatte Winfried Wesolek eine Meinungsverschiedenheit mit dem Staatsanwalt. Er bestand darauf, das Verhör von vornherein als Beschuldigtenvernehmung zu gestalten. Das wollte Menninger nicht. Er begann mit einer Zeugenvernehmung. Das ist juristisch korrekt, aber aus taktischer Sicht wäre es erfolgversprechender gewesen, den Überraschungseffekt zu nutzen und Gebhardt als Beschuldigtem die aufgetauchten Widersprüche vorzuhalten, ihn mit den Vorwürfen gegen ihn zu konfrontieren. So bekam man am Ende ein Teilgeständnis und ein Hauptverfahren, das fünf Jahre dauerte. Mit insgesamt 139 Verhandlungstagen zählte der Gerichtsprozeß zu den längsten und spektakulärsten in Deutschland.

Einen weiteren Fehler beging der Staatsanwalt nach Ansicht der Kriminalisten dadurch, daß er Gebhardt nicht am Vormittag des 9. August abermals verhörte. Nach der Umwandlung der Zeugen- in eine Beschuldigtenvernehmung und nach einer weiteren Vernehmung am selben Tag vor dem Haftrichter wurde ein Haftbefehl erlassen. Normalerweise ist es üblich, den Beschuldigten nach der in Haft verbrachten Nacht erneut ausgiebig zu befragen, um Widersprüche zu klären und ihm Gelegenheit zu geben, sein Gewissen zu erleichtern. Wenn ein Täter über die erste Brücke gegangen ist, redet es sich mit ihm ganz anders. Diese Chance wurde vertan. Menninger wollte Gebhardt erst ein paar Tage später wieder hören. In der Zwischenzeit hatte der Beschuldigte aber nun doch Kontakt zu seinen Verteidigern, die ihm rieten zu schweigen. Anfangs hatte er auf juristischen Beistand verzichtet.

Die Anwälte befassen sich im Prozeß ausgiebig mit offengebliebenen Details und nicht ermittelten Zeugen. So stellen sie immer wieder neue Beweisanträge, benennen weitere Verdächtige: den Fahrradfahrer Winkler, den Gebhardt in Tatortnähe bei einer Pause gesehen hatte, einen vorbestraften Sexualtäter, der sich am 16. Juli auf dem Campingplatz aufhielt, einen Verbrecher, der in Brandenburg ähnliche Taten begangen hatte. Sogar ein Wichtigtuer wurde aufgetrieben, der Mareike zur Tatzeit in einem Boot auf dem See gesehen haben wollte. Wochen-, ja monatelang mußten die Leute des FK I nachermitteln, Alibis prüfen, weitere Zeugen befragen. Alle diese Spuren verliefen letzten Endes im Sande. Sie banden nicht nur viel Kraft, sie zogen auch die gerichtliche Hauptverhandlung in die Länge. Nach 21 Verhandlungstagen ließen die Anwälte dann das erste Verfahren platzen.

Bei einem Lokaltermin am Friedenssee überzeugte sich die Große Strafkammer davon, daß Gebhardt aus dem Haus seiner Mutter auch tatsächlich Mareike Moldenhauer vorbeigehen sehen konnte. Die Anwälte stellten an den Vorsitzenden Richter immer neue Anträge und forderten, daß noch einmal aus dieser, noch einmal aus jener Position der Blickwinkel geprüft würde. Einen dieser Anträge wies der vorsitzende Richter schließlich ab. Draufhin stellten die Verteidiger einen Befangenheitsantrag gegen das Gericht. Dem mußte stattgegeben werden. Das erste Gerichtsverfahren war beendet.

Erst Monate später wurde die Hauptverhandlung vor einer anderen Großen Strafkammer fortgesetzt. Das Verfahren zog sich über Jahre hin. Die Anwälte wiederholten das Spiel mit immer neuen Beweis- und Befangenheitsanträgen. Fast jeden traf es, auch die rechtsmedizinischen und die kriminaltechnischen Gutachter. Als das Urteil gesprochen wurde, lag das Verbrechen fast vier Jahre zurück.

Am Ende wurde Horst Gebhardt jedoch verurteilt. Die Kammer des Landgerichts befand, daß er sich des Mordes in Tateinheit mit versuchter Vergewaltigung schuldig gemacht habe. Eine verringerte Schuldfähigkeit wurde verneint. Auch eine von den Verteidigern ins Feld geführte Gehirnerschütterung aus der Kindheit war nach Einschätzung eines psychiatrischen Sachverständigen ausgeheilt und hatte keine Schuldminderung zur Folge. Horst Gebhardt erhielt eine lebenslängliche Freiheitsstrafe. Die Teilnahme an einer Therapie wurde ihm nicht nahegelegt.

Die Anwälte akzeptierten dieses Urteil nicht. Sie legten Revision beim Bundesgerichtshof ein. Eine viele hundert Seiten lange Schrift wurde von ihnen zur Begründung ihres Revisionsbegehrens eingereicht. Wieder ging es vor allem um die angebliche Befangenheit der Richter, die Beweise nicht richtig gewertet hätten, weil man Gebhardt von Anfang an als Schuldigen gewollt habe.

Mareikes Eltern hatten längst den Glauben an die Justiz verloren. Sie waren überzeugt, daß der Mörder ihrer Tochter nie für seine Tat bestraft werden würde. Erst im Herbst 2000 traf dann die erlösende Nachricht ein: Ein Strafsenat des BGH hat die Revision verworfen. Das Urteil gegen Horst Gebhardt erlangte Rechtskraft.

Zerplatzte Träume

Der Fall Ilka Andres

Der Gründonnerstag des Jahres 1998 soll für die 34-Jährige Ilka Andres aus der sächsischen Kreisstadt R. ein ganz besonders schönes Osterfest einleiten. Ilka, alleinerziehende Mutter eines 13-jährigen Sohnes, hat vor einiger Zeit einen charmanten und väterlichen älteren Mann kennengelernt, einen wohlhabenden Handwerksmeister, den sie liebt. Dieser Handwerker, Paul Junker, ist Elektrikermeister und Inhaber einer größeren Elektroinstallationsfirma in T., einer Stadt, die sich etwa zehn Kilometer östlich von Leipzig befindet. Der 46-jährige, so erzählt er jedenfalls seiner Geliebten Ilka, hat sich nach der Wende selbständig gemacht und den ehemaligen sozialistischen Handwerksbetrieb übernommen, in dem er zu DDR-Zeiten und in den ersten beiden Jahren nach der Wende angestellt war. Nun ist er Chef und Inhaber des Unternehmens. Er hat mehrere Angestellte und einen ansehnlichen Umsatz. Paul Junker ist mit seiner Firma zum reichen Mann geworden. Er besitzt mehrere Häuser und fährt einen Mercedes der S-Klasse, den Ilka allerdings noch nie gesehen hat.

Doch es wird bald Gelegenheit dazu geben, schließlich möchte man gemeinsam in den Urlaub fahren, und für eine lange Tour ist Ilkas Golf einfach zu klein, deshalb wird man Pauls großen Wagen benutzen.

Ilka Andres liebt ihren Paul aber keineswegs wegen seines Geldes. Sie hat einen Mann gefunden, bei dem sie sich anlehnen kann, und darum vor allem geht es ihr. Es ist jedoch auch angenehm, die Freundin eines wohlhabenden Mannes zu sein.

Das räumt Ilka, die in ihrem Leben bisher jeden Pfennig umdrehen mußte, ohne weiteres ein.

Die 34-Jährige lebt seit ihrer Geburt in R. Für mich ist die Stadt genau richtig, pflegt Ilka gern zu sagen, sie ist nicht zu groß und nicht zu klein. R. hat knapp 30 000 Einwohner. Es ist eine Industriestadt, und als die Industrie noch volkseigen war, lebten sogar 40 000 Menschen dort. Die Wende hat also nicht nur Positives ins tiefste sächsische Hinterland gebracht. Doch Ilka lebt gern in R. Sie hat einen Job, wenn auch im 20 Kilometer entfernten O. Außerdem hat man in den letzten Jahren nicht nur den Altstadtkern saniert, sondern auch die Wohngebiete um die Innenstadt herum. R. ist ein richtig schmuckes Städtchen geworden. Um den Altstadtmarkt wurden viele Kneipen eröffnet, allerdings muß Ilka einräumen, daß sie noch keine von ihnen besucht hat. Das soll sich über Ostern ändern.

Denn die Feiertage will Paul in R. verbringen, und er wird nicht allein kommen, sondern er will seine Tochter Anja mitbringen. Ilka Andres bewertet dies als ein unwiderrufliches Bekenntnis zu ihr, denn immerhin gibt es in Pauls Leben noch eine andere Frau. Mit seiner Lebensgefährtin Elvira Prechtel bewohnt Paul eines seiner Häuser in T. Anja ist sein Kind aus einer gescheiterten ersten Ehe, für das er das Sorgerecht erhielt. Wenn Paul mit Anja das Osterfest bei Ilka verbringt, sich also gegen die andere entscheidet, hat das sicher etwas zu bedeuten.

Ohnehin hat Paul versprochen, sich von Elvira zu trennen. Er will für Ilka, ihren Sohn Moritz und sein Kind Anja ein neues Haus bauen. Und nicht nur das: Er möchte auch gemeinsame Kinder mit Ilka haben. Das heißt, in Zukunft wird Ilka, die ebenfalls eine Trennung hinter sich hat, wieder in einer normalen Familie leben. Sie wird einen Mann haben, einen Sohn und eine Tochter, zu denen dann später noch weitere Geschwister hinzukommen sollen.

Auf das lange Wochenende mit Paul und Anja bereitet sich Ilka Andres gründlich vor. Noch am Morgen des Gründonnerstag schreibt sie ihrem Sohn einen Zettel und bittet ihn, sein Zimmer aufzuräumen, im Wohnzimmer noch einmal Staub zu saugen und von der Großmutter Kissen und Steppdecke zu holen. Sie schreibt: »Weil Besuch kommt.« Um wen es sich dabei handelt, läßt sie offen. Der Sohn Moritz ahnt natürlich, daß der Freund ihrer Mutter ein paar Tage in R. verbringen will. Er erledigt alles, was seine Mutter ihm aufgetragen hat.

Nachdem sie den Zettel für ihren Sohn verfaßt hat, der zu diesem Zeitpunkt noch schläft, schließlich sind Osterferien, macht sich Ilka auf den Weg ins benachbarte Städtchen O. Ilka ist in einem Supermarkt von O. als Verkäuferin beschäftigt. Es ist der 9. April 1998. Um zehn Uhr sitzt Ilka an der Kasse.

Bereits am Tag zuvor hat Ilka den Chef des Supermarktes gefragt, ob sie an diesem Tag nicht früher Schluß machen könne. Normalerweise endet ihr Dienst um 18.00 Uhr. Der Marktleiter ist einverstanden. Er gestattet seiner Mitarbeiterin, bereits um 16.00 Uhr Feierabend zu machen.

Gegen Mittag des 9. April ruft Paul Junker im Supermarkt an. Ilkas Kollegin Miriam Becker geht an den Apparat. Junker bittet sie, Ilka ans Telefon zu holen. Ein paar Minuten sprechen die beiden »Turteltäubchen« miteinander, wie Miriam Becker sie nennt. Natürlich wollen die neugierigen Kolleginnen wissen, was es mit dem Anruf auf sich habe. Ihr Freund, so erklärt Ilka Andres, habe noch einmal wissen wollen, ob man sich beim Leipziger Völkerschlachtdenkmal treffen wolle; Paul habe nämlich vor, ihr den Rohbau des Hauses zu zeigen, das er für ein gemeinsames Leben errichtet. Dann wolle man gemeinsam nach R. zurückfahren. Stolz berichtet Iris ihren Kolleginnen, daß Paul das Wochenende bei ihr verbringen wird und auch seine Tochter mitbringt.

Sie fragt ihren Chef, der sich in Leipzig auskennt, wie sie am besten mit ihrem Wagen von O. aus zum Völkerschlachtdenkmal komme. Gegen 16.00 Uhr bricht sie auf.

Miriam Becker macht sich zur selben Zeit auf den Weg. Auch sie muß ihren Arbeitsplatz früher verlassen, weil sie noch einen Arzttermin hat. Sie sieht, wie Ilka Andres ihren blauen Golf besteigt und den Parkplatz am Supermarkt verläßt. Bis zur Autobahn folgt sie ihr noch. Dort trennen sich ihre Wege. Ilka Andres benutzt die Auffahrt in Richtung Leipzig. Sie wird nicht wieder auftauchen.

Als sie am Abend nicht nach R. zurückkehrt, weder allein noch mit den Besuch, wird ihr Sohn Moritz unruhig. Verstärkt wird diese Unruhe noch dadurch, daß gegen 19.00 Uhr Paul aus Leipzig anruft und fragt, wo Ilka denn bleibe. Moritz geht zu seiner Großmutter, die in R. nicht weit vom Haus ihrer Tochter entfernt wohnt. Die Unruhe des Kindes überträgt sich auf sie. Schließlich wird auch sie von Paul angerufen. Es ist mittlerweile 21.00 Uhr. Erneut erkundigt sich der Mann aus Leipzig nach Ilkas Verbleib.

Großmutter und Enkel kehren in Ilkas Wohnung zurück. Gemeinsam warten sie. Doch Ilka Andres kommt auch in den folgenden Stunden nicht nach Hause.

Die Großmutter bleibt über Nacht. Sie macht kaum ein Auge zu, und auch Moritz schläft schlecht. Am nächsten Morgen, als Großmutter und Enkel das Warten und die Ungewißheit nicht länger ertragen, wenden sie sich an die Polizei. Es ist 7.45 Uhr am Karfreitag, als sie Ilka als vermißt melden.

Auf dem Polizeirevier wird die Anzeige aufgenommen. Doch bei einer erwachsenen Person wird die Polizei nur dann sofort aktiv, wenn der Verdacht eines Verbrechens begründet ist oder wenn man davon ausgehen muß, daß sich der oder die Verschwundene das Leben nehmen könnte. Das trifft auch für hilf- und orientierungslose Erwachsene zu.

An dem Tag, an dem Ilkas Mutter bei der Polizei in R. eine Vermißtenanzeige aufgibt, werden in der gesamten Bundesrepublik fast 3 800 erwachsene Personen vermißt. Zwei Drittel davon sind Männer. (Eine aktuelle Zahl aus dem Jahr 2002: Am 2. Januar sind 3 783 Personen als vermißt gemeldet, 2 755 Männer und 1 028 Frauen.) Normalerweise kehrt ein sehr hoher Anteil dieser Menschen schon recht bald nach Hause zurück oder wird von der Polizei aufgegriffen. Manche, die wirklich für immer aus ihrem bisherigen Lebensumfeld verschwinden wollen, werden nie gefunden, weder tot noch lebend. Aber einige fallen tatsächlich einem Tötungsverbrechen zum Opfer.

Kriminalhauptmeister Sigurd Barck von der Polizeidirektion R. bekommt die Vermißtensache Ilka Andres auf den Tisch. Er muß nun entscheiden, ob erste Ermittlungs- und Fahndungsmaßnahmen einzuleiten sind oder nicht. Um diese Entscheidung zu treffen, spricht er eingehend mit Ilkas Mutter und dann auch mit dem Sohn. Ihm wird dabei schnell klar, daß ein freiwilliges Verschwinden mit dem Leumund der Frau nicht in Übereinstimmung zu bringen ist. Weitere Befragungen ergeben: Ilka Andres ist in ihrer Nachbarschaft und im Kollegenkreis als absolut zuverlässig bekannt. Ihr Sohn Moritz ist ihr Ein und Alles. Wenn sie ihn doch einmal für längere Zeit allein lassen muß, ist immer dafür gesorgt, daß sich jemand um ihn kümmert. Falls sie sich entschieden hätte, für längere

Zeit – und aus welchen Gründen immer – von zu Hause fort zu bleiben, hätte sie ihrem Sohn Bescheid gegeben.

Dieser gute Leumund und das gesamte bekannte Verhalten von Ilka Andres geben dem Kriminalhauptmeister sehr zu denken. Sie gehört nicht zu den Menschen, die sich einfach davonstehlen, wenn ihnen ihr Leben über den Kopf wächst. Außerdem hatte sie keine unüberwindlichen Probleme, steckte sie nicht in diffizilen Konflikten. Im Gegenteil, sie war glücklich. Es gab seit einiger Zeit wieder einen Mann in ihrem Leben, den sie liebte. Mit dem sie eine gemeinsame Zukunft aufbauen wollte. Warum also sollte sie freiwillig verschwinden? Weder für eine Flucht noch für einen Suizid gab es ein Motiv.

Barck hat also von Anfang an ein ungutes Gefühl. Deshalb sichert er vorsichtshalber in der Wohnung der Vermißten ihre Haar- und Zahnbürste. An diesen Gegenstände haftet stets zellkernhaltiges Material des jeweiligen Benutzers. Durch eine spätere DNA-Analyse kann somit das individuelle DNA-Muster festgestellt werden, das die Grundlage einer absolut sicheren Identifizierung bildet. Der Kriminalbeamte tütet geeignete Spurenträger ein, um für den Fall der Fälle gerüstet zu sein. Außerdem informiert er die Mordkommission und bittet die Spezialisten für Tötungsverbrechen um Mithilfe. Nach eingehender Beratung steigt die Mordkommission aus der benachbarten Großstadt in die Ermittlungen ein. Bereits am Nachmittag des Karfreitag werden Fahndungsdaten an alle deutschen Polizeidienststellen versandt. Und am Abend des Ostersonntags strahlt »Kripo live« eine Fahndungssendung aus.

Für Moritz Andres und seine Großmutter wird es ein schreckliches Osterfest. Beide sind vollkommen verzweifelt. Die Suche nach den Geschenken, die die Großmutter für ihren Enkel gekauft hat, fällt aus, dabei haben sich beide so sehr darauf gefreut. Sogar der Sonntagsbraten verbrennt in der Röhre, weil sich Ilkas Mutter nicht konzentrieren kann. Ihre Gedanken sind unablässig bei ihrer Tochter. Wenn Moritz es nicht mitbekommt, weint sie. Oder sie sitzt stundenlang am Fenster und starrt hinaus. Es gibt so viele Fragen, die sie quälen, und es gibt keine Antwort.

Moritz will mit seinen dreizehn Lenzen natürlich ein tapferer Mann sein. Manchmal macht er sogar eine flapsige Bemerkung über seine Mutter, die die Oma erschreckt. Aber die rauhe Schale ist nur ein Tarnmantel. Abends im Bett, als ihn niemand sieht, heult sich der Junge in den Schlaf.

Beide hoffen. Aber beide ahnen auch, wie sinnlos ihre Hoffnungen sind.

Die Kriminalisten der Mordkommission konzentrieren ihre Ermittlungen schon bald auf den Freund, den Ilka beim Völkerschlachtdenkmal in Leipzig treffen wollte. Sie befragen eingehend Ilkas Mutter, ihren Sohn und auch die Arbeitskollegen und -kolleginnen, die am Samstagvormittag noch arbeiten müssen und daher ohne Schwierigkeiten verfügbar sind. Es stellt sich dabei heraus, daß Ilka Andres bereits seit einem Dreivierteljahr mit diesem Mann intim ist, daß ihn aber niemand richtig kennt.

Sogar was den Namen betrifft, sind die Mitarbeiter des Supermarktes in O. uneins. Die Kriminalbeamten erfahren ihn vom Sohn. Paul heißt der Mann, den Frau Andres in Leipzig treffen wollte. Paul, das weiß auch die Großmutter. Oma und Enkel sprechen auch davon, daß dieser Paul ein Millionär sein soll. Nach einem Tag intensiver Befragungen haben die Ermittler vom Liebhaber der Verschwundenen folgende Angaben: Paul, vielleicht 40 bis 45 Jahre alt, dicklich, wohnhaft irgendwo im Leipziger Umland, Elektriker und Millionär. Und die Mütze, die er immer zu tragen pflegt, ist ihnen bekannt. Es handelt sich um eine karierte Schiebermütze.

Dienstag, der 14. April 1998. Am späten Vormittag macht die Politesse Rita Kornblum ihre Runde durch die Chemnitzer Innenstadt und verteilt Knöllchen. Ein blauer Golf fällt ihr wegen seines Kennzeichens auf. Der Wagen trägt eine Nummer des Kreises R. Wenn sich Rita Kornblum nicht irrt, ist ein Fahrzeug aus R. seit ein paar Tagen zur Sachfahndung ausgeschrieben. Und zwar im Zusammenhang mit einer Personenfahndung, glaubt sich die Politesse zu erinnern.

Rita Kornblum ruft per Walkie-Talkie die Zentrale. Sie hat recht. Eine Viertelstunde nach ihrem Durchruf sind schon die Polizeitechniker und zwei Kriminalisten der Polizeidirektion Chemnitz vor Ort. Der blaue Golf mit dem Tageskilometerstand 220 km gehört Ilka Andres.

Kriminalhauptmeister Barck von der Kriminalpolizei Inspektion R. und die Hauptkommissare Pinkert und Laasch von der Mordkommission treffen anderthalb Stunden nach Auffinden des PKW am Fundort ein. Der Wagen wird in die Kriminaltechnische Abteilung des Landeskriminalamtes gebracht. Bemerkenswert ist vorerst nur, daß die Türen des Autos unverschlossen sind. Ansonsten findet sich nichts, was auf ein Verbrechen hinweist, also keine Blutspritzer oder dergleichen. Das Lenkrad ist frei von Fingerspuren. Es wurde abgewischt. Das wiederum ist eigentlich ein Hinweis auf ein Verbrechen. Recht schnell läßt sich klären, daß Ilka Andres keine Verbindungen nach Chemnitz und damit auch kein Motiv hatte, in die südsächsische Großstadt zu fahren. Daß ihr Golf in dieser Stadt aufgetaucht ist, noch dazu unverschlossen, macht den Fall nur noch mysteriöser.

Das Auffinden des PKW nehmen die Kriminalisten zum Anlaß, die Wohnung von Ilka Andres mit penibler Gründlichkeit zu durchsuchen. Dabei entdecken sie auch Hinweise auf Paul. Am Abend des 14. April wissen die Beamten, mit wem sie es zu tun haben: Mit Paul Junker aus T., als Elektriker beschäftigt bei der Firma KLG Kraft & Licht GmbH in T., Vater einer Tochter mit Namen Anja, lebt zusammen mit der Zahnarzthelferin Elvira Prechtel in einer Mietwohnung in T. – von Reichtum keine Spur. Er besitzt keine Firma, hat also Ilka Andres etwas vorgemacht. Dies ist der erste Hinweis auf den Charakter des Mannes, an dem so große Hoffnungen Ilkas hingen.

Paul Junker wird zur Vernehmung bestellt. Das Gespräch findet am Donnerstag, dem 16. April 1998, in der Polizeidirektion Leipzig in der Zeit von 8.30 bis 9.30 Uhr statt. Durchgeführt wird es von den beiden aus R. angereisten Hauptkommissaren Pinkert und Laasch. Eine Protokollantin ist nicht anwesend. Das Vernehmungsprotokoll schreibt Kriminalhauptkommissar Laasch später auf Grundlage seiner Notizen ins reine. Es wird von Paul Junker anstandslos unterzeichnet. Er wird im übrigen als Zeuge gehört, nicht als Beschuldigter.

Junker streitet ab, Ilka Andres am Gründonnerstag getroffen zu haben. Auch über Ostern will er sie nicht gesehen haben. Er sei zwar mit ihr am Völkerschlachtdenkmal verabredet gewesen, doch Ilka sei zu dem Treffen nicht erschienen. Er hätte Ostern sehr gern mit Ilka verbracht und habe sich sehr gewundert, daß sie nicht gekommen sei. Seine Lebensgefährtin Elvira wisse im übrigen von seiner Geliebten und habe sie auch toleriert. Selbst damit, daß er Ostern bei Ilka in R. verleben und auch noch die Tochter Anja mitnehmen wollte, sei sie einverstanden gewesen. Dazu sei es dann aber nicht gekommen. Wohl oder übel habe er also in T. bei seiner »Familie« bleiben müssen.

Obwohl diese Aussage auf den ersten Blick glaubwürdig klingt, nehmen die Hauptkommissare Pinkert und Laasch dem Zeugen Junker kein Wort davon ab. Denn warum sollte Ilka nach Leipzig gefahren sein, wenn sie sich gar nicht mit Junker habe treffen wollen? Zwar hat sie niemand in Leipzig ankommen gesehen, aber die Aussage der Kollegin ist eindeutig: Ilka hat die Autobahn in Richtung Leipzig befahren. Außerdem ist ihre Freude nach Pauls Anruf, in der er nach Angaben der Kolleginnen das Treffen nochmals bestätigt haben soll, den Kollegen aufgefallen. Hätte der Mann abgesagt, wäre Ilka ja wohl enttäuscht gewesen. Die Enttäuschung hätte sie womöglich hinuntergeschluckt, um sich keine Blöße zu geben. Niemals aber hätte sie Freude gespielt. Das paßt nicht zu ihr.

Pinkert und Laasch gehen davon aus, daß das Treffen beim Völkerschlachtdenkmal stattgefunden hat. Und dann muß etwas passiert sein. Was, können die Kriminalisten bestenfalls ahnen. Denn das Hauptproblem bleibt nach wie vor die Frage: Wo befindet sich Ilka Andres? Selbst wenn sie tot sein sollte, es fehlt die Leiche. Außer der Tatsache, daß Ilka Andres wie vom Erdboden verschluckt zu sein scheint, gibt es kein weiteres Indiz für ein Verbrechen.

Es hat zwar in der Kriminalgeschichte schon Mordprozesse ohne Leiche gegeben, aber nie Mordprozesse ohne Beweise. Daß Paul Junker Ilka Andres am Gründonnerstag getroffen hat, ist die Auffassung der Kriminalbeamten. Beweisen können sie es nicht.

Außerdem muß auch eine andere Variante in Betracht gezogen werden. Vorausgesetzt, daß es ihm mit Ilka Andres ernst war, lebte Paul Junker in einer sogenannten Dreiecksbeziehung. Wer sagt, daß daraus nicht längst ein Dreieckskonflikt geworden war, der einen tödlichen Ausgang nahm?

Am Dienstag, dem 21. April, wird Elvira Prechtel von der Kriminalpolizei vernommen. Die Beamten machen der Lebensgefährtin des Verdächtigen in aller Deutlichkeit klar, daß sie selbst unter Verdacht geraten ist. Doch Elvira Prechtel ist nicht so leicht zu beeindrucken. Sie bestätigt alle Aussagen ihres Lebensgefährten, ohne sich selbst im geringsten verdächtig zu machen.

Nach ihren Aussagen kann sich Paul nicht zur fraglichen Zeit beim Völkerschlachtdenkmal mit der »kleinen Frau aus R.« getroffen haben, wie Elvira Ilka Andres nennt. Daß sie damit nicht oder nicht nur auf die Körpergröße anspielt, sondern Ilka in jeder Beziehung für »mickrig« ansieht, wird schnell deutlich. Elvira Prechtel, die sich so tolerant gibt, ist voll Haß auf ihre Konkurrentin. Sie kämpft zwar mit sich, aber ganz kann sie diesen Haß nicht niederringen. Die erfahrenen Kriminalisten jedenfalls spüren, was in der nach außen kühl wirkenden Frau vorgeht.

Eifersucht ist ein klassisches Mordmotiv. Das Mißtrauen dem Partner gegenüber kann durchaus begründet sein, ist aber auch oft in Fällen, da jemand seinen Partner aus Eifersucht tötet, von einer krankhaften Ausprägung. Diese pathologische Eifersucht hat keinen Anlaß im Verhalten des

Partners beziehungsweise noch die harmlosesten und alltäglichsten Verhaltensweisen werden im Sinne der Eifersucht interpretiert. Oft nimmt das Mißtrauen bei einem Kranken wahnhafte Züge an. Dieser Eifersuchtswahn, der zur großen Gruppe der Wahnkrankheiten zählt, bedarf einer längeren psychiatrischen Behandlung. Er kann im übrigen auch eine chronische Verlaufsform annehmen. Bei chronischem Wahn sind die Heilungsaussichten geringer als bei einer akuten Form.

Die Mitarbeiter der Mordkommission aus der Nachbarstadt

von R. und ihre Leipziger Kollegen diskutieren lange darüber, ob Elvira Prechtel als Täterin in Frage kommt. Könnte sie die Geliebte ihres Mannes aus Eifersucht getötet haben? Gibt sie ihrem Lebensgefährten ein Alibi, weil sie selbst eins benötigt?

Ihr kühles, unnahbares Auftreten während der Vernehmung spricht eher für als gegen diese Version. Daß Paul Junker sie von dem beabsichtigten Treffen am Völkerschlachtdenkmal in Kenntnis gesetzt hatte, ist durchaus möglich. Mit ihm zusammen, aber auch statt seiner könnte dann Elvira zu dem Treffpunkt gegangen und Ilka Andres vielleicht aus einem Streit heraus getötet haben. Sollte Junker dabei gewesen sein, könnten sie gemeinsam die Leiche fortgeschafft haben. Oder Frau Prechtel hat das sogar selbst bewältigt; der Haß soll ja geradezu übernatürliche Kräfte und eine ungeheure Willensstärke freisetzen.

Oftmals hat jedes Mitglied einer Mordkommission seine eigene, von den anderen abweichende Version und treibt die Ermittlungen voran, um seine Auffassung vom Tatgeschehen zu untermauern. Was am Ende einzig und allein zählt, sind Fakten und Beweise. Die Hauptfrage hier: Wo ist die Leiche?

Daneben müssen die Kriminalbeamten die vielen Hinweise abarbeiten, die nach dem Ausstrahlen der Fernsehfahndung und nach dem Veröffentlichen eines Mithilfeersuchens in den regionalen und überregionalen Printmedien eingegangen sind und täglich eingehen.

An die 300 Mitteilungen erreichen die Polizeidirektion von R. und die Behörden in Leipzig. An verschiedensten Orten wollen Zeugen die vermißte Ilka Andres gesehen haben: in Magdeburg, im Harz, im Ruhrgebiet und sogar im Ausland, konkret: in Prag. Dieser Hinweis ist so detailliert, daß sich die Ermittler aus R. mit ihren tschechischen Kollegen in Verbindung setzen. Die Prager Kripo erhält ein Foto der Verschwundenen und benutzt es, um in dem Hotel zu ermitteln, in dem Ilka und ein unbekannter Mann gemeinsam abgestiegen sein sollen. Nach einer gründlichen Befragung des Zeugen im Hotel und nach der von ihm abgegebenen Beschreibung zu urteilen, kann es sich bei dem Mann nicht um Paul Junker handeln. Ob die Frau Ilka Andres war, bleibt offen.

Die Prager Spur verläuft schließlich im Sande, wie alle anderen Spuren auch. Meist haben die Zeugen eine Frau gesehen, die Ilka Andres ähnelt. Allerdings gehen die Beamten in R. sowieso nicht davon aus, daß die Vermißte noch lebt. Sie hat nämlich nicht die geringsten Gründe beziehungsweise Motive, sich an den Orten aufzuhalten, an denen man sie gesehen haben will. Obendrein ist es nicht die Art dieser Frau, einfach unentschuldigt von ihrem Arbeitsplatz fortzubleiben und damit zu riskieren, ihn zu verlieren.

Paul Junker wird noch einmal zur Vernehmung vorgeladen. Immer noch behandeln ihn die Kriminalisten nach außen hin als Zeugen, nicht als Beschuldigten. Was sie bei ihren »Planspielen« erwägen und diskutieren, verschweigen sie ihm natürlich. Die zweite Vernehmung von Paul Junker führen der Hauptkommissar Pinkert und die Oberkommissarin Wedel durch, die ebenfalls der Mordkommission angehört. Junker wird nicht erspart, sich auf den Weg nach R. zu machen. Kriminalhauptkommissar Pinkert möchte sehen, mit was für einem Wagen der angeblich so wohlhabende Mann vorfahrt. Es ist ein Firmenwagen der Kraft & Licht GmbH. Der Hauptkommissar fragt beiläufig, warum Paul Junker denn nicht mit seinem Privatfahrzeug gekommen sei. Junker entgegnet, das habe er vorgehabt, aber er komme ja direkt von der Arbeit und habe noch einen Auftrag ausführen müssen.

Der Kriminalist läßt es dabei bewenden. Paul Junker wird in ein spezielles Vernehmungszimmer geführt. Auch wenn seine Befragung offiziell als Zeugenvernehmung deklariert wurde, folgt sie doch dem Muster einer Beschuldigtenvernehmung.

»Jede Vernehmung ist etwas Einmaliges«, erzählt mir Hauptkommissar Pinkert bei meinen Recherchen für dieses Buch. »Man muß immer darauf vorbereitet sein, daß einem der Beschuldigte etwas vorspielt. Daß er versucht, die Kontrolle über die Vernehmung zu erlangen. Also eine gewisse Erfahrung braucht man schon als Vernehmer. Vor allem aber Geduld.«

»Wenn man mit einem Täter spricht, hat der sich natürlich vor der Vernehmung bereits eine Abwehrstrategie zurechtgelegt«, ergänzt Frau Wedel. »Manchmal ist es gar nicht so leicht, diese Strategie zu durchschauen. Nicht nur, weil der Täter vielleicht ziemlich intelligent ist, sondern weil er sich ebenso gründlich vorbereitet hat wie wir.«

»Wobei man höllisch aufpassen muß, sich keine Informationen über den Fall entlocken zu lassen«, meint Hauptkommissar Pinkert. »Es kommt nämlich darauf an, einen Täter im unklaren darüber zu lassen, was wir wissen und was nicht. Und vergessen Sie nicht, daß mancher Täter etliche Zeit darauf verwendet hat, seinen Mord zu planen und auch die polizeilichen Reaktionen in Betracht zu ziehen. Der Verdächtige weiß genau, was er getan hat und welche Beweise uns zur Verfügung stehen können und welche nicht. Bluffen, wie man das bei Kommissaren im Film oder Roman erlebt, verbietet ausdrücklich die Strafprozeßordnung. Auf diesem Wege erlangte Beweise hätten vor Gericht keinen Bestand. Das könnte im schlimmsten Fall zum Freispruch eines tatsächlichen Mörders führen.«

Zum Zeitpunkt ihres Verhörs konnten die Ermittler Pinkert und Wedel nicht wissen, wie planerisch Junker vorgegangen war, so er überhaupt der Mörder von Ilka Andres ist. Daß die Frau nach wie vor unauffindbar war, spricht allerdings für eine gut vorbereitete Tat. Im Laufe der Vernehmung stellte sich dann auch heraus, daß Junker tatsächlich eine Abwehrstrategie vorbereitet hatte.

In der Fahndungssendung »Kripo live« hatten die Kriminalisten auch danach gefragt, ob Ilka Andres am Gründonnerstag in Leipzig beim Völkerschlachtdenkmal oder anderswo gesehen worden ist, und zwar in Begleitung eines Mannes mit einer Schiebermütze. Nicht ein Hinweis ging dazu ein. Die Vernehmer verschweigen Junker jedoch, daß er nicht gesehen wurde. Paul Junker, der einräumt, die Fahndungssendung gesehen zu haben, wird einfach im Unklaren gelassen. Er präsentiert den schweigend lauschenden Kriminalisten eine neue Version vom Tag des Verschwindens seiner Freundin, mit der er sich entlasten will:

Am Gründonnerstag habe er sich bereits um 15.30 Uhr in seinem Kleingarten in der Kolonie »Schöne Aussicht« aufgehalten, was seine Lebensgefährtin Elvira und die Tochter bezeugen könnten. Diese Gartenkolonie liegt auf dem Weg zwischen Leipzig und T., etwa einen Kilometer von der Stadtgrenze Leipzigs und etwa zweieinhalb Kilometer vom Völkerschlachtdenkmal entfernt. Früher als sonst will er dann vom Garten nach Hause gefahren sein. Dort habe er die Wohnung aufgeräumt und sei dann zu einer Telefonzelle quer über die Straße gegangen, um Ilka in ihrem Supermarkt in O. und auch ihren Sohn Moritz in R. anzurufen. Das sei einmal gegen 16.00 Uhr gewesen und dann noch einmal gegen 19.00 Uhr. Durch den Anruf im Supermarkt habe er die Gewißheit erlangt, daß Ilka bereits auf dem Weg nach Leipzig sei. Dort sei sie aber bekanntlich nicht eingetroffen, deshalb will Junker den Sohn angerufen haben.

Auch spät am Abend will er noch einmal in R. angerufen haben, um zu fragen, was mit Ilka sei. Dieses Mal habe er die Nummer von Ilkas Mutter angewählt, und das Gespräch habe er um 21.00 Uhr von zu Hause aus geführt.

Die Kriminalisten lassen in der Vernehmung offen, ob sie die Angaben von Paul Junker für glaubwürdig halten. Paul Junker kann die Polizeidirektion verlassen. Was nun folgt, ist die mühevolle Kleinarbeit, die den Kriminalistenalltag bestimmt.

Die Mitarbeiter der Mordkommission konzentrieren ihre Ermittlungen nun auf die Telefonate. Zuerst einmal beantragen sie auf der Grundlage des Fernmeldegesetzes bei der Deutschen Telekom die Verbindungsdaten von Junkers Fernsprechanschluß für die fraglichen Zeiten. Die Auflistung der Daten braucht eine lange Zeit: Drei Wochen, nachdem der Antrag gestellt wurde, liefert die Telekom endlich die Listen. Sie beweisen, daß Junker gelogen hat. Am Gründonnerstag hat er nicht ein einziges Mal von seiner Wohnung aus in R. angerufen.

In einem zweiten Schritt ermitteln die Kriminalbeamten alle Telefonzellen in der Umgebung von Junkers Wohnung in T. Sieben Fernmeldehäuschen sind es, die von der Wohnung aus bequem zu erreichen sind. Erneut wird ein richterlicher Beschluß erwirkt, auf dessen Grundlage die Telekom Auskunft geben darf. Jetzt wollen die Ermittler wissen, ob von einer dieser Zellen aus in R. angerufen wurde.

Wegen des Datenschutzes muß das alles bürokratisch korrekt laufen, wieder gehen Wochen ins Land. Mittlerweile hat der Juli begonnen, da treffen die Verbindungsdaten ein. Sie werden mehrere Tage lang geprüft, und es stellt sich heraus, daß am Gründonnerstag auch von den sieben öffentlichen Fernsprechern nicht nach R. angerufen worden ist.

Im dritten Schritt bitten die Mitarbeiter der Mordkommission um die Verbindungsdaten aller Telefonzellen in T., in Leipzig und in den Orten an der Verbindungsstraße von T. nach Leipzig. Des weiteren interessiert sie die Fahrstrecke bis zum Fundort in Chemnitz. Es sind insgesamt 2.134 öffentliche Fernsprecher.

Die Daten treffen Mitte August bei der Polizei ein. Zehn große Pappkisten sind randvoll mit Listen, die Tausende von Telefonnummern enthalten. Drei Kriminalbeamte sind zwei Wochen damit beschäftigt, die Daten auszuwerten. Dabei darf ihnen keine Rufnummer entgehen. Die Anforderungen an die Konzentration sind also hoch. Allerdings lohnt sich der Aufwand schließlich. Der Kreis schließt sich.

Zwei Telefonzellen sind es, von denen aus jemand den Supermarkt in O. und abends bei Moritz und bei dessen Großmutter in R. angerufen hat. Die erste Zelle befindet sich in der Nähe des Völkerschlachtdenkmals, die zweite in der Nähe des Gartens von Paul Junker. Die Angerufenen bestätigen, daß Junker der Anrufer war. Die Anrufzeiten und die Gseprächsdauer sind dokumentiert und stehen im Widerspruch zu seinen Aussagen. Junker hat nicht, wie er behauptete, von der Nähe seiner Wohnung aus telefoniert, sondern am Völkerschlachtdenkmal, wo er nie gewesen sein will.

Daß er wegen der Anrufe nachweislich gelogen hat, macht Junker nun endgültig zum Tatverdächtigen. Auch die letzten Zweifler sind überzeugt, daß der Mann ein Mörder ist und sein Opfer Ilka Andres heißt.

Intensive Ermittlungen in seinem Umfeld ergeben von dem Mann das Psychogramm eines notorischen Lügners und Blenders. Er besitzt weder mehrere Häuser noch einen Mercedes der S-Klasse. Keine Firma nennt er sein eigen, was schon bekannt war. Und er ist auch kein Millionär. Ganz im Gegenteil,

Paul Junker hat wenig Vermögen, große Sprünge kann er nicht machen. Ein Haus für Ilka, sich und die Kinder zu bauen, wie er verhieß, ist absolut illusorisch. Junker bekäme nicht einmal den Eigenkapitalanteil für eine Kreditfinanzierung zusammen.

Außerdem hatte Paul Junker versprochen, am Ostermontag mit Ilka, Moritz und seiner Tochter Anja in seinem – nicht existenten – Mercedes in den Urlaub nach Spanien zu fahren. Nachforschungen der Polizei ergaben schnell, daß er vor etlichen Jahren einmal einen Urlaub mit Lebensgefährtin und Tochter in dem Küstenstädtchen Calpe verbracht, den Ort daher also kannte. Für die Reise mit Ilka und den Kindern hatte er aber keine Übernachtung gebucht. Elvira Prechtel weiß nichts von diesem Urlaubsplan. Man muß also davon ausgehen, daß Paul seine Freundin Ilka auch in dieser Hinsicht belogen hat. Alles sieht danach aus, als habe er ihr Versprechungen und immer wieder neue Versprechungen gemacht, ohne über die Konsequenzen nachzudenken, Versprechungen also, von denen schon zum Zeitpunkt, da er sie abgab, klar war, daß er sie nie würde einhalten können. Offenbar lebte Junker nur im Aktuellen, mangelte es ihm an vorausschauendem, planerischem Denken, etwas, das man bei Straftätern nicht selten feststellen kann. Womöglich hat Ilka Andres ihn bei ihrem Treffen am Völkerschlachtdenkmal mit seinen Versprechen konfrontiert, vielleicht entstand ein Streit, und Junker wußte keinen anderen Ausweg aus der verfahrenen Situation, als Ilka zu töten.

Nach der zweiten Vernehmung von Paul Junker nehmen sich die Kriminalbeamten Pinkert und Laasch ihren Dienstwagen. Sie planen ein sogenanntes Weg-Zeit-Experiment, das heißt, sie wollen den Weg zurücklegen, den der Wagen am Gründonnerstag und womöglich noch an einem der Folgetage zurückgelegt haben muß. Ihr Interesse gilt dabei vor allem einer Frage: Kann der Wagen auf seinem Weg vom Ausgangspunkt O. zum Endpunkt Chemnitz auch nach Leipzig chauffiert worden sein? Oder muß er das sogar?

Aus Kontounterlagen von Ilka Andres wissen sie, daß sie am Morgen des Gründonnerstag bei einer Tankstelle am Ortsausgang von R., also auf ihrem Weg zur Arbeit nach O., letztmalig getankt hat. Moritz teilt den Kriminalisten mit, seine Mutter habe die Angewohnheit gehabt, bei jedem Tanken den Tachometer zu nullen, um so ihren Verbrauch feststellen zu können. Es ist also davon auszugehen, daß sie auch am Morgen des 9. April 1998 an der Tankstelle den Kilometerzähler auf Null gestellt hat.

Um dem Tattag so nahe wie möglich zu kommen, wählen sie einen Donnerstag für ihr Experiment. Akribisch fahren die Kriminalisten zuerst einmal die Strecken ab, von denen sicher oder höchst wahrscheinlich ist, daß auch Ilka sie benutzt hat. Sie begeben sich zum Supermarkt nach O., dann vom Supermarkt zur Autobahnauffahrt, wo Ilka von ihrer Kollegin Miriam Becker zum letzten Mal gesehen wurde und wo sie sich seinerzeit auf die Abbiegespur gen Leipzig begab. Pinkert und Laasch fahren nach Leipzig und stoppen dabei die Zeit. So können sie ermitteln, daß Ilka etwa um 16.30 Uhr beim Völkerschlachtdenkmal angekommen sein muß. Von einer nicht einmal 800 Meter entfernten Telefonzelle hatte Paul am 9. April in O. angerufen. Ohne weiteres hätte er also gegen 16.30 Uhr am vereinbarten Treffpunkt sein können.

Dort, davon sind die Beamten überzeugt, können es aber immer noch nicht beweisen, hat Paul Junker auf Ilka gewartet. Dort könnte es zu der Auseinandersetzung gekommen sein, die für sie tödlich endete. Es wäre aber auch denkbar, daß sich Paul und Ilka erst einmal an einen noch unbekannten Ort begeben haben und der Streit dort stattfand. Auch vom Zeitlichen her, so stellt sich heraus, ist beides möglich.

Die Kriminalbeamten setzen ihre Tour vom Völkerschlachtdenkmal aus fort und verlassen die Stadt nach Süden. Dafür benutzen sie die Chemnitzer Straße und dann die Bornaer Chaussee; so fahren sie auf der Bundesstraße via Borna nach Chemnitz. Als sie in der Chemnitzer Innenstadt eintreffen, haben sie 209,2 Kilometer zurückgelegt. Der Tageskilometerstand beim Auffinden des Golf betrug aber 220 km. Das heißt, beinahe elf Kilometer fehlen. Diese elf Kilometer geben den Kriminalisten zu denken. Sie scheinen einen Hinweis auf den Verbleib der Leiche liefern zu können, also schlagen die Kripoleute drei Kreise mit einem Radius von fünfeinhalb Kilometern um die Orte Völkerschlachtdenkmal, Gartenanlage »Schöne Aussicht« und Ausfallstraße in Richtung Chemnitz. In dem so abgesteckten Raum beginnt am 3. September die Suche nach Ilka Andres.

Nach dem Leichnam wird nicht nur wochenlang, es wird mehrere Monate gesucht. Dabei wird alles durchforstet, was sich nur im entferntesten als Versteck eignet: Wäldchen und Parks, Wiesen und kleinere Fließgewässer, Teiche und Tümpel, eine Kläranlage, eine Müllkippe, sogar ein ausgekohlter und in der Rekultivierung befindlicher Tagebau. Doch die Suche bleibt erfolglos. Mittlerweile sind seit dem Verschwinden der Ilka Andres mehrere Monate vergangen. Das mutmaßliche Verbrechen ereignete sich im zeitigen Frühjahr. Nun hat der Herbst Einzug gehalten.

Von Tag zu Tag wächst der Druck, den die Ermittler empfinden: Solange sie keine Leiche haben, wird man Paul Junker auch nicht für die Tat verantwortlich machen können.

Daß ein entdeckter Mord ungesühnt bleibt, kommt in Deutschland relativ selten vor. Die Polizeiliche Kriminalstatistik des Jahres 2000 führt für die gesamten Bundesrepublik 2 770 polizeilich erfaßte Fälle von Mord und Totschlag auf, darunter 1 810 oder 65,3 % Versuche. Die Zahl der vollendeten Tötungsdelikte lag im Jahre 2000 also bei 960. Und von diesen Verbrechen wurden 95,3 % aufgeklärt.

Ungelöste Mordfälle bleiben jedem Kriminalisten für immer in der Erinnerung. Dietrich Möller hat als Chef der Mordkommission auch den einen oder anderen derartigen Fall. Seine ungelösten Mordfälle läßt er noch nach Jahren nicht aus den Augen und nicht aus dem Sinn. Nach dreißig Jahren bei »Mord und Totschlag« hat Dietrich Möller denn auch eine stolze Bilanz aufzuweisen. Bei 98 Prozent liegt die Aufklärungsquote seiner Mordkommission – und damit über dem Bundesdurchschnitt. Im übrigen sind Morde im Zuständigkeitsbereich von Möller und seinen Mitarbeitern beinahe ausschließlich Beziehungstaten. Nur gelegentlich hatte es Möller mit anderen Tatmustern zu tun. Aber auch das gilt für das gesamten Bundesgebiet. Nur bei einem Viertel aller Tötungsverbrechen kannten sich Opfer und Täter vor der Tat nicht. Das bedeutet, drei Viertel aller Morde und Totschlagsverbrechen sind Beziehungstaten, bei denen Opfer und Täter wirkliche Bekannte sind oder es zwischen ihnen zumindest eine flüchtige Bekanntschaft gab.

Es ist Montag, der 2. November 1998. Kurz nach 13.00 Uhr erhält Dietrich Möller einen Anruf aus Leipzig. Dieser Anruf bewirkt, daß er augenblicklich die beiden Sachbearbeiter Laasch und Wedel zu sich ruft, die federführend das Verschwinden von Ilka Andres bearbeiten; Kriminalhauptkommissar Ottmar Pinkert hält sich wegen einer Operation zu dieser Zeit im Krankenhaus auf. Eine unverhoffte Wendung in dem Fall zeichnet sich ab.

Elke und Maik Thelkow sind gebürtige Leipziger, aber sie leben seit vier Jahren in Südtirol. Nur selten besuchen sie noch ihre Heimatstadt, hauptsächlich zu familiären Anlässen. Ein solcher Anlaß war das Osterfest. Das verbrachten sie bei Elkes Eltern im Leipziger Stadtteil Reudnitz. Am 10. April allerdings, am Karfreitag, waren sie mit Maiks Eltern und seinem älteren Bruder in dessen Kleingarten verabredet. Der Garten befindet sich in der Kolonie »Schöne Aussicht«, gar nicht weit von Paul Junkers Parzelle entfernt.

Maiks Bruder und dessen Frau sind von der Polizei befragt worden. Sie kennen ihren Gartennachbarn Junker auch von Angesicht und dem Namen nach, haben aber nichts Auffälliges an den Ostertagen bemerkt. Ganz anders sieht es mit Elke Thelkow und ihrem Mann aus.

Am Samstag, dem 2. November 1998, weilt das junge Ehepaar wieder in Leipzig. Anlaß ist der Hochzeitstag von Maiks Eltern, zu dem auch dessen Bruder erscheint. Am Abend kommt das Gespräch dann auch auf die Befragung wegen des Gartennachbarn. Obwohl kein Polizeibeamter damit hausieren gegangen ist, hat sich unter den Pächtern doch herumgesprochen, daß wegen einer verschwundenen Frau, ja sogar wegen Mordes gegen Junker ermittelt wird. Ein mutmaßlicher Mörder auf dem Nachbargrundstück, das ist natürlich Gesprächsthema auf einer Feier.

Elke und Maik haben am Karfreitag 1998 eine Beobachtung gemacht. Es war eine alltägliche Beobachtung, die erst im nachhinein eine unerwartete Bedeutung erhält. Nachdem sie den Sonntag verstreichen lassen, melden sich die beiden am späten Vormittag des Montag auf einem Polizeirevier.

Die Eheleute Elke und Raik Thelkow haben bei einem Spaziergang durch die Kleingartenanlage gesehen, wie Paul Junker angestrengt am Goldfischteich in seinem Garten baute. MoKo-Chef Dietrich Möller und seine Kollegen Lasch und Wedel fahren bereits am folgenden Tag nach Leipzig. Ziel der Reise ist vor allem ein Austausch mit den Leipziger Kollegen, aber sie wollen auch die Thelkows noch einmal befragen. Den Mordermittlern aus R. ist nämlich bei dem etliche Wochen zurückliegenden Weg-Zeit-Experiment etwas aufgefallen, was auch den Leipzigern nicht entgangen sein dürfte: Die drei Kreise mit dem Radius von fünfeinhalb Kilometern bilden eine Schnittmenge. In diesem Bereich befindet sich die Kleingartenanlage »Schöne Aussicht«. Für den Kreis, den die Ermittler um die Kleingartenanlage selbst gezogen haben, war es sowieso zwingend. Aber sowohl vom Völkerschlachtdenkmal als auch von der Ausfallstraße nach Borna und weiter nach Chemnitz ist der Garten von Junker unter fünfeinhalb Kilometer entfernt. Mit anderen Worten: In allen von der Polizei einst markierten Suchgebieten befindet sich der Schrebergarten.

Im Zusammenhang mit der Zeugenaussage der Thelkows gewinnt dieser Umstand eine eminente Bedeutung, zumal alle Suchmaßnahmen in den eingekreisten Gebieten ergebnislos geblieben sind. Junkers Garten steht nunmehr im Mittelpunkt allen Interesses. Allerdings gibt es noch keine rechtliche Handhabe, den Garten zu durchsuchen.

Bei ihrer Beratung spielen die Ermittler auch die Möglichkeiten durch, die ihnen erlauben würden, an Paul Junker heranzukommen. So erwägen sie, Junker noch einmal vorzuladen. Nach ausgiebiger Diskussion verwerfen sie diesen Plan, da die meisten davon ausgehen, daß er sowieso nichts sagen wird. Auch eine neuerliche Vernehmung von Elvira Prechtel erscheint den Kriminalisten sinnlos: Elvira wird Paul wie zuvor ein Alibi geben, also wäre diese Vernehmung ebenfalls ohne Nutzen.

Ein Großer Lauschangriff ist der nächste Punkt auf der Tagesordnung. Der erscheint den Ermittlern am meisten Erfolg zu versprechen, also tragen sie ihr Anliegen der sachlich zuständigen Leipziger Staatsanwaltschaft vor. Der verantwortliche Oberstaatsanwalt ist einverstanden und beantragt bei der Staatsschutzkammer des Landgerichts den Lauschangriff. Drei Richter, darunter der Vorsitzende der Kammer, setzen sich zusammen und beraten über den Antrag. Nach dieser Beratung stimmt die Staatsschutzkammer dem Antrag zu. Den Kriminalbeamten wird gestattet, Paul Junkers Wohnung für vier Wochen abzuhören. Wird dabei kein Ergebnis erzielt, müssen sie entweder einen neuen Antrag stellen oder den Großen Lauschangriff beenden.

Eines Morgens im November ist niemand in der Wohnung. Paul und Elvira sind seit einer halben Stunde arbeiten, Pauls Tochter Anja befindet sich in der Schule. Es ist kurz nach 7.45 Uhr, als sich zwei Abhörspezialisten des Landeskriminalamtes Zugang zu der Wohnung verschaffen und die Mikrofone installieren. Nun ist es an den Ermittlern, ihre Chance zu nutzen. Sie wollen nicht alles dem Zufall überlassen und beschließen, einen Anlaß zu schaffen, der im Hause Junker das Gespräch über ihren ungeklärten Fall neu in Gang bringt.

Möller weiß, daß Elvira eine Stunde vor Paul Junker von der Arbeit heimkehrt. Auf seine Veranlassung hin ruft Hauptkommissar Pinkert um 17.00 Uhr bei Elvira Prechtel an.

Das Telefongespräch zwischen dem Kriminalisten und der Lebensgefährtin des mutmaßlichen Mörders dauert vier Minuten. Hauptkommissar Pinkert erklärt Elvira, daß es im Mordfall Ilka Andres neue Erkenntnisse und viele Widersprüche zu ihrer Zeugenaussage gäbe. Deshalb bitte man darum, mit Elvira erneut ein Gespräch zu führen, um die Widersprüche auszuräumen.

Elvira Prechtel reagiert auf diese Ankündigung hysterisch. Als Paul Junker um 18.07 Uhr zu Hause eintrifft, fällt sie sofort über ihn her. Es kommt zu einem handfesten Krach, der von der Polizei mitgeschnitten wird.

Und während dieses Streits fällt ein verhängnisvoller Satz.

Es ist nie klar geworden, ob Paul Junker diesen Satz zu seiner Lebensgefährtin gesagt oder ob er ihn in Rage nur vor sich hin gesprochen hat. Der Satz hat erhebliche Konsequenzen.

Schon eine Dreiviertelstunde, nachdem er gefallen ist, beantragt Oberstaatsanwalt Körling beim Bereitschaftsrichter einen Durchsuchungsbeschluß für die Wohnung von Paul Junker und Elvira Prechtel. Es ist 20.10 Uhr, als der Beschluß erlassen wird. Die Kriminalisten warten aber ab in der Hoffnung, daß Junker vielleicht noch einmal etwas sagt, das ihm das Genick bricht. Deshalb wollen sie die Wohnung erst am nächsten Morgen durchsuchen.

Paul Junker hat sich wieder beruhigt. Er sagt nichts mehr, was ihn belasten könnte. Aber was er gesagt hat, ist schwerwiegend genug:

»Hoffentlich graben die Bullen nicht den Garten um!«

Genau das werden sie natürlich tun.

Am kommenden Morgen um 7.30 Uhr wird die Wohnung von Paul Junker und Elvira Prechtel durchsucht. Mehrere Stunden lang wird das Unterste zuoberst gekehrt, aber Beweise für ein Verbrechen an Ilka Andres werden in der Wohnung nicht gefunden.

Als nächstes nehmen sich die Kriminalisten den Garten vor. Dort werden auch Leichenspürhunde eingesetzt. Die Hunde finden keine Geruchsspuren.

Im Garten wird Zentimeter für Zentimeter Boden abgetragen. Als das keine Resultate erbringt, befaßt sich die Suchmannschaft mit dem Gartenteich. Zunächst wird das Wasser abgepumpt, dann die Teichfolie entfernt. Auch unter dem Teich nehmen die Hunde keine Spuren auf. Trotzdem graben die Beamten weiter. Immer tiefer dringen sie in das Erdreich vor. Und schließlich finden sie, was sie suchten: einen stark verwesten Leichnam, der in mehrere aufgeschnittene Müllsäcke verpackt und damit geruchsdicht abgeschlossen war – die Leichenspürhunde konnten also keine Fährte aufnehmen.

Die Fundsituation, vor allem die Sorgfalt, mit der die Leiche versteckt wurde, sprechen nicht nur von der großen kriminellen Energie des Täters, sondern auch von seinem planvollen Handeln.

Die sterblichen Überreste der Frau werden in der Rechtsmedizin der Universitätskliniken von Leipzig untersucht. Ilka Andres ist erschlagen worden. Außerdem hat ihr Mörder auch versucht, sie zu ersticken. Um ihren Hals ist ein Seil geschlungen, das mit einem komplizierten Knoten gebunden wurde. Dieses Seil wird aufgeschnitten, um den Knoten zu erhalten, denn was nur wenige Menschen wissen: Auch ein Knoten weist individuelle Merkmale auf, die einen Täter entlarven können.

Um die Tote zu identifizieren, wird das zellkernhaltige Material herangezogen, welches an Haar- und Zahnbürste von Ilka Andres gesichert worden war.

Um eine DNA-Analyse durchzuführen, reicht eine kernhaltige Zelle aus. Hautpartikel, Haare und Speichel enthalten solche Zellen. Dieses Material wird dann bei der biologischen Untersuchung mit dem Zellmaterial des Leichnams verglichen. Kernhaltige Zellen können auch bei hohem Verwesungsgrad gewonnen werden.

Durch die Analyse des Erbgutes kann der in Junkers Garten

gefundene Leichnam als Ilka Andres identifiziert werden. Das Landgericht erläßt einen Haftbefehl gegen Paul Junker wegen Mordes an seiner Geliebten. Junker wird in Untersuchungshaft genommen. Zwei Tage nach der Inhaftierung beauftragt er den Rechtsanwalt Johannes Krieger mit der Verteidigung. Anwalt Krieger beantragt umgehend Akteneinsicht. Seiner Meinung nach ist die Beweislage dünn, also rät er seinem Mandanten, vor Gericht zu schweigen.

Der Prozeß gegen Paul Junker vor dem Landgericht findet im September 1999 statt, also fast eineinhalb Jahre nach der Tat. Angeklagt wird Junker des Mordes. Nach Auffassung der Staatsanwaltschaft hat er sich immer tiefer in sein Lügengebäude verstrickt und spätestens am Gründonnerstag 1998 keinen Ausweg mehr gesehen.

Ilkas Sohn Moritz, der als Zeuge vor Gericht aussagen muß, bestätigt diese Auffassung. Seine Mutter hat an diesem Tag das Haus sehen wollen, das Junker angeblich für ein späteres gemeinsames Leben errichten wollte. Dieses Haus existierte aber nicht.

Mit seinen Lügen und seinen Zusicherungen, so der Staatsanwalt, habe sich Paul Junker nur das Vertrauen von Ilka Andres erschleichen wollen. An einer ernsthaften Verbindung sei er nicht interessiert gewesen. Vor allem habe er wohl seine Eitelkeit befriedigen wollen, und auch die sexuelle Beziehung habe ihn gereizt. Ilka sei leider auf ihn hereingefallen und habe in der Verbindung zu ihm mehr gesehen, als tatsächlich vorhanden war. Ihre Illusionen sind ihr zum Verhängnis geworden.

Auch alle Ankündigungen für das Osterwochenende seien nur Lug und Trug gewesen. Junker hatte weder vor, die Feiertage mit seiner Tochter in R. zu verbringen, noch wollte er wirklich am Ostermontag in den geplanten gemeinsamen Urlaub mit Ilka, Moritz und Anja fahren. Und auch sein Eheversprechen war null und nichtig.

Als er Ilka nach Leipzig bat, um sich mit ihr zu treffen, muß Paul Junker bereits vorgehabt haben, sie zu töten. Es hätte natürlich eine Alternative gegeben: Er hätte ihr reinen Wein einschenken, die Wahrheit bekennen können. Das wollte er offenbar nicht. Damit er nicht als Lügner entlarvt wurde, hat er Ilka in seinen Garten gelockt und dort ermordet.

Mit seinen geradezu pathologischen Lügen hatte sich Paul Junker nicht nur das Vertrauen seines Opfers erschlichen, bei Ilka konnte er sich als der reiche Handwerksmeister mit Haus- und Grundbesitz auch wichtig fühlen. Offenbar leidet der Elektriker an erheblichen Defiziten und fühlt sich in seinem realen Leben unwohl und nichtig. Vor Ilka spielte er seine Traumrolle. Hier konnte er vortäuschen, was er nicht war und was er auch nie sein würde.

Paul Junker ist ein durch und durch mittelmäßiger Mensch. Seine Lebensgefährtin Elvira wußte nicht nur um seine in jeder Beziehung minderen Qualitäten, sie hielt sie ihm auch immer wieder vor. Bei Ilka in R. war es jedoch ganz anders. Hier kam Junker mit seinem Betrug an, hier fielen seine Vorspiegelungen und seine Hochstapelei auf einen fruchtbaren Boden. Ilka liebte und bewunderte ihn als den erfolgreichen und wohlhabenden Firmeninhaber. Bei ihr und ihrem Sohn fand er die Anerkennung, die ihm ansonsten versagt blieb. Die Basis dieser Anerkennung – sein Blendwerk – konnte jedoch nicht immer und ewig aufrechterhalten werden. Irgendwann mußte die Seifenblase platzen. Am Gründonnerstag war es so weit, oder zumindest kündigte es sich an. Als all die Lügen aufzufliegen drohten, als Ilka ihn zur Rede stellen und auf die

Einhaltung seiner Versprechen bestehen wollte, brachte er sie um. Während des gerichtlichen Hauptverfahrens legte Paul Junker noch einmal ein beredtes Zeugnis seiner Verlogenheit ab. Nachdem er vier Prozeßtage lang geschwiegen hatte, war er überraschend zu einer Aussage bereit. Er präsentierte dem Gericht dabei eine Version der Geschichte, die sogar dem Baron Münchhausen die Schamesröte ins Gesicht getrieben hätte. Ilka Andres habe ein Doppelleben geführt und neben ihrem Job als Verkäuferin auch noch als Feierabend-Prostituierte gearbeitet. Sie habe Hausbesuche bei ihren Kunden gemacht, und Junker habe ihr dabei als Fahrer gedient; seine Geliebte sei sie nie gewesen, aber als hilfsbereiter Mensch habe er sie gern unterstützt, schließlich verdiente sie an der Kasse des Supermarkts nicht viel.

Von zwei Russen aus dem Leipziger Milieu namens Michail und Sergej sei Ilka am Abend des Gründonnerstag getötet worden, und diese Russen hätte den Leichnam dann nachts in Junkers Garten abgelegt.

Niemand glaubte ihm diese Version. Das Gericht folgte vielmehr dem Antrag der Staatsanwaltschaft und verurteilte Paul Junker wegen Mordes an Ilka Andres zu einer lebenslangen Freiheitsstrafe. Den vom Verteidiger gestellten Antrag auf Freispruch wegen Mangels an Beweisen verwarf das Gericht. Die Richter sahen die Beweislage als ausreichend an. Unter den Fingernägeln der Toten konnten die Gerichtsmediziner trotz der langen Liegezeit noch Hautzellen sichern, die durch einen DNA-Vergleich eindeutig Paul Junker zugeordnet werden konnten. Das ließ auf einen unmittelbaren Kontakt des Angeklagten mit der Frau kurz vor ihrem Ableben schließen.

Acht Monate hatte die Leiche im Garten von Junker gelegen. Angst vor Entdeckung wird er sicher hin und wieder gehabt haben. Ein schlechtes Gewissen und Reue sind mehr als zweifelhaft. Paul Junker ist ein notorischer, vielleicht sogar ein krankhafter Lügner. Nicht auszuschließen ist, daß zu seinen Selbstschutzmechanismen zählt, auch sich selber zu belügen. Vermutlich hat er Ilka längst zur Schuldigen an ihrem eigenen Tod umgelogen.

Das Gericht verurteilt Paul Junker wegen Mordes zu lebenslanger Haft. Die Richter sind der Auffassung, daß Junker heimtückisch gehandelt hat. Er habe, so heißt es im Urteil, das arg- und wehrlose Opfer in einen Hinterhalt gelockt und mittels stumpfer Gewalt gegen den Kopf getötet. Um ganz sicher zu gehen, habe er dann noch das Drosselwerkzeug benutzt, obwohl Ilka schon tot war. Junker wollte sie also auf jeden Fall und um jeden Preis beseitigen.

Wenn man sich sein Verbrechen und dessen Vorgeschichte anschaut, kommt man rasch zu der schlüssigen Vermutung, daß die Persönlichkeit des Paul Junker gestört ist. Mangel an Gewissensbissen und Schuldbewußtsein gehören zu den Merkmalen bestimmter gestörter Persönlichkeiten ebenso wie eine gewisse Gefühlskälte. Es ist also durchaus vorstellbar, daß die getötete Ilka Andres sein Gewissen nicht belastet und er sich keiner Schuld bewußt ist.

Wie sehr muß sich Ilka Andres nach einem Mann für sich und einem Vater für ihr Kind gesehnt haben, daß sie auf einen solchen Menschen hereinfiel. Liebe macht blind, daran ist wohl doch etwas Wahres. Als Ilka zu sehen begann, war es zu spät.

[illegible]
[illegible]
1 Ei [illegible]?